# *Ein dunkler Funke*

## Buch eins von Dalans Prophezeiung

von Sarah Marie Keller

**Die Autorin**

Sarah Marie Keller ist achtzehn Jahre alt. Seit sie denken kann, liebt sie Geschichten um Magie und fantastische Welten. Zu ihren großen Vorbildern gehören J.R.R. Tolkien, Wolfgang Hohlbein und Christopher Paolini.

"Ein dunkler Funke" ist ihr erster Roman.


Lektorat & Layout: Günther Keller
Cover: Humbert Glaffó (WATCH THIS!) - glaffo@hotmail.com

ISBN-13: 978-1500111854
ISBN-10: 1500111856

*Für Mike, den Barden*

## *Prolog: Der Geschichtenerzähler*

*„Es gab ein Zeitalter, da lebten die Städtebauer fast drei Jahrhunderte lang in Frieden miteinander und widmeten sich der Diplomatie und der Wissenschaft. Es schien, als hätten sie nach über achttausend Jahren Geschichte gelernt, den Krieg zu vergessen. Zu dieser Zeit schufen die Völker der Elfen, Menschen und Orks Maschinen mit Wissen, das heute vergessen ist, und entschlüsselten viele Geheimnisse, die heute wieder Geheimnisse sind. Es war die Zeit großer Kunstwerke und gerechter Herrscher. Die Zeit von Vernunft und gegenseitigem Verständnis.*

*Aber das Rad der Geschichte steht nie still; alles verläuft in Zyklen. Hass und Zerstörungswut, die während der dreihundert Jahre des Friedens gebrodelt hatten, brachen schließlich hervor.*

*Heute weiß niemand mehr, wie der Krieg begann, der die Welt ins Chaos stürzte und drei Generationen der Dunkelheit über die Welt brachte. Doch er brannte sich in die Erinnerung aller Völker, die dieses Zeitalter des Wahnsinns überlebten.*

*Manche nannten ihn die* Lange Finsternis, *andere den* Maschinenkrieg *und wieder andere den* Magischen Krieg. *In meiner Heimat Minaskai nannte man ihn den* Weltenbrand.

*Unvorstellbare Armeen zogen über die Lande und brachten Tod und Zerstörung. Gewaltige Kriegsmaschinen, die Verschmelzung aus Magie und Mechanik, verwandelten einstmals prächtige Städte in Staub und schwelende Ruinen. Große Reiche, die sich weiterhin dem Frieden verpflichteten, fielen und ihre Namen verschwanden im Dunkel der Geschichte. Die Städtebauer fielen übereinander her wie hungrige Wölfe. Niemand konnte dem Wahnsinn Einhalt gebieten, der sich wie eine*

*Krankheit ausbreitete.*

*Bis schließlich Dalan Taoru das Antlitz der Welt betrat, ein mächtiger Magier aus dem Volk der Elfen. Dalan sammelte eine Streitmacht des Friedens um sich und beendete den Weltenbrand…"*

Der alte Ork Uruk lehnt sich zurück. Der hölzerne Stuhl, auf dem er seine untersetzte Gestalt niedergelassen hat, gibt ein altersschwaches Knarren von sich. Uruk steckt die Feder zurück in das kleine Tintenfass und studiert das Papier, das er eben beschrieben hat. Es soll der Auftakt für eine große Historie über die Geschichte der beiden Kriege, die man „die Weltenbrände" nennt, werden. Eine Historie, mit der auch sein eigenes Leben verknüpft ist. Aber er ist nicht zufrieden.

Uruk nimmt das Blatt, zerknüllt es mit seinen großen Pranken und wirft es achtlos hinter sich, wo sich bereits ein kleiner Berg aus Papierkugeln gebildet hat. Er findet heute Nacht nicht die richtigen Worte. *Vielleicht bin ich nicht der Richtige für das Thema,* denkt er, und sein breiter Mund mit den vorstehenden, gelblichen Eckzähnen am Unterkiefer verzieht sich missmutig.

Der alte Ork sitzt allein im Schein eines Kandelabers. Das Kerzenlicht färbt die mit Gobelins geschmückten Wände seines Studierzimmers mit einem warmen Schein. Ein Kamin knistert hinter Uruks Rücken und bringt Wärme in seine alten, müden Knochen. Doch das Feuer hat schon fast sämtliche Holzscheite, die ihm als Nahrung dienen, aufgezehrt, und wenn Uruk es nicht bald füttert, wird es sterben. Die klobigen Regale ringsherum sind vollgestopft mit Büchern und Schriftrollen – den Werken wirklich großer Dichter und Historiker. Männer und Frauen, an deren Brillanz Uruk niemals heranreichen wird, dessen ist er sich bewusst, und es schmerzt ihn. Wenn es ihm nur gelänge die richtigen Worte zu finden! Früher, als er noch jung war, da sprudelten sie wie ein Geysir aus seiner Feder. Doch nun scheint dieser Geysir versiegt.

Er nimmt seine Brille ab und reibt sich die kleinen Augen, die in tiefen Höhlen liegen. *Vielleicht habe ich doch nicht das Talent.*

Regentropfen prasseln gegen die Scheibe des einzigen Fensters. Draußen herrscht finstere Nacht. Ein böser Sturm, wie Uruk ihn schon seit mehr als vierzig Jahren nicht mehr erlebt hat, tobt durch das Land. Blitze zucken durch die Dunkelheit, der Donner geht durch Mark und Bein. Wind heult wie ein Chor von Gespenstern. Die Götter entladen ihren Zorn über den Sterblichen. In Nächten wie diesen beginnt die alte Narbe an seinem rechten Arm wieder zu schmerzen. Die Nacht, in der er sie erhielt, war genauso stürmisch wie diese.

Es ist Herbst. Draußen in der Welt sind die Wälder ihrer Pracht beraubt.

Auch Uruk hat den Herbst erreicht, den Herbst seines Lebens. Es war ein erfülltes Leben, das weiß er. Es hätte alles schlimmer kommen können. Er ist mehrmals dem Tode nahe gewesen und hat überlebt. Aber seit Monaten plagt ihn das Gefühl, dass sein Leben vergeudet wäre, wenn er es nicht für die Nachwelt notiert.

Also nimmt er die Feder wieder aus dem Tintenfass und beginnt erneut zu schreiben.

Doch noch bevor er den ersten Buchstaben zu Papier bringen kann, hört er ein leises Klopfen an der Tür.

Uruk setzt die Brille auf und dreht sich herum, wobei der Stuhl knarzt. Die Störung verärgert ihn nicht, sie überrascht ihn eher, denn es ist mitten in der Nacht und die meisten Bewohner des Hauses sollten in ihren Betten liegen. „Herein."

Die Tür öffnet sich. Ein junges Orkmädchen steht da, in ein langes Nachthemd gekleidet. Sie ist nicht älter als acht

Jahre und ihr Gesicht ist noch zart, die Schweinenase klein und niedlich. Ihre Augen sind groß und blicken neugierig und ehrfürchtig in die Welt. In ihren kleinen Händen trägt sie eine Lumpenpuppe, die einen Drachen darstellt und schon mehrmals geflickt wurde.

Uruk freut sich, seine Enkelin Bru zu sehen und lächelt liebevoll. „Kannst du nicht schlafen?", fragt er.

Das Orkmädchen schüttelt den Kopf. Irgendwann, denkt Uruk, wird sie sehr hübsch werden – wenn auch nur in den Augen ihres eigenen Volkes, da die Elfen und die Menschen selbst nach all den Jahrhunderten in ihrem Nachbarvolk nur eine Schar grober, primitiver Ungeheuer sehen.

„Das Gewitter macht mir Angst", sagt Bru. Ihre Stimme ist so sanft wie die ihrer Mutter, Uruks einziger Tochter. Das Mädchen macht die Tür hinter sich zu. „Kannst du mir eine Geschichte erzählen, Großvater? So lange, bis der Sturm vorüber ist? Dann gehe ich auch wieder ins Bett! Bitte!"

Uruks Lächeln wird breiter. Vielleicht wäre das die Ablenkung die er braucht, um wieder Abstand zu seinem Werk gewinnen zu können. „Und welche Geschichte möchtest du hören?"

Natürlich gibt es für Bru, wie für viele andere Kinder, egal welchem Volk sie angehören, nur eine Antwort: „Erzähl mir vom Weltenbrand! Erzähl mir von der Zeit, als du ein Kind warst!"

Ihr Ton lässt keine Widerrede zu.

„Also gut." Der alte Ork erhebt sich, streckt seine erschöpften Glieder und seinen vom Alter gekrümmten Rücken. Er wirft neue Holzscheite ins Feuer und es wird wärmer, heller und freundlicher in dem Studierzimmer. Dann holt er eine Decke aus einer Truhe neben der Tür und breitet sie auf dem Boden aus. Seine Enkelin und er nehmen dort im Schneidersitz Platz.

„Aber bitte erzähl mir kein Märchen“, fordert Bru mit all der Ernsthaftigkeit, zu der ein Kind fähig ist. „Erzähl mir die wahre Geschichte!“

„Natürlich“, sagt Uruk lachend und hebt wie zum Schwur seine Hände. „Die wahre Geschichte, versprochen!“ Dann fängt er an zu erzählen, und Bru schmiegt ihren kleinen Körper an ihren Großvater und drückt ihre Drachen-Lumpenpuppe fest an sich.

„Die Geschichte spielt ein halbes Jahrtausend nach dem Ersten Weltenbrand“, sagt Uruk. „Viel Wissen über Magie und Maschinen ging in dem gewaltigen Krieg verloren. Der Magier Dalan, der den Weltenbrand beendet hatte, war nur noch eine Legende.

Wir lebten damals in Minaskai, einem kleinem Reich an der Küste des Westmeeres auf dem Kontinent Berial; ein sehr junges Reich, damals gerade dreihundert Jahre alt. Wegen seines Wappens nannten es manche auch ‚Das Königreich der Blauen Rosen‘ und es wurde von der friedfertigen Königin Lyndira Bendragur beherrscht. Minaskai war – ist – ein Land mit tiefen Wäldern, weiten Seen und hohen Gebirgen. Die Sommer waren mild dort und die Winter eisig. Überall ließen sich zerstörte Maschinen aus dem Ersten Weltenbrand finden, die von der Zeit vergessen worden waren.

Viele Schiffe aus der ganzen Welt legten in den großen Häfen des Reiches an, und Orks, Menschen und Elfen, die sich, aus der ganzen Welt kommend, in Minaskai niedergelassen hatten, lebten dort in Frieden zusammen – zumindest die meiste Zeit über.

Durch den Handel hatte es Minaskai zu Reichtum und Wohlstand gebracht, was ihm viele andere Reiche übel nahmen. Aber kaum jemand wagte es, das Land anzugreifen, denn es gab die Sturmklingen...“

„Die Sturmklingen?“, fragt Bru.

„Sie waren der Ritterorden Minaskais“, erklärt Uruk. „Eine stolze und mächtige Armee, die geschworen hatte, das Königreich zu verteidigen. Die Sturmklingen hatten einen strengen Ehrenkodex; sie griffen niemals zuerst an, aber wenn sie kämpften, dann waren sie schreckliche Gegner und in der ganzen Welt gleichermaßen respektiert und gefürchtet. Seit dreihundert Jahren setzten sie ihr Leben ein, um den Frieden in Minaskai zu erhalten.

Der Ordensführer der Sturmklingen war Paladin Kelrik Daralos, der Vater meiner beiden besten Freunde: Garian und Taya.

Das Leben in Minaskai war friedlich und idyllisch – nun ja, jedenfalls die meiste Zeit. Meine Eltern – deine Urgroßeltern – waren geachtete Kaufleute, die mit dem Handel von Gewürzen ein kleines Vermögen gemacht hatten. Ich war ihr einziger Sohn, ein junger, schüchterner Ork, der es sich in den Kopf gesetzt hatte, Historiker zu werden. Ich bekam oft Ärger mit Raufbolden, aber ich hatte Garian und Taya an meiner Seite, die für mich durchs Feuer gegangen wären – und ich für sie. In diesen Tagen hatte niemand von uns jemals an Krieg gedacht, auch wenn wir alle Dalans Letzte Prophezeiung kannten.“

„Und was sagt diese Prophezeiung?“, fragt Bru, erneut ziemlich verwirrt.

„Nachdem er den Ersten Weltenbrand gelöscht hatte, zog sich der Erlöser Dalan zurück. Niemand wusste, wohin er gegangen war. Man sandte Kundschafter aus, welche die ganze Welt nach diesem großen Mann absuchten, doch niemand wurde fündig.

Doch bevor er starb, so heißt es, hinterließ Dalan den drei Völkern eine Letzte Prophezeiung, die besagte, dass eines Tages, möglicherweise früher, als zu denken war, ein Zweiter Weltenbrand durch die Dummheit und den

Größenwahn der Städtebauer entfacht würde. Ein Brand, der vielleicht die ganze Welt verschlingen werden würde. Dann, und nur dann, würde Dalan in die Welt der Sterblichen zurückkehren und ihnen erneut Frieden bringen...

Hmm, habe ich noch etwas Wesentliches vergessen?", fragt er sich selbst, aber dann schüttelt er den kahlen Schädel. „Nein, ich glaube nicht. Also... meine Geschichte beginnt an einem warmen Sommernachmittag, fünfhundertunddrei Jahre nach dem Ersten Weltenbrand.

Schon seit Wochen hatten Garian, Taya und ich eine Expedition in die Wälder von Taravan geplant. Es sollte das Abenteuer unseres Lebens werden. Wir hatten ja keine Ahnung, wie es enden würde..."

## *Kapitel 1: Garian*

*Ich kann es schaffen,* dachte Garian Daralos. Seine Stirn stand, wie der Rest seines Körpers, in Schweiß und durchnässte sein Stirnband, während sein dunkelblondes Haar in dünnen Strähnen zusammenklebte. *Heute kann ich ihn besiegen!*

Der junge Mensch täuschte einen Schritt zurück an, doch im selben Moment ließ er sein hölzernes Übungsschwert vorpreschen, direkt auf die gepanzerte Brust seines Gegners zu.

Noch in derselben Sekunde wurde der Angriff abgewehrt. Als die andere Waffe sein Schwert traf, spürte Garian das Holz vibrieren und seinen Arm schmerzen.

„Ist das alles, was du zu bieten hast?", fragte die blechern klingende Stimme seines Gegners. Der große Ritter war in pechschwarze Kleidung gehüllt, über der er eine pechschwarz lackierte Rüstung trug. Die breiten Schulterstücke und der mächtige Brustpanzer aus Terylium ließen ihn übermenschlich wirken. Das heruntergeklappte Helmvisier verdeckte sein Gesicht vollständig und verzerrte seine Stimme. In den Panzer waren Ornamente eingearbeitet, die an dornenbesetzte Rosenranken erinnerten. Der sanfte Sommerwind spielte mit einem nachtblauen Umhang.

Der schwarze Ritter ließ sein Schwert wirbeln. Jede seiner Bewegungen schien ein tödlicher Tanz. Garian wusste, dass er nur mit ihm spielte.

Der Junge griff wieder an. Sein Schwert zuckte nach vorne, aber sein Gegner parierte in der selben Sekunde.

Garian wirbelte herum, doch wieder wurde sein Angriff abgewehrt. Er täuschte einen Ausfall zur Seite an, auf den sein Gegner hereinfiel. Garian glaubte, eine Chance zu haben; er schwang seine Waffe so schnell, dass ihr das Auge kaum folgen konnte – doch im richtigen Moment tauchte das Schwert des Gegners auf, um seinen Schlag abzufangen.

Nun griff der Ritter an. Seine Schläge kamen so schnell hintereinander, dass Garian beinahe schwindlig wurde. Das Schwert durchschnitt pfeifend die Luft, als spielte es zu dem Tanz eine kleine Melodie.

Die ersten fünf Hiebe konnte Garian mehr aus Reflex als durch Benutzung seines Verstandes abwehren; einmal wäre er fast getroffen worden, wäre er nicht wie ein Frosch zur Seite gesprungen. *Ihr Götter,* dachte er und schluckte. Wie konnte ein Sterblicher nur so kämpfen? Die breite Rüstung schien den Ritter nicht im Geringsten zu behindern. Jede seiner Bewegungen wirkte perfekt choreographiert, wie ein tödlicher Tanz.

Garian rang nach Atem, während Schweißtropfen seine Stirn herunter liefen. Sein Brustkorb ging auf und ab und seine Beine zitterten vor Erschöpfung, doch er ließ sein Gegenüber nicht aus den Augen.

Der Ritter gönnte ihm eine nur Sekunden dauernde Verschnaufpause, als er angeberisch sein Schwert in der Hand wirbeln ließ. Im nächsten Moment sprang er Garian wie ein Raubtier an. Der Junge erschrak, sein Schwert zuckte hoch, er konnte den Angriff gerade noch abwehren. Und dann ging es weiter. Parieren, ausweichen, schlagen, parieren, antäuschen, Rückzug, Angriff – das alles in einem atemberaubenden Tempo, so dass ein ahnungsloser Zuschauer denken könnte, die Götter trieben die Zeit für die beiden voran.

Bereits seit einer Stunde kämpften sie auf dem Übungsgelände der Sturmklingen, einem sandigen, von hohen Mauern umgebenen Areal ganz in der Nähe des königlichen Palastes. Hier und da standen Soldaten aus Holz, die darauf warteten, in Kampfübungen zu Sägespänen verarbeitet zu werden. Hinter den Mauern konnte man die Ziegel der umgebenden Häuser erkennen. Überall um Garian herum war das Zeichen des Ordens zu sehen: zwei gekreuzte weiße Schwerter.

Hier wurden die Sturmklingen zu begnadeten Kämpfern ausgebildet, lernten den Umgang mit Schwert und Armbrust, Pfeil und Bogen, Lanze und Speer und auch den Kampf mit keinen anderen Waffen als ihren bloßen Händen, die den anderen Kampfinstrumenten an Tödlichkeit in nichts nachstanden.

Garian dankte den Göttern, dass an diesem warmen Nachmittag keine anderen Sturmklingen zugegen waren, um mit anzusehen, wie er zum tausendsten Mal einen Kampf verlor.

*Nein!,* sagte er sich entschlossen, während er pausenlos und unter Aufbringung all seiner Kraft die Hiebe seines Gegners parierte. *Ich kann ihn besiegen! Ich habe so viel gelernt!*

Er sah sein eigenes, von Entschlossenheit verzerrtes Gesicht in dem faustgroßen weißen Kristall widergespiegelt, der auf dem Brustpanzer seines Gegners funkelte – dort, wo das Herz saß. Ohne dass er es bemerkte, trieb ihn der Ritter immer weiter zurück, einer der Wehrmauern entgegen.

Garian war siebzehn Jahre alt. Seit er denken konnte, war er nur von einem einzigen Wunsch erfüllt gewesen: eines Tages auch zu den königlichen Rittern zu gehören. Eine Sturmklinge zu werden und das Königreich vor seinen Feinden zu schützen. Mit dreizehn Jahren hatte er begonnen mit dem Schwert zu trainieren, lernte waffenlose Angriffstechniken und zu denken wie ein Ritter des Königreiches Minaskai.

Es nutzte alles nichts. Egal, wie sehr er sich auch anstrengte, er hatte niemals gewonnen.

Das Schwert des Ritters, ebenfalls aus Holz, durchschnitt die Luft und traf erneut auf Garians Schwert. Doch diesmal war die Wucht des Aufpralls so hart, dass Garian, ohnehin durch seine Gedanken abgelenkt, ungewollt seinen Griff lockerte. Sein Schwert flog durch die Luft und blieb auf dem sandigen Boden liegen.

*Nein! NEIN!*

Und wieder ein verlorener Kampf. Der wievielte war es? Garian hatte keine Ahnung, aber er war sicher, dass die Zahl seiner Niederlage mittlerweile die Millionengrenze überschritten hatte.

Fassungslos blickte er seinem Schwert nach; in derselben Sekunde legte sich der dunkle Schatten des Ritters über ihn. Sein Gegner hielt den Griff seiner hölzernen Klinge mit beiden Händen und zielte mit der Spitze auf Garians Herz. Die Sonne schimmerte matt auf seiner finsteren Rüstung und Garian konnte nicht einmal seine Augen erkennen: Das Gesicht blieb nach wie vor hinter dem finsteren Visier verborgen.

„Du bist geschlagen“, sagte der Ritter. Seine Stimme war trocken und nüchtern, doch durch den Gesichtsschutz hindurch klang sie metallisch. „Du bist tot.“

Garian wollte rückwärts fliehen, doch eine Mauer hielt ihn auf. Er wollte zur Seite ausweichen, doch sein Gegner war schneller: Garian spürte das harte Schwert, das ihm an die Rippen stieß. Eigentlich war es nicht sehr schmerzhaft, trotzdem tat es ihm so weh, dass er hätte schreien können.

*Du bist tot.* Die Worte seines Gegners hallten in seinem Kopf wider, jede einzelne Silbe war ein Stich in sein Herz.

*Egal, was ich tue, ich verliere immer.* Er spürte, wie sich ihm die Kehle zuschnürte.

„Garian?"

Nun, wo der Kampf vorbei war, schlich sich der Junge an seinem Gegner vorbei. Mit herabgesunkenen Schultern und gesenktem Haupt marschierte er auf der Suche nach seinem Schwert über das staubige Übungsgelände. *Wem mache ich eigentlich etwas vor?*, überlegte er.

„Garian? He, ist alles in Ordnung?"

Vielleicht war er gerade gut genug, um Schweinehirt oder Maurer zu werden. Aber ein Ritter der königlichen Streitkräfte? Niemals!

Er bückte sich und hob sein Holzschwert vom Boden auf. Die Waffe sah aus, als habe ein Ork seine mächtigen Hauer daran ausprobiert. *Warum kann ich mich nicht damit abfinden?* Ein bitteres Lächeln umspielte seinen Mund, als er daran dachte, wie er vorhin wirklich davon *überzeugt* gewesen war, eine Chance zu haben!

Eine Hand legte sich auf seine enttäuschte Schulter. Eine sanfte Stimme sagte: „Nimm es nicht so schwer. Du hast hervorragend gekämpft."

Garian drehte sich nicht um. „Das sagst du nur, um mich zu trösten."

„Garian, sieh mich an." Die Stimme wurde ernster, fordernder. Garian drehte sich um. Der Ritter hatte mittlerweile seinen Helm abgenommen. Darunter kam ein schmales, menschliches Gesicht mit vorstehenden Wangenknochen zum Vorschein. Ein kurzer Bart umrahmte die Oberlippe und das energische Kinn. Das volle Haar des Mannes war wie das Garians schweißverklebt. Es war tiefschwarz wie Kohlen, doch an den Schläfen bereits ergraut. Graublaue Augen unter dicken, schwarzen Brauen blickten Garian ernst an. Ihre Farbe erinnerte an Stahl. Die Nase war groß und markant und ließ an den Schnabel eines Falken denken.

Jeder Mensch, jeder Elf und jeder Ork in Minaskai und weit über die Grenzen des Königreiches hinaus kannte Kelrik Daralos, den Paladin von Königin Lyndira, Oberbefehlshaber des Ordens der Sturmklingen und Held der Schlacht von Sakarran.

„Du *hast* gut gekämpft", wiederholte Kelrik. „Du kannst es mir glauben."

„Und warum habe ich dann verloren?", fragte Garian.

„Weil ich älter bin und mehr Kampferfahrung besitze", antwortete sein Vater und seine Stimme wurde wieder sanfter. „Und als ich mit deiner Ausbildung begonnen habe, hast du selbst gesagt, dass ich es dir nicht zu leicht machen soll. Erinnerst du dich?"

Garian wusste das. Trotzdem: Hin und wieder ein kleiner Sieg würde sein Selbstbewusstsein wenigstens etwas stärken!

„Noch ein paar Monate", fuhr Kelrik fort, „und du hast gute Chancen, mich zu besiegen."

„Ein paar Monate", wiederholte Garian. Es kam ihm wie eine Ewigkeit vor. Er sah seinen Vater nicht an, als er sagte: „Vielleicht wird aus mir doch kein guter Ritter..."

„So einen Unsinn will ich nicht hören!", sagte der Paladin. „Aber wenn du so leicht aufgibst, dann hast du recht. Du wirst es nur schaffen, wenn du weiter an dir arbeitest. Glaub mir. Nichts im Leben ist einfach, aber wenn du deine Ziele mit starkem Willen und Selbstdisziplin verfolgst, dann kannst du alles erreichen."

Garian hatte diese Worte schon so oft gehört, dass sie für ihn nicht mehr wie die ultimativen Lebensweisheiten klangen, sondern einfach nur noch tröstende Plattitüden waren. Er wünschte sich, daran glauben zu können, doch es gelang ihm nicht mehr. Dafür hatte er einfach zu viele Niederlagen wegstecken müssen...

Garian begleitete seinen Vater, den Paladin, zu dem kleinen Steingebäude am Rande des Übungsgeländes, das in einen größeren Häuserkomplex überging, von dem aus die erfahreneren Ritter die Fortschritte ihrer Rekruten überwachten. In einem mit verschiedenen Waffen geschmückten, hellen Raum schälte sich Kelrik aus seiner Rüstung. Er legte den stählernen Panzer auf einem eigens dafür entworfenen Gebilde ab, das Garian an die Modepuppe eines Schneiders erinnerte.

„Vater", begann Garian, während Kelrik ihm ein Handtuch zuwarf, mit dem er sich den Schweiß abtrocknen konnte. „Hast du über Tayas und meine Bitte nachgedacht? Ich meine, ob wir heute Nacht in den Wäldern übernachten dürfen?"

Kelrik wischte sich über den Nacken. Er hatte die oberen Knöpfe seiner schwarzen Jacke, die er unter der Rüstung getragen hatte, aufgeknöpft. „Natürlich", sagte er.

„Und?"

„Du weißt, dass ich eigentlich dagegen bin, Garian. Ich möchte nicht, dass du oder deine Schwester so weit weg von der Stadt seid, ohne die Begleitung eines Erwachsenen."

„Ja", antwortete Garian langsam. „Ich weiß."

„Von mir aus dürft ihr gehen."

„Aber wir können auf uns selbst aufpassen! Wir...! Moment, was hast du gesagt?"

Kelrik lächelte. „Ich sagte, ihr dürft gehen. Ich erlaube es. Denn du hast recht. Ich glaube, ihr könnt wirklich auf euch selbst aufpassen. Ihr seid keine Kinder mehr, auch wenn es mir schwerfällt, das einzugestehen."

Garian begann, über das ganze Gesicht zu strahlen. „Wirklich? Wir dürfen gehen? Allein?"

„Wenn ihr mir versprecht aufzupassen und morgen wieder zurück zu sein, ja."

„Danke, Vater!“ Die Reise in die Taravan-Wälder, einige Meilen westlich der Stadt, war ein Abenteuer, das er zusammen mit Taya und Uruk schon so lange geplant hatte – und jetzt wurde es Wirklichkeit! Es half Garian über seine heutige Niederlage hinweg. So wie sein Vater es wahrscheinlich beabsichtigt hatte. „Ich gehe sofort, um es Taya und Uruk zu sagen!“

„Natürlich, tu das“, meinte Kelrik. Als Garian bereits zur Tür gerannt war, rief der Paladin seinen Sohn zurück: „Garian. Bitte nimm dir meine Worte zu Herzen. Sie sind die Wahrheit, auch wenn du es im Moment nicht glauben kannst.“

„Das werde ich“, versprach Garian. „Ich danke dir.“

„Und noch etwas.“

„Ja?“

Kelrik lächelte. „Ich würde mich an deiner Stelle waschen und frische Kleidung anziehen.“

Garian sah hinab auf seine durchgeschwitzten Sachen. Seine Antwort bestand aus einem dankbaren Grinsen. Dann lief er los.

Der Paladin blieb allein zurück. Er spürte einen Schmerz in seiner Brust, den er die ganze Zeit über verdrängt hatte. Aus seinem Sohn würde eines Tages eine formidable Sturmklinge werden, vielen der gegenwärtigen Rekruten jetzt schon überlegen. Und genau das war es, was ihn schmerzte.

Denn Sturmklingen waren die Verteidiger des Königreiches.

Und manchmal wurden sie dabei getötet.

## *Kapitel 2: Taya*

Im Kalender der Städtebauer hatte die Woche fünf Tage: Bronzetag, Kupfertag, Eisentag, Silbertag und Goldtag.

Heute war Silbertag, der letzte Tag der Woche vor dem Feiertag. Auf den Straßen der Hauptstadt Dayrelia wurden die Märkte eröffnet, während im Hafen Schiffe aus der ganzen Welt einliefen und neue Waren und Geschichten in das kleine Königreich brachten. Kaufleute aus den verschiedensten Ländern und von den verschiedensten Völkern – Menschen, Elfen und Orks in bunter Kleidung – zogen umher, um einzukaufen oder ihre Erzeugnisse an den Mann zu bringen.

Der Handel war es, der Minaskai reich gemacht hatte, und Dayrelia gehörte zu den prächtigsten Städten in allen Freien Königreichen. Die Straßen waren breit und sauber, die Fachwerkhäuser groß und mit Gärten ausgestattet. Auf den Stadtmauern flatterten die stolzen Fahnen mit dem Wappen Minaskais: zwei gekreuzte blaue Rosen.

Armut war in Dayrelia so selten, dass sie schon wieder schockierend wirkte. Die meisten Wesen, die in der Hauptstadt lebten, profitierten nur davon, und deswegen, und aus tausend anderen Gründen, hatten sich hier Angehörige aller drei Städtebauenden Völker niedergelassen. Heutzutage betrug die Zahl ihrer Bürger fast viertausend Menschen, Elfen und Orks.

Dayrelia bestand aus vier Abschnitten: dem Kaufmannsviertel am Hafen, mit seinen großen Lagerhäusern, den Kais und den Reihen verschiedenster Geschäfte, die von Schuhen und Kleidung, über Backwaren und Büchern bis hin zu magischen Gegenständen alles verkauften, was das Herz begehrte, und immer die neusten Waren und Artikel führten.

Dann gab es das Elfenviertel, in dem sich, wie der Name es bereits verriet, der elfische Teil der Bevölkerung niedergelassen hatte. Dieses Viertel ließ sich leicht durch seine hohen Spiraltürme und die künstlerisch gestalteten Häuser identifizieren. Die Elfen legten – besonders in der Öffentlichkeit – sehr viel Wert auf die Zurschaustellung ihrer acht Jahrtausende alten Zivilisation. Und so gab es in „ihrem" Stadtteil prächtige Tempel, in denen sie am Goldtag ihren gesichtslosen Göttern huldigten, riesige Bibliotheken und Museen und große Parks mit bizarren Bäumen, die aus den Elfenkönigreichen importiert worden waren.

Das Zentrum von Dayrelia bildete die Altstadt (das *Menschenviertel*, wie sie von Elfen und Orks genannt wurde), die von zweckmäßiger Architektur geprägt war: nüchterne Fachwerkhäuser mit weißgetünchten Mauern und mit braunen Ziegeln belegten Spitzdächern, die eher nützlich als schön sein mussten, und trotzdem mit ihrer Größe und Sauberkeit vom Wohlstand der Stadt kündeten.

Im Herzen der Altstadt lag der Palast der Königsfamilie Bendragur, mit seinen sechs hohen Türmen und seinen prächtigen Kuppeln, deren Kupferziegel im Laufe der Jahrhunderte grün geworden waren. Hier residierte die respektierte und diplomatische Königin Lyndira.

Zu Füßen des Palastes verteilt lagen die Ausbildungskader und Quartiere der Sturmklingen, die Königliche Bibliothek, das Königliche Observatorium und die Königliche Universität.

Der kleinste und jüngste Stadtteil war das Orkviertel.

Die Orks gehörten eigentlich auf den Kontinent Murika,

in dessen Steppen und Wüsten sie ein ursprüngliches, schamanistisches Leben geführt hatten. Doch vor Jahrhunderten hatte man sie von dort als Sklaven deportiert und quer über die ganze Welt verstreut. Heutzutage hatten sich die Orks zwar mit Mühen von ihrem Sklavendasein befreit, aber sie wurden immer noch von Menschen und Elfen aufgrund ihrer vermeintlichen Grobheit belächelt – eine Grobheit, die sich auch in ihrer Architektur widerzuspiegeln schien, denn die Häuser im Orkviertel waren ziemlich einfach gebaut, die meisten davon waren bessere Holzhütten. Sie waren vollkommen chaotisch und ohne jede Ahnung von Stadtplanung einfach aus dem Boden gestampft worden. Die wenigsten Straßen im Orkviertel nahmen daher einen geraden Verlauf, die meisten endeten in Sackgassen.

Man konnte über die Orks sagen, was man wollte, aber wenigstens war bei ihnen immer etwas los. Es war eine eindrucksvolle Schau, wenn ihre Schamanen mitten auf der Straße tanzten und ihre magischen Tricks vorführten oder wenn sich eine Gruppe betrunkener Orks durch die Straßen wälzte, grölte, was das Zeug hielt, und ganz nebenbei einige Holzhüttenwände umriss.

Sein bester Freund war ein Ork, daher verstand Garian dieses Volk vielleicht besser als die meisten seiner Mitmenschen und -elfen, und er machte nicht den Fehler, sie für grobschlächtig oder primitiv zu halten. Sie lebten einfach und freuten sich darüber, ihre eigenen Herren zu sein.

Auf der Suche nach seiner Schwester kämpfte sich Garian durch die Massen der Marktbesucher, welche die Straßen des Hafenviertels verstopften. Er stieß gegen einige Schultern, hörte zahllose Flüche, die man ihm in einem Dutzend verschiedener Sprachen und Dialekte hinterher brüllte, und murmelte mindestens zwei Dutzend Mal „Entschuldigung". Hin und wieder drehte er sich auch nach einem der vielen hübschen menschlichen oder elfischen Mädchen auf dem Marktplatz um – doch sie beachteten ihn nicht, wie üblich.

Tausend wunderbare Gerüche und Düfte erfüllten die Luft. Garian roch schmackhaftes Obst und Gemüse, das von den Händlern lauthals angepriesen wurde, und nahm diverse Duftwässerchen wahr, die unter der Sommersonne schwitzende Damen und Herren ausprobierten.

Er sah schwere Rollen von Teppichen und Gobelins, manche teuer und aufwendig gewoben, andere billig und fadenscheinig; Flaschen in allen Regenbogenfarben mit den verschiedensten Inhalten, von edlen Weinen bis hin zu Mitteln gegen Haarausfall.

Garian konnte noch immer nicht glauben, dass Kelrik ihnen erlaubt hatte zu gehen, nachdem er sich vorher stets so vehement gegen eine Reise seiner Kinder in die Taravan-Wälder gesträubt hatte.

Dabei waren die Wälder an sich ziemlich uninteressant – eine nicht sehr große Ansammlung alter Eichen und Buchen einige Meilen südlich von Dayrelia. Trotzdem gab es für Garian keinen Zweifel: Er musste dorthin. Und das hatte nur einen Grund:

Denn tief im Herzen der Wälder ruhte eine Bestie, die vor mehr als fünfhundert Jahren bezwungen worden war und die man damals wie heute nur ehrfürchtig den *Stahldrachen* nannte. Dabei handelte es sich um das Wrack einer jener riesigen Kriegsmaschinen, die während des Weltenbrandes an der Spitze riesiger Armeen gestanden und ganze Landstriche mit ihrem Atem aus purem Feuer vernichtet hatten.

Doch der Stahldrache in den Taravan-Wäldern war schon lange keine Gefahr mehr, für niemanden. Er war nur noch ein haushohes, vor sich hin rostendes Ungetüm, das nicht einmal für die königlichen Archäologen interessant war, obwohl sie sich sonst für alles begeisterten, was den Weltenbrand betraf, und für die Maschinen aus jener Zeit, die mit heute verlorenem Wissen gebaut worden waren. Wie schon gesagt, ein Wrack, nicht mehr – und der Traum aller jugendlichen Abenteurer. Großväter erzählten ihren Kindern Geschichten, dass im stählernen Bauch des Drachen die Seelen jener Soldaten umhergeisterten, die während des Weltenbrandes gestorben waren. Abergläubische Zeitgenossen munkelten, dass die Maschine verflucht wäre und jedem, der sie ansah, mindestens hundert Jahre Unglück bescherte. Andere behaupteten, dass es dort versteckte Schätze zu finden gäbe.

Ursprünglich war es Garians Plan gewesen, dieses sagenumwobene Wrack aufzusuchen, aber Taya war natürlich ebenfalls sofort Feuer und Flamme gewesen. Und Uruk? Na ja, Uruk hatte zuerst gezögert. Er befürchtete, dass seine Eltern ihn niemals gehen lassen würden. Außerdem war er noch nie ohne die Begleitung seines Vaters oder seiner Mutter außerhalb der Stadtgrenze gewesen.

Aber schließlich hatte seine Neugier gesiegt und er hatte in den Schwur eingestimmt, dass sie alles tun würden, um ihre Eltern dazu zu überreden, sie allein losziehen zu lassen.

Nach monatelangen Überredungsversuchen durch Garian und Taya hatte Kelrik nun endlich zugestimmt. Garian freute sich darauf, seiner Schwester die frohe Botschaft zu überbringen.

Und er wusste genau, wo er sie finden würde...

Der salzige Atem des Ozeans würzte die Luft an den steinernen Hafendämmen. Das uralte und erhabene Meer zog sich vor Tayas verträumten Augen bis in die Unendlichkeit hin. Das Rauschen seiner Wellen, die sich an den steinernen Kais von weißer Gischt gekrönt brachen, war wie ein Lied, das nur für ihre Ohren bestimmt war. Ein kühler Wind spielte mit ihrem Haar, während Möwen kreischend über sie hinwegglitten.

Im Hafen lagen Dutzende von Schiffen, die gemächlich auf- und abtanzten, als wäre die See eine liebevolle Mutter, die sie in den Schlaf wiegen wollte. Genau wie die Bewohner von Dayrelia bildeten auch die Schiffe und Boote im Hafen ein buntes Durcheinander. Viele stammten aus Ländern, deren Namen Taya noch nicht einmal kannte.

Sie erkannte Schiffe aus den Elfenkönigreichen mit prächtigen, blütenweißen Segeln. Die Schiffe waren schlank und mit allerlei Verzierungen versehen – so schön, dass es unmöglich erschien, dass sie jemals kentern würden. Dazwischen ragten menschliche Schiffe auf, die stark und zuverlässig aussahen, auch wenn sie nicht so aufwendig wie ihre elfischen Gegenstücke gestaltet waren. Orkschiffe stachen in dem Bild besonders hervor, mit ihren exotisch bemalten Segeln, den purpurn gestrichenen Holzkörpern und Tierschädeln, die überall als Schutz vor Meeresdämonen angebracht waren.

Wie beiläufig nahm die junge Elfe die Arbeiter wahr, die Kisten mithilfe von Flaschenzügen an Land brachten, Fässer über Planken rollten oder gemeinsam schwere Behälter transportierten. Aber sie konnten sie nicht vom Meer ablenken.

Taya schloss die Augen und hörte dem Lied der Wellen zu.

*Eines Tages werde ich zu dir kommen...*

Seit ihrer Kindheit träumte sie von Fahrten auf den Meeren, träumte von Reisen in all die bekannten und unbekannten Länder, die die Welt zu bieten hatte. Diese

Sehnsucht war stark in ihrem Herzen. Irgendwann, wenn sie alt genug war, würde sie gehen.

Auch wenn sie sich insgeheim davor fürchtete, die Wesen die sie liebte, zurücklassen zu müssen...

Taya horchte auf. Plötzlich merkte sie, dass sie nicht mehr allein war. Ohne dass sie sich umdrehen musste, wusste sie, dass Garian hinter ihr stand. Er hatte sich angeschlichen, wahrscheinlich um sie ein bisschen zu erschrecken, und er hielt schon die Hand ausgestreckt, um ihre Schulter zu berühren. Sie konnte seine Gegenwart deutlich *spüren* – genauso wie sie manchmal die Zukunft vorhersehen konnte.

Vor drei Monaten war diese Gabe zum ersten Mal erwacht. Taya war keine Magierin, das wusste sie genau. Und genau deswegen machte es ihr solche Angst. Bis jetzt hatte sie niemandem davon erzählt. Nicht einmal ihrem Bruder...

Deshalb drehte sich Taya nicht um. Sie ließ es zu, dass Garian an ihre Schulter tippte, und tat, als würde sie vor Schreck zusammenzucken. Dann erst sah sie ihn an.

Vor ihr stand ein dünner Junge, nicht viel größer als sie selbst. Sein verschlafener Blick aus braunen Augen verführte diejenigen, die ihn nicht gut kannten, manchmal zu dem Fehler, ihn für etwas langsam im Denken zu halten. Doch in Wahrheit versteckte sich hinter diesem dämmrigen Blick ein wacher Geist.

Garians Haar war dunkelblond, mittellang und höchstens mit den Fingern gekämmt. Die meiste Zeit über trug er ein dunkelgrünes Stirnband, das ihn nicht nur erwachsener wirken ließ, sondern auch noch einige Pickel verdeckte, die nicht nur auf der Stirn, sondern überall in seinem Gesicht blühten.

Eigentlich besaß Garian kaum Ähnlichkeit mit seinem Vater, abgesehen von seiner schmalen Nase, die mit Sicherheit einmal genauso markant wie die des Paladins werden würde. Mit seinen weichen Zügen kam er eher nach seiner Mutter Yelissa, die Taya auf Bildern gesehen, jedoch niemals kennengelernt hatte. Garian trug ein lockeres, gelbes Hemd, eine braune Hose und feste Halbschuhe. Es war nicht die Kleidung, die er heute Morgen in der Schule getragen hatte.

„Habe ich dich erschreckt?“, fragte er und setzte ein breites Grinsen auf. Er war unüberhörbar mitten im Stimmbruch.

Taya fragte sich, woher sie wissen konnte, dass er genau das sagen würde. Um über ihre Unsicherheit hinwegzutäuschen, produzierte sie ein freches Lächeln und ließ ihre Katzenaugen funkeln. „Eigentlich nicht“, antwortete sie.

„Da hatte ich aber einen anderen Eindruck.“ Garian stellte sich neben seine Schwester, lehnte sich wie sie an das gusseiserne Geländer und blickte mit ihr zusammen aufs Meer hinaus. Irgendwo in der Ferne ertönte eine Schiffsglocke.

Taya war nur ein Jahr jünger als Garian, also sechzehn. Sie trug einen langen, braunen Rock, feste Halbstiefel und eine weiße Bluse. Um die Schultern hatte sie ein rot-grün kariertes Tuch gelegt, das an der Brust zusammengeknotet war. Wie bei den meisten Elfen war ihr Gesicht zu jeder Jahreszeit blass wie Alabaster. Ein weiteres Zeichen ihrer Herkunft waren die spitz zulaufenden Ohren, genau wie ihre faszinierenden, lebhaften Augen mit den geschlitzten Pupillen und der silbernen Iris. Kastanienbraunes Haar fiel ihr in Wellen über die Schultern und bis tief in den Rücken. Spangen aus poliertem Holz hielten es ihr aus der Stirn.

Taya Maru war nicht Garians leibliche Schwester. Ihre Eltern waren bei einem Brand ums Leben gekommen, als sie acht gewesen war. Zwei Jahre lang hatte sie als Taschendiebin auf den Straßen von Dayrelia gelebt, bis Kelrik sich ihrer angenommen und sie adoptiert hatte.

„Wie war dein Training mit Kelrik?“, fragte Taya. Obwohl sie den Paladin aufrichtig liebte und achtete, hatte sie ihn niemals „Vater“ genannt.

„Nicht sehr gut“, musste Garian gestehen. Taya gegenüber war er aufrichtig bis zur totalen Selbsterniedrigung. Er erzählte ihr von seinem Kampf, dass er die ganze Zeit über das Gefühl gehabt hatte, wirklich eine Chance zu haben – und wie er schließlich verlor.

„Irgendwann wirst du es schaffen“, sagte sie. „Nur Mut.“

„Ich bemühe mich.“ Sie spürte, wie Trauer und Wut über seine Niederlage von vorhin wieder in ihm hochstiegen.

„Du wusstest doch, dass es nicht leicht ist, eine Sturmklinge zu werden, aber du hast dich trotzdem für diesen Weg entschieden.“

Er nickte und sie legte ihm tröstend die Hand auf die Schulter. „Ich kann auch nur große Reden schwingen, nicht wahr?“, meinte sie mit einem ironischen Lächeln. „Kopf hoch, großer Bruder. Irgendwann schaffst du es.“

„Na ja, zumindest gibt es eine erfreuliche Nachricht“, sagte Garian wesentlich besser gelaunt. Es schien, als hätten ihre Worte ihm tatsächlich Mut gemacht.

„Was ist passiert?“, fragte sie.

„Ich habe mit Vater über unsere Reise in die Wälder gesprochen. Und er hat uns erlaubt, zu gehen.“

Taya lächelte und ihre silbernen Augen strahlten vor Freude. „Das ist ja wunderbar!“ Für sie bedeutete diese eigentlich ziemlich simple Reise dasselbe wie für Garian: Endlich konnten sie die Stadt allein verlassen und die Welt um sie herum erkunden! Es war zwar keine Weltreise, aber zumindest ein vielversprechender Anfang. „Wir müssen es Uruk sagen!"

„Er müsste jetzt im Geschäft seiner Eltern sein", schätzte Garian. Genau wie Taya war er mit einem Mal so aufgeregt, dass er kaum stillhalten konnte.

„Warum stehen wir dann noch hier?" Sie ließ das Geländer hinter sich und lief los. „Komm schon, großer Bruder!", rief sie ihm zu. „Auf zu den Orks!"

## *Kapitel 3: Uruk*

*„Obwohl Dalan Taoru eine der wichtigsten Persönlichkeiten in der Geschichte des Weltenbrandes darstellte"*, schrieb der junge Ork Uruk mit größter Sorgfalt, *„gehört fast alles Wissen, das die Städtebauer über ihn besitzen, in das Reich der Mythen und Legenden, sodass wir heute Wahrheit und Dichtung kaum voneinander unterscheiden können. Viele Historiker zweifeln mittlerweile sogar an, ob es den legendären Weltenretter überhaupt gegeben hat..."*

Das war natürlich nicht Uruks Meinung, oh nein: *Er* war der festen Überzeugung, dass Dalan wirklich gelebt hatte. Dennoch war es seine Pflicht als angehender Historiker, auch die Stimmen seiner Kollegen festzuhalten.

*„Sicher ist nur, dass Dalan, wenn es ihn gab, dem Volk der Elfen angehörte, und dass er ein Magier war. Viele Historiker nehmen an, dass er während der ersten Generation des Weltenbrandes geboren wurde oder sogar noch davor, was bedeutet, dass er am Ende des Krieges ein alter Mann war."*

*Kann ich das so stehen lassen?*, fragte sich Uruk und starrte die Schriftzeichen auf dem Papier an. Irgendwie befürchtete er, es würde zu naiv klingen, nicht *wissenschaftlich* genug. Schließlich entschied er sich, solche Änderungen erst am Ende durchzuführen, bevor er den Faden verlor. Er griff wieder nach der Feder und schrieb weiter:

*„Doch keine Aufzeichnung nennt uns den Ort, an dem Dalan geboren wurde, oder wer seine Eltern und Geschwister waren. Einige Quellen berichten, er stamme aus Toaschida, einer Provinz im Elfenkönigreich Mjekoa, wo er der Sohn eines Soldaten war. Andere behaupten, seine Eltern hätten als Priester im*

*Tempel von Ve-Keru im Königreich Lendrien, gelebt. Viele Legenden besagen, Dalan habe keine Eltern besessen, sondern wäre von den Göttern geboren worden, doch mit Sicherheit können wir diese Behauptungen...“*, Uruk grübelte kurz, wie er diesen Satz am besten beenden konnte, *„...als Märchen abtun.“*

Er grunzte verächtlich, weil er mit dieser Formulierung immer noch nicht zufrieden war, aber schließlich konnte er sich später noch um die Form kümmern.

*„Doch egal um welche Legende es sich handelt, sie alle berichten das selbe: Wie eines Tages, in der Dritten Generation des Weltenbrandes, ein Magier auftauchte und eine Armee um sich scharte, die es sich zur Aufgabe machte, den Gräueln des Krieges ein Ende zu setzen, bevor jede Zivilisation vernichtet wäre. Dalan bildete eine der größten Allianzen der Weltgeschichte, und zusammen mit seinen Kriegern stellte er sich den aggressiven Königreichen wie Kaidan, Beless, Timapur und Vilun entgegen. Mit seinen magischen Kräften schaffte es Dalan sogar, die beiden mystischen Vernichtungsmaschinen des Königreiches Kaidan, die als die* Todesengel *bekannt waren, zu zerstören und der Schreckensherrschaft dieses Reiches ein Ende zu setzen. Dieses Ereignis wird von den meisten Historikern als das Ende des Weltenbrandes angesehen.“* So langsam merkte Uruk, dass seine Schreibe sicherer wurde. Es schien, als würden ihm die Worte zufliegen. Was mit Sicherheit daran lag, dass er über seine Lieblingsgeschichte schrieb.

*„Dann, als der große Krieg nur noch aus vereinzelten Gefechten bestand, verließ Dalan Taoru die Städtebauer. Niemand weiß, wohin er ging. Doch es blieben seine letzten Worte, die er an die Herrscher eines jeden Königreiches richtete. Seine Letzte Prophezeiung, die besagte, dass einst ein dunkler Funke die Welt erneut in Flammen...“*

*„Uruk!“*

Die mächtige Stimme donnerte durch das gesamte Geschäft wie ein Taifun und brachte die hölzernen Wände zum Vibrieren. „Uruk, komm sofort hierher!"

Uruk zuckte zusammen und zog aus Versehen einen Strich quer über sein ganzes Manuskript.

*Nicht schon wieder! Nicht jetzt!*

Erneut hörte er die Stimme seines Vaters, die lauthals rief: „Wo steckt der Junge? *Uruk*!"

Als der junge Ork begriff, dass es sinnlos war, sich weiterhin zu verstecken, seufzte er und packte sein Schreibzeug zusammen. Er verließ sein Versteck zwischen den herrlich duftenden Kisten voller Gewürze und schlüpfte durch einen Vorhang in das Verkaufszimmer. Die mächtige Gestalt seines Vaters ragte mit dem Rücken zu ihm auf. Die beiden Orks waren umgeben von Töpfen, Vasen, Schüsseln, Regalen und Vitrinen voller Gewürze und Kräuter, deren tausend Düfte sich als unsichtbare Wolke in der Luft ausbreiteten.

„Hier bin ich", sagte Uruk und schaffte es sogar, nicht ängstlich zu klingen.

Sein Vater drehte sich um und stemmte die Hände dramatisch in die Hüften. Gruhm der Händler war selbst für einen Ork eine ausgesprochen beeindruckende Gestalt: Mehr als zwei Meter groß, muskelbepackt und mit den mächtigsten Armen und dem breitesten Kreuz ausgestattet, die man sich nur vorstellen kann. Aus seinem Unterkiefer ragten zwei bedrohliche Hauer und seinem wütenden Blick aus den kleinen gelben, blutunterlaufenen Augen konnten nur die wenigsten standhalten. Die Öffnungen seiner Schweinenase zitterten vor Wut, sein braunes Gesicht war rot angelaufen.

Gruhm trug maßgeschneiderte, stattliche Kleidung: teure Hosen aus Leder und ein weißes Hemd – jedoch keine Schuhe. Dafür glänzte seine breite Gürtelschnalle golden und ein grün-rot-schwarz karierter Umhang fiel von seinen Schultern herab. „Wo bist du gewesen?“, brummte er. Seine Stimme war tiefer als der Schlund eines Vulkans.

„Ich habe geschrieben“, antwortete Uruk zaghaft. Es hatte keinen Zweck zu lügen. Außerdem trug er noch immer seine Tasche um die Schulter.

Er selbst war nur beinahe halb so groß wie sein Vater, ein Orkkind von sechzehn Jahren und schmächtiger Gestalt – zumindest nach den Maßstäben seines Volkes, denn er war breiter gebaut als die meisten Menschen und wirkte ziemlich pummelig. Die typischen Orkmerkmale wie Hauer und Schnauze waren bei ihm noch nicht so stark ausgebildet wie bei seinem Vater und sahen eher niedlich aus. Seine Arme waren noch nicht so überproportioniert und muskelbepackt wie bei den erwachsenen Vertretern seiner Art, dafür waren seine Beine orktypisch kurz und stämmig. Uruk trug ein einfaches Hemd und eine weite schwarze Hose – genau wie sein Vater verzichtete er auf Schuhwerk.

„Geschrieben?“, wiederholte Gruhm knurrend. „*Geschrieben?* Wie oft soll ich es dir noch sagen, Uruk? Wenn du hier im Laden bist, sollst du diese Schmierereien lassen! Ich habe dir befohlen, hierzubleiben und auf Kundschaft zu warten, während ich beim Hafenmeister bin. Was, wenn inzwischen tausend Kunden hier waren und du sie nicht bemerkt hast, weil du in deinen Unsinn vertieft warst? Oder schlimmer noch: Wenn ein Dieb sich eingeschlichen und die Kasse geplündert hätte!“

„Fehlt denn etwas in der Kasse?“, fragte Uruk vorsichtig. Ihm war durchaus bewusst, dass er einen Fehler gemacht hatte.

„Den Göttern sei Dank nicht! Aber es hätte leicht passieren können!“ Gruhm wurde wieder lauter. „Wie willst du jemals ein guter Kaufmann werden, wenn du nicht mal auf das Geschäft aufpassen kannst?“

Durch die beiden großen Fenster des Ladens, die mit Bündeln verschiedener Kräuter ausgeschmückt waren, sah Uruk die Orks, die draußen auf der Straße gingen. Seine Artgenossen sahen sich mal verwirrt, mal neugierig nach dem Gepolter um, das aus *Gruhms und Krins Exotische und Erlesene Gewürze* kam. „Es ist kein Unsinn", sagte er kleinlaut.

„Was?", fragte Gruhm, völlig aus dem Konzept gebracht.

„Das Schreiben. Es ist kein Unsinn. Du hast mich schließlich zur Schule geschickt, damit ich es lerne. Damit ich Buchführen kann und so weiter. Warum sagst du jetzt, es wäre Unsinn?"

Die kleinen, zierlichen Ohren seines Vaters zuckten verwirrt. Er wurde etwas leiser, und Uruk wusste, dass er gut argumentiert hatte. „Natürlich ist das Schreiben als solches kein Unsinn", gab Gruhm zu. „Ich bin stolz, dass du es kannst. Aber du sollst deine Zeit nicht mit deinen lächerlichen Historien vergeuden! Du sollst sie anständig nutzen!"

„Aber es ist wichtig, dass jemand die Historie festhält!", verteidigte sich Uruk. „Sonst wird sich niemand an die Vergangenheit erinnern und man wiederholt die Fehler der Geschichte!"

„*Schadrascha!*", brüllte Gruhm. Es war einer der übelsten Flüche, die die orkische Sprache kannte. „Aber du bist kein Historiker! Du bist der Sohn einer Kaufmannsfamilie! Wie oft muss ich es dir noch sagen, mein Sohn? Wir sind Orks. Und als Orks haben wir es nicht leicht bei den anderen Völkern. Wir haben uns unsere Freiheit nicht erkämpft, um faul dazusitzen und auf Papier herumzukritzeln. Wir müssen den Menschen und Elfen zeigen, dass wir kein Haufen Primitiver sind. Deine Mutter und ich haben dieses Geschäft mit nichts anderem als unseren eigenen Händen errichtet. Dieses Haus wurde mit unserem Blut und unserem Schweiß gebaut. Nur durch unser Geschick haben wir es zu Vermögen gebracht. Du bist unser einziger Sohn und eines Tages wirst du *Gruhms und Krins Exotische und Erlesene Gewürze* erben." Gruhm schnappte nach Luft, wobei Uruk fürchtete, der gewaltige, sich aufblähende Brustkorb seines Vaters würde jeden Moment sein Hemd zerreißen. „Womit willst du das Geschäft am Laufen halten? Mit Historien?"

„Aber ich will kein Gewürzhändler sein!", quiekte Uruk.

„Es ist ein ehrenhafter Beruf", brummte Gruhm. „Oder hältst du deine Eltern nicht für ehrenhaft?"

„Doch natürlich!", sagte Uruk. „Aber warum kannst du nicht verstehen, dass ich nicht du bin?"

Das brachte seinen Vater für einige Augenblicke zum Schweigen. Dann sagte er, so sanft es einem wütenden Orkvater eben möglich war: „Weil du mein Sohn bist, Uruk. Weil ein Teil von mir auch in deiner Seele steckt und ein Teil meines Blutes auch in deinen Adern fließt."

„Es waren keine Kunden da!", sagte Uruk. „Ich habe die Türglocke nicht ein einziges Mal gehört!"

„Das kannst du ja auch nicht, wenn du die ganze Zeit geschrieben hast! Ich weiß, dass du dann die Welt um dich herum vergisst! Du..."

Im selben Moment läutete ein zartes Glöckchen, als die Tür zu *Gruhms und Krins* geöffnet wurde. Uruk und sein Vater drehten sich um.

Zwei Wesen traten ein. Ein Mensch und eine Elfe.

Ein erleichtertes Lächeln legte sich auf Uruks Gesicht, als er Garian und Taya erblickte. Gruhm dagegen zog die Augen zu argwöhnischen, kleinen Schlitzen zusammen. Seiner Meinung nach, das wusste Uruk, verbrachte sein Sohn zu viel Zeit mit Nicht-Orks, was für Gruhm viele seiner seltsamen Ansichten erklärte.

„Ich grüße Euch, Herr Utka“, sagte die Elfe und verneigte sich höflich vor dem Gewürzhändler. „Hallo, Uruk.“

Der Menschenjunge wiederholte den Gruß an Gruhm und fragte dann dessen Sohn: „Hast du Zeit, Uruk?“

„Habe ich?“, fragte Uruk vorsichtig, seinem Vater zugewandt.

Gruhm warf erneut einen abschätzenden Blick auf die beiden Besucher, die artig dastanden, dann sah er Uruk an. Sein Zorn war noch nicht ganz verraucht, aber Uruk fand zumindest ein kleines bisschen Verständnis in den Augen Gruhms. „Geh“, brummte der Händler und machte eine wegwerfende Geste. „Wir reden später noch einmal, Uruk. Ich muss mich um unser Geschäft kümmern.“

„Lasst uns gehen“, flüsterte der junge Ork seinen beiden besten Freunden zu. „Bevor er es sich anders überlegt!“

Die drei Freunde folgten den engen Gassen des Orkviertels: Garian ging rechts, Taya links und Uruk in der Mitte, beinahe einen Kopf kleiner als seine beiden Begleiter. Seine Hände hielten den Gurt seiner Tasche mit dem Schreibzeug fest, seinen kostbarsten Schatz. Die illustre Gruppe wurde von den herumstreunenden Orkpassanten kaum beachtet. Bunt zusammengewürfelte Gruppen waren in Dayrelia an der Tagesordnung.

„Hast du Ärger gehabt, Uruk?“, fragte Taya.

„Nur den üblichen“, antwortete der junge Ork mit gesenktem Haupt und beobachtete seine nackten Füße mit den krallengleichen Nägeln, die auf dem Pflaster tapsten.

Wie seine Freunde besuchte auch Uruk die Königliche Schule von Dayrelia, dort hatten sie sich kennengelernt. Aber im Gegensatz zu Taya und Garian ging Uruk gern zur Schule. Sein Lieblingsfach war natürlich Geschichte und am eifrigsten nahm er am Unterricht teil, wenn es um sein Lieblingsthema ging: den Weltenbrand vor über fünfhundert Jahren. Uruk wusste beinahe alles darüber, was es zu wissen gab, manchmal sogar mehr als seine Lehrer, was ihn wiederum sehr unbeliebt bei weniger gebildeten Mitschülern und somit zum Objekt ihres Zorns machte. Aber Taya und Garian standen ihm immer zur Seite.

„Heute Nacht geht es los, Uruk", begann Garian.

„Was geht los?"

„Na, unsere Reise nach Taravan", erklärte Taya.

Uruk blinzelte ganz verblüfft. „Hat euer Vater es etwa erlaubt?"

Garian erzählte ihm die ganze Geschichte.

„Vielleicht sollten wir es verschieben", meinte Uruk daraufhin zaghaft. „Meine Eltern werden mir sicher nicht erlauben zu gehen. Nicht nach dem heutigen Ärger."

Aber Garian wollte das nicht gelten lassen. „Wir haben so lange darauf gewartet! Ich habe keine Lust, es länger aufzuschieben!"

„Ihr könnt doch ohne mich gehen..."

„Auf keinen Fall!", stellte Taya klar. „Entweder kommst du mit oder wir gehen überhaupt nicht. Ohne dich ist es nicht dasselbe."

„Danke", sagte Uruk geschmeichelt. Wäre er ein Mensch gewesen, er wäre rot geworden. Er wusste, dass Taya es ernst meinte. „Aber..."

„Oder willst du gar nicht mehr mit?", fiel ihm Garian enttäuscht ins Wort.

„Na ja", machte Uruk verlegen und kratzte sich am kahlen Hinterkopf. „Die Wälder sind so weit weg. Und ich habe heute einen unserer Schamanen gehört, der meinte, es würde diese Nacht ein Sturm aufziehen."

„Aber es lohnt sich sicher", behauptete Garian. „Denk

an den Stahldrachen! Einige behaupten, in dem Wrack gibt es noch alte Aufzeichnungen aus der Zeit des Weltenbrandes!"

„Wer behauptet das?"

„Einige eben", antwortete Garian achselzuckend. „Komm schon, Uruk. Du musst deinen Eltern ja noch nicht einmal sagen, dass du mit uns in die Wälder gehst..."

„Sie werden mich umbringen!"

„Lass mich erst ausreden: Du sagst ihnen stattdessen, dass du bei Taya und mir übernachtest!"

„Und wenn sie euren Vater fragen?"

Taya sah ihn an. Ihr Blick sagte: *Du machst wohl Witze!* „Wann sprechen deine Eltern und unser Vater schon mal miteinander?"

Das sah Uruk ein. „Auch wieder wahr." Seine Freunde und er wichen einem Heuwagen aus. Die Hufe der beiden Zugpferde klapperten auf dem grauen Pflasterstein. Der Geruch von Pferdeäpfeln folgte dem Gefährt wie ein Schatten. Uruk haderte immer noch mit sich.

„Nun komm schon", drängte Taya. „Du kannst es wenigstens versuchen und sie fragen."

„Und wenn sie Nein sagen?", wollte Uruk wissen.

„Dann schleichst du dich aus dem Haus", meinte Garian. „Ganz einfach."

*Einfach?* Uruk war da ganz anderer Ansicht. Trotzdem lenkte er ein: „Gut, ich werde sie fragen. Aber nur euretwegen!"

„Wunderbar", meinte Taya und legte ihren Arm um die Schulter des kleineren Orks. „Dann lasst uns packen!"

## *Kapitel 4: Reisevorbereitungen*

Den Rest des Nachmittags verbrachten sie im Hause Kelriks und suchten aus Schränken, Kisten und Truhen alles zusammen, was sie für ihr Abenteuer benötigen würden.

Taya besorgte aus der Küche belegte Brote und einige Früchte, die sie als Proviantrationen in Tücher einschlug. Sie füllte drei Holzflaschen mit Wasser aus der Zisterne im Keller.

Garian besorgte eine magische Fackel und Feuersteine für Licht und eventuell ein Lagerfeuer. Im Bücherschrank seines Vaters fand er eine Karte der Taravan-Wälder, die ihn wiederum an den Kompass erinnerte, den er noch mitnehmen wollte.

Auf dem Speicher fanden die Abenteurer ein Zelt, das einmal zu den Beständen der königlichen Streitkräfte gehört hatte. Es war groß genug für drei Personen und vor allem einfach und schnell aufzubauen.

Sie verstauten all das in zwei Rucksäcke.

Danach begaben sie sich in das Zimmer, das Garian und Taya sich teilten.

An den Wänden von Garians Seite hingen Dutzende von antiken Abzeichen und Orden von Sturmklingen, die sein Vater ihm geschenkt hatte. Zwei Bücherregale waren vollgestopft mit Romanen und Novellen von und über Ritter und ihre großen Erlebnisse.

Während Garians Hälfte des Raumes ordentlich und aufgeräumt war (Disziplin gehörte schließlich zu den Tugenden einer werdenden Sturmklinge!), regierte auf Tayas Seite das pure Chaos: Kleider lagen in kleinen Haufen verstreut auf dem Boden und das Bett sah aus, als ob darin zwei ausgewachsene Orks einen Ringkampf veranstaltet hätten. Die Schubladen der Kommode waren herausgezogen und durchwühlt worden, als Taya nach weiteren Utensilien für ihren Marsch durch den Wald gesucht hatte.

„Wie lange werden wir eigentlich wandern müssen?“, fragte Uruk.

„Vielleicht zwei oder drei Stunden“, antwortete Garian.

„Oh... Und was machen wir, wenn es wirklich regnet?“

Als Antwort hielt Taya einen ledernen Kapuzenmantel hoch, den sie aus ihrem Rucksack gezogen hatte.

Das schien den Ork einigermaßen zu besänftigen. Er hatte zu Hause einen ähnlichen Mantel, den er mitnehmen konnte. Aber etwas störte ihn noch: „Und was ist mit den Tieren?“

„Welchen Tieren?“, fragte Garian seinen Freund verblüfft.

„Wölfen oder Bären.“

„Ich nehme natürlich ein Messer mit.“

„Und wenn das nichts nützt?“

„Dann wird uns schon etwas einfallen“, beruhigte ihn Taya. „Mach dir keine Sorgen.“

Doch selbst das konnte Uruks letzte Zweifel nicht ganz beseitigen. Er versuchte sich mit der Aussicht auf den Stahldrachen zu trösten und mit dem Gedanken, dass Garian vielleicht recht hatte und in der Maschine tatsächlich vergessene Aufzeichnungen aus der Zeit des Weltenbrandes nur darauf warteten, von ihm entdeckt zu werden. Mit etwas Glück konnte er seine Eltern wirklich überzeugen...

Langsam senkte sich die Sonne, es wurde dunkel und kühl, und auf den Straßen zogen Männer und Frauen umher, um die Laternen zu entzünden. Für Uruk wurde es

Zeit, nach Hause zu gehen.

Natürlich begleiteten Taya und Garian ihn zurück ins Orkviertel, denn obwohl die Sturmklingen über die Straßen wachten und für Ordnung sorgten, gab es nicht wenige merkwürdige Gestalten, die sich um diese Zeit in Dayrelia herumtrieben. Bruder und Schwester trugen bereits ihr Gepäck auf dem Rücken.

Sie hatten keine fünfzehn Minuten zu gehen, da das Haus der Familie Utka am Rande des Viertels lag, hart an der Grenze zu den Siedlungen der Menschen in der Altstadt. Es war ein großes Haus mit zwei Stockwerken, und obwohl es zu großen Teilen aus Holz gebaut war, wirkte es nicht so windschief wie die anderen barrackenartigen Behausungen dieses Stadtteils. Es zeugte von dem Wohlstand, zu dem Uruks Eltern durch den Gewürzhandel gekommen waren. Das Haus besaß sogar einen eigenen kleinen Garten. Hinter den zugezogenen Fenstern des unteren Stockwerks brannte das flackernde Licht eines Kamins.

„Wir warten hier auf dich", versprach Garian. Er und Taya blieben am hölzernen Gartenzaun zurück.

„Ist gut", antwortete Uruk, nicht sonderlich begeistert. „Aber wenn ich nicht sofort zurückkomme..."

„Dann warten wir ein paar Häuser weiter auf dich, damit deine Eltern uns nicht sehen", vollendete Taya.

Uruk nickte. Er ließ seine Freunde hinter sich und marschierte zur Haustür. Er betätigte den wie einen Löwenkopf geformten Türklopfer und betrachtete mit einem unguten Gefühl den Stierschädel, der über dem Türrahmen angebracht war und nach dem Glauben seines Volkes böse Geister fernhielt.

Kurz darauf öffnete seine Mutter die Tür. Obwohl Krin Utka kahl war wie ein Fels (wie alle Orkfrauen), kennzeichneten sie ihre großen Brüste unverkennbar als weiblich. „Uruk! Wo warst du so lange?“, fragte sie vorwurfsvoll. „Wir haben uns schreckliche Sorgen gemacht!“ Sie warf einen finsteren Blick auf Taya und Garian, die noch immer am Zaun warteten und höflich lächelnd einen guten Abend wünschten. Noch bevor Uruk antworten konnte, befahl seine Mutter: „Komm sofort ins Haus!“

Ihr Sohn tat, wie ihm geheißen. „Ich war die ganze Zeit bei Taya und Garian“, sagte er.

„Ist es der Junge?“ Gruhm schob sich in den von Kerzen beleuchteten Korridor. „Hast du dich etwa die ganze Zeit mit deinen Freunden herumgetrieben?“ Nicht einmal ein Tauber hätte seine Wut überhört.

„Ja“, gab Uruk kleinlaut zu. „Vater, Mutter, ich wollte euch etwas fragen...“

Gruhm legte seine Pranken in die breiten Hüften und grunzte.

„Ich, äh...“ Uruk zögerte. Ihm war nur allzu klar, wie verärgert seine Eltern über sein spätes Kommen waren. Wahrscheinlich würden sie ihn sofort ins Bett schicken – nachdem ihm Gruhm noch eine Moralpredigt über die Pflichten eines Sohnes und seine nichtsnutzigen, nichtorkischen Freunde gehalten hatte. *Sie werden mich nicht gehen lassen,* dachte er. Aber er hatte Garian und Taya versprochen, seine Eltern zumindest zu fragen. Also brachte er all seinen Mut auf, atmete tief durch und stellte dann die alles entscheidende Frage: „Ich weiß, das ist wahrscheinlich ein schlechter Zeitpunkt, aber ich hatte gedacht... Ich meine, ich wollte fragen... ob ich heute Nacht bei Taya und Garian übernachten darf.“

„*Was?!*“ Die Stimme seines Vaters brandete zu einem Sturm an. „Du gehst sofort in dein Zimmer, Uruk!“ Gruhms Zeigefinger deutete auf die Treppe ins Obergeschoss. „Du hast mich schwer enttäuscht, mein Sohn! Wir werden morgen darüber sprechen! Geh jetzt ins Bett!“

„Aber ich..." Uruks Augen füllten sich mit Tränen. Er hatte es vorausgesehen, trotzdem kam ihm das alles auf einmal sehr unfair vor. Warum konnte er nicht einen Vater haben wie Garian und Taya? „Ich wollte..."

„Keine Widerrede!", brummte Gruhm. Hinter den mächtigen Schultern seines Vaters sah Uruk das Gesicht seiner Mutter. In ihren kleinen gelben Augen stand Mitgefühl. Aber sie konnte ihm jetzt nicht helfen.

Mit matten Schritten und gesenkten Schultern schlurfte Uruk die Treppe hinauf und warf sich auf das Bett in seinem dunklen Zimmer. An diesem Abend spendete ihm die Gegenwart seiner zahllosen Bücher keinen Trost und er machte auch keine Kerze an. Er lag einfach nur da und rang mit den Tränen. *Es ist so ungerecht,* dachte er. Warum konnte Gruhm ihn nicht verstehen?

Dann musste er an seine Freunde denken und daran, dass sie draußen auf ihn warteten. Er dachte an Garians Antwort, als er ihn vorhin gefragt hatte, was geschehen sollte, wenn seine Eltern ihm verboten, außer Haus zu übernachten.

*„Dann schleichst du dich aus dem Haus. Ganz einfach."*

*Das kann ich nicht tun!,* überlegte Uruk. *Wenn ich jetzt abhaue, werden sie mir das nie verzeihen!*

Für Garian mochte das sicher einfach sein, er hatte auch nicht Gruhm den Gewürzhändler zum Vater. Außerdem war Garian viel mutiger als Uruk. *Ich bin ein Feigling,* wurde Uruk klar. *Ein kleiner, schwächlicher Feigling.*

Aber er wollte kein Feigling sein. Er wollte nur sein Leben leben und seinen Traum verwirklichen, eines Tages ein berühmter Historiker zu werden.

Plötzlich hörte er Tayas Stimme, die ihn fragte: *„Ja, aber wie willst du das tun, wenn du dich von deinen Eltern einsperren lässt?"* Das würde sie sagen, wenn sie jetzt hier wäre.

Für einen Moment lauschte Uruk seiner inneren Stimme: *Wie kann ich ein berühmter Historiker werden, wenn ich mich hier in meinem Zimmer verkrieche?*

Draußen im Wald warteten vielleicht fantastische Hinterlassenschaften aus dem Weltenbrand darauf, von ihm entdeckt zu werden. Er dachte an all die neuen Erkenntnisse, die sie den Gelehrten der Welt bieten könnten.

*Ich will kein Feigling sein!*

Garian würde sagen: *„Dann hör auf, rumzuheulen. Steh auf und komm mit uns, Uruk."*

*Aber wie?*

Wie sollte er an seinen Eltern vorbeikommen? Wenn Gruhm ihn jetzt erwischte, wie er durch das Haus schlich, dann war der Ärger von vorhin nicht mehr als ein Witz im Vergleich zu dem, was er dann zu hören bekommen würde.

*Das Fenster...*

Uruk stand vom Bett auf. Er ging zum Fenster und spähte nach draußen. Es zeigte den kleinen Garten hinter dem Haus mit seinem gepflegten Rasen, dem Weg aus glatten Steinplatten und dem Karpfenteich. Am Rande des mannshohen Zaunes standen drei große Steinblöcke, die mit Schutzrunen aus der Religion seines Volkes verziert waren.

Direkt unter seinem Fenster verlief das hölzerne Dach der Veranda.

Für Garian wäre es jetzt ein Leichtes gewesen aus dem Fenster zu klettern und sich an einem der beiden Stützpfeiler herunterzulassen. Aber für den pummeligen Uruk, der fast das Doppelte seines menschlichen Freundes wog...

*Das kann ich nicht,* dachte er kopfschüttelnd.

*„Wenn du es nicht versuchst, wirst du es nie erfahren"*, hörte er Taya sagen.

*Ich könnte mir den Hals brechen... oder Schlimmeres!*

*„Aber dann warst du wenigstens kein Feigling."*

Zum zweiten Mal an diesem Tag brachte Uruk all seinen Mut auf. *Es stimmt,* überlegte er und wischte sich den Rotz von seiner Schweinenase. *Ich sollte wirklich aufhören, rumzuheulen. Garian und Taya warten auf mich!*

Er wandte sich vom Fenster ab und ging an seinen Kleiderschrank, aus dem er einen Ledermantel herausholte, den er in seinem Rucksack verstaute. Er wollte sich gerade aufmachen, als ihm im letzten Moment seine Tasche mit dem Schreibzeug einfiel, die er achtlos in die Ecke geworfen hatte, bevor er sich flennend auf das Bett geschmissen hatte. Er schnallte sie um seine Brust, holte ein letztes Mal tief Luft und machte sich auf den Weg.

*Uruk den Feigling gibt es nicht mehr!*

Aber er kehrte zumindest für kurze Zeit zurück, als der junge Ork erneut zum Fenster hinausblickte. Sein Zimmer befand sich im ersten Stockwerk. Und ein Sturz aus einer solchen Höhe würde ihm jeden Knochen im Leib brechen.

*Ich darf einfach nicht fallen.*

Er öffnete die Fensterläden weit und kühle Abendluft begrüßte ihn. Er hörte sein Herz bis zum Hals schlagen. Das Dach der Veranda bestand nur aus einfachen Holzbrettern und er wog nahezu hundertsechzig Pfund!

Das rechte Bein voran kletterte Uruk aus dem Fenster und setzte den ersten Fuß auf die schräg abfallende Holzfläche, klammerte sich aber mit beiden Händen am Fensterbrett fest.

Die Veranda gab ein leichtes Ächzen von sich, als der Orkfuß auf ihr lastete, und Uruk schreckte zurück. *Nein, das kann ich nicht tun!,* dachte er, während sein Herz einen wilden Takt schlug. Aber dann dachte er an seine Freunde und fasste wieder Mut. Er setzte den ersten und schließlich den zweiten Fuß auf das Dach und stellte fest, dass er eigentlich doch ganz sicher stand. Er erlaubte sich einen erleichterten Seufzer.

Langsam ließen seine Hände das Fensterbrett los. Für einen Moment glaubte Uruk das Gleichgewicht zu verlieren. Er ruderte mit den Armen, um auf der schrägen Fläche die Balance wiederzugewinnen. *Nur die Ruhe bewahren! Keine Panik!* waren seine letzten Gedanken, bevor er abrutschte und mit einem quiekenden Schrei fiel.

Der Aufprall war hart und schmerzhaft. Es war so schnell gegangen, dass er kaum begriff, was passiert war.

Für einige Sekunden lag er nur auf dem Boden, das Gesicht dem Himmel zugewandt. Seine Glieder jaulten vor Schmerz, während sein massiger Körper den gepflegten Rasen platt drückte. Aber er hatte es zumindest überlebt. Uruk richtete sich auf und schüttelte den Kopf, um die Flecken loszuwerden, die vor seinen Augen tanzten. Er bewegte nacheinander Arme und Beine, Finger und Zehen, bis er sicher war, dass er sich nichts gebrochen hatte. Es ging ihm gut – natürlich abgesehen von den Schmerzen. Es hätte schlimmer kommen können: Er hätte direkt auf einer der Steinplatten statt auf dem Rasen landen können, und dann wäre er wahrscheinlich nicht so leicht davongekommen.

Doch sein Sturz blieb nicht unbemerkt. Er beobachtete, wie hinter den Fenstern zur Veranda eine Kerze entzündet wurde. Er sah die Schatten von zwei mächtigen Gestalten, dann hörte er die Stimme seiner Mutter brummen: „Es war draußen im Garten, Gruhm! Ich habe es genau gehört!"

Und sein Vater knurrte: „Vielleicht ein Dieb... Ich werde nachsehen."

*Nein!,* dachte Uruk. *Nur das nicht!*

Trotz seiner Schmerzen rappelte er sich auf und rannte Hals über Kopf quer durch den Garten, so unbedacht, dass er mit einem seiner nackten Füße in Gruhms heißgeliebtem Karpfenteich landete. Uruk sprang über die großen, runenübersäten Felsen am Rande des Gartens und hievte sich auf den hölzernen Zaun, der unter seinem Gewicht merklich wankte.

In dem Moment, als sein Vater die Verandatür öffnete und mit einer Kerze in der einen und einem Knüppel in der anderen Hand nach draußen trat, war Uruk bereits außer Sichtweite. Er hockte hinter dem Zaun, zwang sich, trotz seiner Aufregung ruhig und vor allem leise zu atmen und lauschte wie sein Vater rief: „Ist hier jemand? Ich warne euch! Dieses Grundstück ist Privatbesitz der Familie Utka!“

Uruk bedeckte das Gesicht mit den Händen. *Er wird mir das nie verzeihen!*

Für einen kurzen Moment dachte er daran, über den Zaun zurück zu klettern, um sich seinem Vater zu erkennen zu geben. Aber nein. Er war nun so weit gekommen, jetzt gab es kein Zurück mehr. Zumindest nicht an diesem Abend. Taya und Garian warteten schließlich auf ihn!

„Wo bleibt er nur?“, fragte Taya besorgt und blickte sich mit einem leichten Frösteln um. Am Abend wirkte das Orkviertel mit seinen chaotischen Baracken ziemlich gespenstisch. Nur alle hundert Schritt gab es eine Laterne und die einzigen anderen Lichter stammten aus dem Inneren der Häuser. „Wir warten jetzt bestimmt schon eine Stunde!“

„Sie haben ihn nicht gehen lassen“, murmelte Garian. Er und seine Schwester standen einige Häuser von Uruks Zuhause entfernt. Bis jetzt hatte sich nichts getan und langsam wurde es spät. Wenn Uruk nicht bald auftauchte, war es *zu* spät, und die Stadtwache würde ihnen den Ausgang verweigern.

*Ob er sich rausschleichen wird?* Garian hoffte, dass es so

war. Aber im selben Moment wurde ihm klar, wie egoistisch dieser Gedanke war. Denn selbst wenn er bei seiner Flucht nicht erwischt wurde, würde Uruk spätestens bei ihrer Rückkehr aus den Wäldern riesigen Ärger bekommen. Und das wünschte ihm Garian überhaupt nicht. Doch gleichzeitig wollte er seinen Freund an seiner Seite haben. Sie waren eine Gemeinschaft. Ohne Uruk konnten sie nicht gehen!

Langsam bekam Garian Zweifel, ob ihre Reise wirklich das heißersehnte Abenteuer werden oder sich im Nachhinein einfach als kindische Dummheit herausstellen würde. Vielleicht wäre es besser, hierzubleiben. Zumindest würde Uruk dann keine Schwierigkeiten bekommen.

„Ich glaube, da kommt er!“, sagte Taya plötzlich und riss Garian aus seinen Gedanken. Ihr Bruder blickte in die Richtung, in die sie zeigte. Tatsächlich, da kam ihnen eine kleine, aber stämmige Gestalt mit schnellen Schritten entgegen. Ein Ork, ohne Zweifel! Er trug eine weite Hose, eine Jacke aus Leder, einen Rucksack und eine Tasche, die von seiner rechten Schulter baumelte.

Uruk!

„Es ist so weit“, rief ihnen der junge Ork entgegen, vollkommen außer Atem. Die Öffnungen seiner Schnauze, das Gegenstück zu Nasenlöchern, öffneten sich weit und sein Mund stand offen. Japsend schnappte er nach Luft, als er vor seinen Freunden stehen blieb, und stützte die Arme auf die Oberschenkel.

„Du hast es geschafft, Uruk!“, jubelte Taya und umarmte ihren Freund innig.

„Haben sie – ich meine, haben deine Eltern es dir erlaubt?“, fragte Garian hastig. Er war gleichsam froh und besorgt, dass Uruk hier war.

Der junge Ork schüttelte als Antwort den Kopf und schnaufte.

„Aber wie...?"

„Ich habe mich..." Uruk holte tief Luft. „...aus dem Haus geschlichen. Ganz einfach!"

Garian musste unwillkürlich lächeln, als er seine eigenen Worte wiedererkannte. „Aber was ist, wenn deine Eltern...?"

„Ich möchte jetzt nicht darüber nachdenken", sagte Uruk, der langsam wieder zur Ruhe kam. „Wir hatten doch eine Reise geplant. Also... lasst uns gehen!"

**Ein Blitz durchzuckt die schwarze Nacht** wie eine blauweiße Klinge und ein Donnerschlag folgt ihm wenige Sekunden später. Die Steinwände des Hauses scheinen unter seiner Macht zu erzittern. Uruk hält inne und lauscht dem unheilvollen Brodeln des Sturmes.

„Wie ging es weiter?", fragt Bru ungeduldig und der alte Ork nimmt schließlich den Faden wieder auf.

„An diesem Abend zogen wir also los ins Abenteuer", sagt er. „Für Taya und Garian war es die Erfüllung eines Traums, aber ich war mir da nicht so sicher. Natürlich war ich neugierig auf das Wrack in den Wäldern, aber mir graute bei der Vorstellung von mehreren Stunden Fußmarsch in der Dunkelheit.

Keiner von uns – und auch niemand sonst in Dayrelia oder in ganz Minaskai – hätte gedacht, dass dies der Vorabend eines Krieges war."

„Was ist passiert?"

„Bereits seit einigen Wochen gab es Gerüchte darüber, dass das Königreich Xendor seine Armee für einen Krieg rüstete."

„Xendor", wiederholte Bru. „Ich kenne diesen Namen..."

Uruk erklärt: „Das Königreich Xendor war Minaskais östlicher Nachbarstaat, doppelt so groß, aber nur halb so wohlhabend. Es war ein raues Land mit knochigen Gebirgen, dunklen Wäldern und wenig fruchtbaren Feldern. Seine Bewohner waren Menschen, die unter der Knute von hohen Steuern und einer strengen Regierung standen. Ein Sprichwort besagte, dass die Xendorier mit nichts so zufrieden waren wie mit der Unzufriedenheit.

Im Laufe seiner langen Geschichte war Xendor immer wieder von Königen regiert worden, die allesamt früher oder später vom Größenwahn befallen wurden. Mehrere Dutzend Mal hatten die Xendorier schon andere Nationen überfallen, aber oft genug konnten sie zurückgeschlagen werden.

Nur der letzte König des Reiches, sein Name war Eradahn Caldana, war anders. Mit ihm saß zum ersten Mal ein wirklich weiser Mann auf dem Thron von Xendor, der sich sehr für den Frieden zwischen den Königreichen einsetzte. Er hatte die Grenzen seines Reiches für Kaufleute aus anderen Ländern geöffnet und auch die Völker der Elfen und der Orks willkommen geheißen. Das missfiel nicht wenigen seiner Untertanen, aber sie beschwerten sich nicht, weil die ausländischen Händler Geld brachten und die hohen Steuern teilweise gesenkt werden konnten."

Uruk sieht ein erleichtertes Lächeln auf dem breiten Mund seiner Enkelin, doch er muss sie enttäuschen: „Aber Eradahn war schon krank, als er den Thron von seinem Vater erbte, und irgendwann erreichte auch ihn die unvermeidliche Hand des Todes. Die Regentschaft ging an seine Tochter über – Prinzessin Elara."

Uruk sieht, wie seine Enkelin langsam nickt. Natürlich kennt sie Elara Caldana, die man auch die Zerstörerin, die Völkermörderin und Elara die Wahnsinnige nennt.

Uruk fährt fort: „Elara war eine junge Herrscherin, deren Mutter kurz nach ihrer Geburt gestorben war und die nun ohne die Weisungen ihres Vaters die Herrschaft über ein riesiges Königreich übernahm. Es gibt Wesen, die an solchen Herausforderungen wachsen."

„Aber sie nicht?"

Uruk schüttelt betrübt den Kopf. „Nein, sie nicht. Elara zerbrach daran. Anfangs war sie eine bloße Marionette ihrer Minister, die mit der Regierung ihres Vaters nicht einverstanden und davon überzeugt waren, die Xendorier seien anderen Nationen und vor allem den anderen Städtebauern gegenüber erhaben.

Sie drängten die Prinzessin, die Grenzen wieder zu schließen und die Steuern erneut zu heben. Elara vertraute ihnen. Während also ihre Berater die wahre Macht in Händen hielten, wurde die Herrscherin immer launischer, wie ein verwöhntes Kind.

Ihre Ratgeber lenkten sie mit rauschenden Festen ab und gaukelten ihr Macht vor, indem sie die Prinzessin hin und wieder einen Tempel einweihen ließen.

Doch Elara war nicht so dumm, wie ihre Minister glaubten. Als sie herausfand, welches Spiel man mit ihr trieb, ließ sie jeden von ihnen auf der Stelle als Verräter hinrichten – ohne Gnade, ohne Mitleid.

Aber auch in Elaras Kopf hatte sich die irrsinnige Vorstellung festgesetzt, dass die Xendorier über alle Völker herrschen müssten. Sie war überzeugt, dass Orks, Elfen und alle Menschen, die keine Xendorier waren, nichts anderes darstellten als Sklaven.

Dies war eine schreckliche Entwicklung und einer der Gründe, warum der Zweite Weltenbrand ausbrach.

Denn an jenem Abend, als Garian, Taya und ich aufbrachen, um in unserem jugendlichen Leichtsinn ein Abenteuer zu suchen, traf in Dayrelia eine Nachricht ein, die all die Gerüchte über Kriegsvorbereitungen zu bestätigen schien..."

## *Kapitel 5: Nachricht aus Xendor*

An diesem Abend ließ Königin Lyndira Bendragur nach ihrem Paladin schicken, damit er den Verlautbarungen beiwohnte, welche der Botschafter von Minaskai aus dem Königreich Xendor sandte.

Die verschlungenen Korridore des Palastes, durch die Kelrik schritt, waren groß genug, um jedem einzelnen Schritt ein mehrfaches Echo anzuhängen. Überall um ihn herum waren Wandmosaike zu sehen, die dramatische Szenen aus der glorreichen Geschichte des Königreiches Minaskai zeigten. Kelrik kannte den Palast so gut wie sein eigenes Haus, kannte jeden Saal, jede Halle, jeden Flur und jeden Turm.

Draußen herrschte das Zwielicht der Dämmerung und in der Stadt entflammten die Lichter, doch in den weitläufigen Korridoren des Palastes war es so hell wie am Mittag. Der Grund dafür waren die Glasröhren, die man an der Decke angebracht hatte, oder besser: ihr Inhalt. Denn sie waren mit einer halbmagischen Flüssigkeit gefüllt, die aus eigener Kraft hell erstrahlte. Das Licht brach sich auf den allgegenwärtigen Goldverzierungen an Türen, Torbögen und von Efeu berankten Ziersäulen.

Alle fünfzehn Schritte waren Sturmklingen als Wachen postiert: Männer und Frauen in schwarzen Rüstungen. Sie nahmen sofort Haltung an und salutierten, als der Paladin an ihnen vorbeizog. Nicht alle Ritter gehörten dem Volk der Menschen an, das in Minaskai ursprünglich heimisch war. Viele waren auch Elfen oder Orks, die ihr Leben in den Dienst des Königreiches gestellt hatten. Kelrik erkannte die meisten von ihnen wieder; er hatte sie persönlich als Palastwächter ausgewählt. Es waren gute, verlässliche Ritter, die die Traditionen des Ordens mit Würde vertraten.

Dennoch nagten Spannung und Nervosität an dem Paladin. Er war ungeduldig zu hören, was Botschafter Elbared ihnen mitzuteilen hatte. Die Königin hatte ihren Gesandten gebeten, jenen Gerüchten nachzugehen, die behaupteten, das Königreich Xendor würde sich für einen Krieg rüsten. Nun würde sich zeigen, wie viel an diesen Gerüchten dran war.

Aber egal, was Elbared zu sagen hatte: Die Gerüchte waren glaubwürdig genug, um Kelrik zu überzeugen, dass in Xendor wieder der Größenwahn erwacht war, nachdem König Eradahn seinem Land eine Generation lang Frieden gebracht hatte. Niemand in Minaskai kannte die Xendorier besser als Kelrik – schließlich war er selbst in diesem Land geboren und aufgewachsen.

Immer wieder war er dem Fremdenhass und der Ignoranz seines Volkes begegnet, bis er es nicht mehr ertragen konnte. Schließlich hatten seine Frau Yelissa und er die Entscheidung getroffen, Xendor zu verlassen und nach Minaskai auszuwandern – wo die Bewohner freier und aufgeschlossener sein sollten und es auch in Wirklichkeit waren.

Xendor war eine Gefahr für jedes Freie Königreich – und ganz besonders für jedes Königreich, dessen Bewohner nicht ausschließlich Menschen waren.

Sein ganzes Leben lang hatte der Paladin seinem Instinkt vertraut, ohne enttäuscht zu werden. Und dieser Instinkt sagte ihm nun, dass sich bald – in Monaten, Wochen oder vielleicht schon morgen – etwas Großes anbahnte. Auch wenn er es im Augenblick nicht wagte, an die schlimmste aller Möglichkeiten zu denken:

Krieg.

Aber das ungute Gefühl in seinem Bauch blieb, als er an das bevorstehende Gespräch mit dem Botschafter dachte...

Schließlich erreichte Kelrik die Türen zum Kristallzimmer. Zwei Wächter öffneten ihm die hohen Türen und schlossen sie sogleich, als der Paladin eingetreten war.

Obwohl er diesen Raum schon hundert Mal betreten hatte, konnte Kelrik sich auch dieses Mal nicht gegen das Gefühl wehren, in eine andere Welt gestoßen worden zu sein.

Er spürte eine starke Magie, die dieses mittelgroße, achteckige Zimmer beherrschte. Er fühlte sie mit jeder Faser seines Körpers; sie prickelte auf seiner Kopfhaut, in seinen Fingern. *Alles* hier war davon durchdrungen.

Von der hohen Decke hing ein schädelgroßer, purpurn leuchtender Kristall, der diesem Zimmer seinen Namen gab. Er zauberte einen lilafarbenen Schimmer auf die mit einer silbernen Metalllegierung beschichteten Wände und den Boden.

Dieser Kristall war das *Auge,* Teil einer magischen Maschine, die vor fünfhundert Jahren in allen großen Königreichen verbreitet gewesen war. Doch während des Weltenbrandes war zu viel Wissen über den Aufbau solcher Maschinen verloren gegangen, und die besten Ingenieure und Magier aus Kelriks Zeit vermochten nicht, diese komplexen Vorrichtungen zu kopieren. Und ihre eigenen Anfertigungen wirkten gegen die perfekte Vorlage lächerlich primitiv.

Direkt unterhalb des *Auges,* im Zentrum des Kristallzimmers, erhob sich ein Ring von zwei Schritten Durchmesser, der von acht geschwungenen „Beinen" auf Hüfthöhe gehalten wurde. Der Ring – der ebenfalls aus dem silbernen Metall bestand – war mit Reihen von Kristallen in den verschiedensten Farben besetzt. Und in jeden dieser Edelsteine waren filigrane Symbole eingraviert.

Um den Ring herum standen vier samtbezogene Stühle. Einer davon war besonders hoch und schön gestaltet und trug das Siegel des Königreiches an seiner Spitze – zwei gekreuzte blaue Rosen.

„Seid gegrüßt, Paladin“, sagte eine leise und liebliche Stimme.

Die Königin hatte bis vor Kurzem noch auf der anderen Seite des Raumes gestanden.

Lyndira Bendragur war eine zarte Frau mit einer wilden Mähne aus schwarzem Haar, das ihr bis weit über die Hüfte reichte und von einem silbernen Stirnreif mit blauen Juwelen gebändigt wurde. Die Königin war nun dreiundvierzig Jahre alt und unter ihren Augen zeigten sich die ersten Fältchen. Ihr ovales Gesicht drückte Mitgefühl und Wärme aus, doch in ihren tiefen, grünen Augen fand sich eine Spur unerklärlicher Melancholie. Ihre klare Haut war nicht geschminkt, nur ihr kleiner Mund war schwarz angemalt. Ein weißes, seidenes Kleid mit weiten Ärmeln floss an ihrem Körper herab wie Milch.

Wie schon bei ihrem Vater, König Gomin, war auch Lyndiras Politik gütig, diplomatisch und dem Frieden verpflichtet. Bisher hatten ihre weise Führung und der Schutz der Sturmklingen – die von ihrem Paladin repräsentiert wurden – das Land aus Kriegen herausgehalten.

Das Volk von Minaskai liebte seine Königin dafür und seine Königin liebte das Volk von Minaskai von ganzem Herzen, gleichgültig ob Mensch, Elf oder Ork. Lyndira war Kelriks engste Freundin und viele Bürger dichteten den beiden eine Liebesbeziehung an, in der Hoffnung, dass ihre Herrscherin den Paladin einst zum Ehemann nähme, nachdem sie bislang unverheiratet und kinderlos geblieben war.

Kelrik ging vor seiner Herrin auf die Knie. „Eure Majestät. Wie kann ich Euch zu Diensten sein?"

„Nun, in erster Linie damit, dass du aufstehst", sagte die Königin mit einem leisen Lächeln.

Als Kelrik sich wieder erhob, merkte er, dass dieser kleine Scherz nur über Lyndiras Ernst hinwegtäuschen sollte. Auch sie wartete mit großer Spannung auf die Nachrichten aus Xendor. „Nun ist es so weit", verkündete die Königin. Sie ließ die Hand über einen der vielfarbigen Kristalle in dem großen, silbernen Ring gleiten. Wie die anderen Edelsteine, so war auch dieser mit filigranen Symbolen übersät.

Irgendetwas geschah. Kelrik spürte, wie die Magie in Bewegung geriet. Im Herzen des *Auges* wurde ein gelbes Glühen entfacht, das wuchs und wuchs, bis es den ganzen Kristall ausfüllte.

Der Paladin kannte das Prinzip, mit dem diese magische Maschine arbeitete: Jeder der kleineren Kristalle auf dem Ring stand für andere *Augen*, die quer durch die ganze Welt verstreut waren. Die Magie sorgte für eine Verbindung zwischen den Kristallen, und so war es möglich mit jemandem zu sprechen, der Tausende von Meilen entfernt war. Alle großen Königreiche besaßen solche Vorrichtungen, aber sie waren teuer und sehr selten, da die wenigsten nach über einem halben Jahrtausend noch funktionierten.

Ja, Kelrik kannte das Prinzip – aber es war ihm vollkommen unmöglich, es zu begreifen.

Die Königin hatte sich mittlerweile, ohne den Blick vom *Auge* zu lösen, auf dem höchsten Stuhl niedergelassen.

Ihr Paladin, der seine schöne, aber doch etwas sperrige Rüstung trug, blieb gemäß des Protokolls mit einem Schritt Abstand neben seiner Gebieterin stehen.

Beide beobachteten das nebelige Bild, das unter dem

glühenden *Auge* erschien und langsam, aber mit Beständigkeit Form annahm. Schließlich stand das gespensterhafte, mannshohe Abbild eines korpulenten alten Mannes in einer schwarz-blauen Robe vor der Königin und ihrem Paladin. Kelrik spürte ein erneutes Aufwallen magischer Energie.

Es war für ihn schwer zu glauben, dass sich der Botschafter im Augenblick in der Hauptstadt Xendors befand, mehrere hundert Meilen entfernt, wo er sich mit magischen Abbildern von Kelrik und Lyndira unterhielt.

Die ehrwürdige Miene des Botschafters verriet nichts von seinen Gefühlen. Seine Stimme war tief und kräftig, als er sagte: „Ich grüße Euch, Majestät." Er tat eine tiefe Verbeugung, die bei seinem schwergewichtigen Leib irgendwie ungeschickt wirkte.

Botschafter Torgen Elbared war ein Halbelf (oder zur Hälfte ein Mensch, das war nur eine Frage des Standpunktes). Obwohl seine Ohren in Spitzen endeten und seine Augen von einem ungewöhnlich hellen Blau waren, dominierte doch deutlich sichtbar das menschliche Erbe seines Vaters, denn Elfen wurden selten dickleibig. Elbareds fleischiges Gesicht dagegen erinnerte an ein unzufriedenes Baby. Das bisschen, das ihm das Alter von seinem weißen Haupthaar noch gelassen hatte, war so kurz geschnitten, dass es wie die Borsten einer Bürste vom Schädel abstand. Ein gestutzter Bart umrahmte seine breite Oberlippe und das Doppelkinn.

„Ich freue mich, Euch zu sehen, Botschafter", antwortete die Königin. „Was gibt es aus Xendor zu berichten? Was habt Ihr in Erfahrung bringen können?"

Der Botschafter zögerte zuerst. „Majestät, es tut mir leid, es Euch mitteilen zu müssen, aber die Gerüchte sind wahr: Das Königreich Xendor rüstet sich für einen Krieg."

Obwohl es ihn eigentlich nicht wirklich überraschen

durfte, war es dennoch ein ziemlicher Schock für Kelrik, diese Worte zu hören. Der Königin erging es ebenso. Die Farbe wich aus ihrem Gesicht und ihr Paladin konnte beobachten, wie ihre Hände anfingen, in ihrem Schoß zu zittern. „Fahrt fort“, bat sie trotzdem und verstand es meisterhaft, sich von ihrer Angst nichts anhören zu lassen.

Botschafter Elbareds magischer Doppelgänger berichtete: „Vor wenigen Minuten haben wir es mit absoluter Sicherheit erfahren: Bereits vor drei Monaten hat Prinzessin Elara die Aufrüstung ihrer Streitkräfte befohlen. Die Truppen sammeln sich in der Kellien-Einöde im Herzen des Landes, verborgen vor den Blicken der Öffentlichkeit, und werden dort in strengstens bewachten Ausbildungslagern auf den Kampf vorbereitet. Bis jetzt wird diese Tatsache geheim gehalten, sogar vor dem xendorischen Volk...“

Die Königin und ihr Paladin wechselten einen wissenden Blick. Natürlich würde Prinzessin Elara alles tun, um die Aufrüstung geheim zu halten. Das Königreich Xendor hatte sich in den letzten Jahrhunderten nie besonders bemüht, sich Freunde unter seinen Nachbarstaaten zu schaffen. Wenn nun ein anderes Königreich von der Aufrüstung erfuhr, konnte sich unter Umständen ein Großteil seiner Nachbarn gegen Xendor verbünden, noch bevor es zum Angriff bereit war.

„Meine Agenten“, fuhr der Botschafter fort, „sprechen von einer Armee von ungefähr zwanzigtausend Mann, aber es ist sehr wahrscheinlich, dass sich diese Zahl, während ich zu Euch spreche, noch vergrößert...“

*Zwanzigtausend Mann*! Kelrik konnte es kaum glauben. Wenn das stimmte, dann steckte nun jeder zehnte Bürger des Königreiches Xendor in Rüstung! Eine gewaltige Streitmacht!

Die Sturmklingen bestanden nur aus ungefähr achttausend Männern und Frauen. Das war ein erschreckendes Ungleichgewicht, das Kelrik ganz und gar nicht gefiel.

„Doch als wäre diese Tatsache nicht schlimm genug", fuhr Botschafter Elbared fort, „haben meine Spione außerdem in Erfahrung bringen können, dass in den letzten Wochen auf Befehl von Prinzessin Elara in ganz Xendor Ausgrabungen unternommen wurden, die nach Wracks von Kriegsmaschinen aus dem Weltenbrand suchen. Berichten zufolge soll es gelungen sein, mehrere dieser Maschinen gebrauchsfähig zu machen. Leider haben meine Männer zu diesem Punkt noch keine weiteren Einzelheiten herausfinden können, da sie ständig in der Gefahr schweben, entdeckt und hingerichtet zu werden – denn auch diese Ausgrabungen sind streng geheim. Sie müssen vorsichtig zu Werke gehen, aber das kostet uns wertvolle Zeit."

„Dafür habe ich Verständnis, Botschafter", meinte die Königin mit matter Stimme. Sie starrte gedankenverloren durch das Abbild ihres Gesandten. „Dennoch ist es wichtig, dass Ihr mehr Informationen über diese Kriegsmaschinen sammelt."

„Selbstverständlich, Eure Majestät."

Nun sprach Kelrik: „Ist bekannt, wen Prinzessin Elara anzugreifen gedenkt? Niemand baut eine Armee auf, wenn man nicht plant, sie einzusetzen!"

„Natürlich habt Ihr recht, Paladin", stimmte ihm der Botschafter zu. „Aber trotzdem gibt es keine Hinweise darauf. Die xendorischen Generäle selbst bezeichnen das Aufrüsten ihrer Armee nur als – ich zitiere – ‚Zeichen der Stärke und Überlegenheit gegenüber allen Feinden des Königreiches Xendor', was natürlich von ihren Soldaten begrüßt und bejubelt wird."

„Alle Feinde Xendors", wiederholte Kelrik mit einem bitteren Lächeln. „Damit kann sich praktisch jedes Land angesprochen fühlen!“ Er zögerte, den nächsten Satz auszusprechen: „Wir ebenfalls.“

„Wir haben ein Friedensbündnis mit Xendor“, warf Lyndira ein. Obwohl ihre Stimme nüchtern und ruhig klang, erkannte Kelrik – genau wie der Botschafter – die Furcht in den Augen der Herrscherin.

„Seit dem Tode König Eradahns und der Machtübernahme von Prinzessin Elara hat sich vieles in Xendor verändert, Eure Majestät“, erinnerte Elbared. „Elara verfolgt nicht die friedliche Politik ihres Vaters.“

Eigentlich war Prinzessin Elara (die nach xendorischer Tradition erst drei Jahre nach dem Dahinscheiden ihres Vorgängers den Titel *Königin* erhalten würde) nicht mehr als ein achtzehnjähriges, verzogenes Mädchen, weit davon entfernt, die Reife einer erwachsenen Frau zu erreichen. Niemand konnte behaupten zu wissen, was im Kopf des Mädchens vorging. Niemand kannte sie wirklich.

„Dennoch würde sie es nicht wagen, uns anzugreifen.“ Die Königin blieb bemerkenswert ruhig. „Nicht ohne Grund.“

„Majestät“, sagte Kelrik eindringlich, „die Xendorier brauchen keine Gründe für einen Krieg. In ihren Köpfen hat sich die Wahnvorstellung festgesetzt, allen anderen Völkern überlegen zu sein, von den Göttern begünstigt zu werden. Jedes Land, das schwächer und kleiner als das ihre ist, kommt als Ziel ihrer Aggressionen infrage!“ Er schwieg für einen Augenblick, während das Abbild des Botschafters zustimmend nickte.

„Im Grunde war es nur eine Frage der Zeit, bis sie wieder zu den Waffen greifen“, bestätigte Elbared.

Kelrik sah Lyndira an. „Meine Königin, ich glaube, dass uns ernste Gefahr droht. Xendor hat Minaskai schon immer um seinen Reichtum beneidet. Und seine Bewohner verachten uns dafür, dass wir mit den anderen Städtebauern zusammenleben. Wenn sie ihren Krieg beginnen, ist damit zu rechnen, dass wir ihr erstes Ziel werden."

Die Königin schüttelte nur den Kopf. „Warum all dieser Hass?", fragte sie, doch sie erwartete keine Antwort.

Kelrik sagte: „Ich erbitte Eure Erlaubnis, unsere Truppen an den Grenzen zu verstärken. Ich will auf alles vorbereitet sein, falls es zu einem Angriff kommt."

„Ich erteile dir hiermit die Vollmacht", antwortete Lyndira. „Was ist mit dem Volk? Soll ich meine Untertanen über diese Neuigkeiten unterrichten?"

„Nein, Majestät. Das würde die Bevölkerung nur in Angst und Schrecken versetzen, vielleicht sogar völlig umsonst. Noch haben wir keine Gewissheit, also ist es besser, wenn wir diese Informationen für uns behalten. Zumindest fürs Erste."

„Ich muss dem Vorschlag des Paladins zustimmen", bekräftigte der Botschafter.

Die Königin nickte verstehend. „Kelrik... Sind die Sturmklingen stark genug, der Armee von Xendor zu trotzen, falls sie... ich meine, falls es zu einem Krieg kommen sollte?"

Kelrik fühlte sich nicht wohl, als er ihr die Antwort mitteilte. „Um realistisch zu sein, Eure Majestät, kann ich das ohne nähere Informationen über die Streitkraft Xendors nicht versprechen. Aber auch wenn uns die Xendorier zahlenmäßig überlegen sind – sofern die Zahlen des Botschafters stimmen –, sind die Sturmklingen stark. Und sie werden alles geben, um Minaskai zu beschützen. Ich vermute, dass die Armee Xendors zu großen Teilen aus Soldaten besteht, die im Schnellverfahren ausgebildet wurden. Viele von ihnen werden, falls es zu einer Schlacht kommt, wahrscheinlich die Flucht ergreifen."

„Und was ist mit den Berichten über die Waffen aus dem Weltenbrand?"

Kelrik schürzte nachdenklich die Lippen. Ja, was war damit? Die wenigsten der magischen Hinterlassenschaften aus jener dunklen Epoche der Geschichte waren noch zu gebrauchen. Wenn die Magie in ihrem Inneren verraucht war, blieb von einer ehemals tödlichen Waffe nur noch eine unbrauchbare Hülle übrig. Es würde eine ganze Armee von Magiern und Gelehrten brauchen, die wenigen noch halbwegs unbeschädigten Artefakte wieder herzurichten.

Aber es war nicht unmöglich – das *Auge* war der beste Beweis dafür. Und wenn es Xendor wirklich gelungen war, mehrere dieser Waffen zu restaurieren... Wer wusste, welch tödliche Macht nun in ihren Händen lag?

„Ich weiß es nicht, Eure Majestät", antwortete Kelrik. „Aber zumindest verfügen unsere Streitkräfte auch über einige Kriegsmaschinen."

Nun sprach das Abbild des Botschafters wieder. „Es gibt noch eine Neuigkeit, Eure Majestät. Vielleicht ist es nicht von Belang, doch vor drei Monaten, genau an dem Tag, als sie den Befehl zur Aufrüstung erteilte, hat sich Prinzessin Elara auch einen neuen Ratgeber an ihre Seite gestellt. Sie scheint ihm mehr Gehör zu schenken als ihren Ministern."

Kelrik runzelte die Stirn. Gab es einen neuen Marionettenspieler am Hofe der Prinzessin? Jemand, der ihr einflüsterte: *Eure Hoheit, es ist Zeit für einen neuen Krieg?* „Könnt Ihr uns sagen, um wen es sich bei diesem Ratgeber handelt?"

„Ich bedaure, nein, Paladin", antwortete der Botschafter kopfschüttelnd. „Ich kenne weder seinen vollständigen Namen, noch seine Herkunft. Doch er nennt sich selbst *Dagul,* und so wird er auch vom Hofstaat der Prinzessin genannt, wenn dieser von ihm spricht."

*Dagul,* wiederholte Kelrik im Geiste. Nein, dieser Name

sagte ihm nichts. Es war überhaupt kein Name, den er kannte, und er konnte sich nicht einmal ansatzweise vorstellen, aus welcher Sprache oder welchem Dialekt er stammte.

„Habt Ihr diesen Dagul schon mit eigenen Augen gesehen, Botschafter?“, fragte die Königin.

„Nein, Eure Majestät.“ Elbareds Doppelkinn hüpfte, als er den Kopf schüttelte. „Er ist wie ein Phantom. Gerüchten zufolge ist er ein junger Mann, nicht älter als fünfundzwanzig Jahre. Aber die Berichte über sein Äußeres sind sehr widersprüchlich, da er sich nie in der Öffentlichkeit zeigt. Sicher scheint mir nur die Behauptung, dass er ein Mensch ist.“

„Natürlich“, meinte Kelrik mit einem humorlosen Lächeln. „Warum sollte die Prinzessin auch auf die Ratschläge eines ‚niederen‘ Wesens hören?“

„Zügele deinen Sarkasmus, Kelrik“, tadelte die Königin. „Er hilft uns im Moment auch nicht weiter.“

„Verzeiht mir, Majestät“, antwortete der Paladin. „Aber das alles ist so typisch für die Xendorier. Und niemand weiß das besser, als ich selbst.“

„Wie ich bereits sagte“, schloss Botschafter Elbared, „wissen wir nicht, mit wem wir es zu tun haben. Die Gestalt dieses Dagul ist ein vollkommenes Mysterium. Meine Agenten werden natürlich versuchen, mehr über ihn herauszufinden, aber ich bin, ehrlich gesagt, nicht sehr optimistisch. Wir... können die... Xendorier...“ Die nächsten Worte kamen abgehackt und undeutlich an, bis sie schließlich nicht mehr zu hören waren. Es schien, als würde der Botschafter nur den Mund auf und zu machen. Doch dann begann sein Abbild zu verschwimmen und zu verblassen.

Kelrik war alarmiert.

„Botschafter!“, rief die Königin erschrocken aus. „Botschafter Elbared, könnt Ihr mich hören? Botschafter!"

Das verblassende Abbild des Diplomaten blickte die beiden mit erstauntem Gesichtsdruck an, dann war es verschwunden, wie ein Gespenst bei Tageslicht. Das helle Glühen im Herzen des *Auges* erlosch. An seine Stelle trat der purpurne Schein, der vor Beginn des Gesprächs vorgeherrscht hatte.

Kelrik trat augenblicklich an den kristallbesetzten Ringtisch und berührte mehrmals den Kristall, der das *Auge* mit dem Botschafter verband. Doch nichts geschah.

Die Königin blickte hilfesuchend zu Kelrik. In ihren Augen lag eine Besorgnis, wie er sie noch nie zuvor bei ihr gesehen hatte. „Was ist geschehen?"

Kelrik starrte auf das *Auge*, doch nichts geschah. Es war nun nicht mehr als eine bizarre Art der Beleuchtung. „Es sieht so aus, als ob jemand die Verbindung aufgelöst hat. Einer oder mehrere starke Magier könnten so etwas bewerkstelligen."

„Du meinst, die Übertragung wurde *absichtlich* abgebrochen?"

Kelrik nickte. „Vielleicht wurde auch der Kristall des Botschafters beschädigt, aber wir müssen zumindest damit rechnen, Eure Majestät, dass die Xendorier einen Teil seiner Nachricht mitgehört haben."

Die Königin konnte nicht mehr still sitzenbleiben. Sie eilte an ihrem Paladin vorbei und drehte ihm den Rücken zu, als wollte sie nicht, dass er ihr Gesicht sah.

„Ich werde sofort den Befehl an meine Truppen schikken, dass sie an der Grenze Stellung beziehen sollen", sagte Kelrik.

Lyndira nickte nur. Ihre Gedanken waren in einer düsteren Zukunft verloren.

Also trat Kelrik vor den kristallbesetzten Ring unterhalb des *Auges*. Er berührte den Stein, der ihn mit den anderen

Sturmklingen-Garnisonen verbinden sollte. Doch nichts geschah. Kelrik versuchte es ein zweites Mal, doch mit demselben Ergebnis. „Wie kann das sein?", flüsterte er.

„Was ist?", fragte Lyndira.

„Das *Auge* reagiert nicht auf meine Befehle! Ich kann keine Verbindung zu den Sturmklingen herstellen!"

„Ihr Götter, was geschieht hier nur?", fragte die Königin leise.

„Ich lasse nach Euren Hofmagiern schicken", sagte Kelrik. „Ich werde die Sturmklingen per Boten informieren müssen." Aber es würde Tage dauern, bis die Reiter ihr Ziel erreichten. Dennoch war es für Kelrik kein Grund, die Hoffnung aufzugeben. Er versuchte, auch die Königin davon zu überzeugen: „Eure Majestät, der Ausfall des *Auges* hat vielleicht gar nichts zu bedeuten. Es ist schließlich eine alte Maschine, und es war klar, dass sie nicht ewig halten würde."

„Aber solange das *Auge* nicht funktioniert, sind wir praktisch vom Rest der Welt abgeschnitten! Was, wenn sich die Xendorier in der Zwischenzeit entscheiden, anzugreifen?"

Natürlich kannte Kelrik diese Fragen. Er hatte sie sich mittlerweile schon selbst gestellt. Dennoch durften sie nicht in Panik ausbrechen. „Majestät", setzte er erneut an. Seine Stimme war ruhig und besänftigend. „Alles, was wir im Augenblick tun können, ist abzuwarten, was geschieht. Aber wir sind gewarnt worden, und das ist ein unschätzbarer Vorteil. Falls es zu einem Krieg kommen sollte, hat Minaskai starke Verbündete, die uns helfen werden."

Er hoffte, ihr (und auch sich selbst) damit die Angst nehmen zu können, doch gleichzeitig wusste er, dass es nutzlos war. Denn was war, wenn sie ihre Verbündeten nicht schnell genug in Kenntnis setzen konnten? Solange das *Auge* nicht funktionierte, war Minaskai auf sich allein gestellt.

Kelrik verließ das Kristallzimmer, um die Hofmagier der Königin zu informieren. Sie mussten das Problem so schnell wie möglich lösen.

Wieder dachte der Paladin an seine Kinder, die sich jetzt Meilen entfernt in den Wäldern von Taravan befanden...

## *Kapitel 6: Der rostende Drache*

„Wie weit ist es denn noch?“, fragte Uruk. Dem jungen Ork war deutlich anzuhören, dass der Fußmarsch von fast drei Stunden an seinen Kräften gezehrt hatte. Anstatt zu atmen, keuchte er nur noch.

„Hoffentlich nicht mehr lange“, meinte Taya, die neben Uruk marschierte. Auch sie war erschöpft und sehnte sich nach einer Pause, in der sie sich von ihrem Seitenstechen erholen konnte.

Garian marschierte der Gruppe voran, Kompass und Karte in den Händen. Genau wie Taya und Uruk hatte er Seitenstechen und schmerzende Füße – aber sie hatten bei ihrem Aufbruch beschlossen erst zu pausieren, wenn sie ihr Ziel erreicht hatten. „Wir sind gleich da“, versuchte er die beiden zu beruhigen.

„Das hast du vor einer Stunde auch schon behauptet“, keuchte Uruk anklagend.

„Aber diesmal stimmt es“, gab Garian zurück.

Mittlerweile war die Nacht über sie hereingebrochen. Über die Schwärze verteilten sich die Sterne wie winzige Edelsteine und ein Vollmond leuchtete hell als ihr König. Kühler Wind ließ graue Wolken über den Himmel gleiten.

Die drei Wanderer hatten die Lichter von Dayrelia und die Felder, welche die Stadt umgaben, weit hinter sich gelassen und waren einer breiten Straße gefolgt. Doch irgendwann verschwand auch dieses letzte Zeichen von Zivilisation.

Sie erklommen Hügel, begleiteten Bäche auf ihrem Lauf durch das Land und wanderten über ausgedehnte Wiesen. Unterwegs hatten sie sich die Zeit mit Singen oder dem Erzählen von Geschichten vertrieben. Manchmal schien es, als wären der Ork, die Elfe und der Mensch die einzigen Wesen auf dieser Welt.

Dann endlich waren sie am Ziel.

„Da vorne ist es!“, rief Garian aus und deutete auf die dunkle Masse, die sich am Horizont ausdehnte. „Die Wälder von Taravan!“

Taya und Uruk erstiegen nach ihm den Hügelkamm, von dem aus er auf die Wälder blickte. Ein Meer dunkler Baumwipfel erstreckte sich vor ihnen. Für einige Zeit standen sie zusammen und beobachteten beeindruckt das Bild, das sich vor ihnen auftat. Langsam erholten sie sich von den Strapazen der langen Wanderung.

Uruk war der Erste, der seine Stimme erhob: „Ich sehe keinen Stahldrachen“, maulte er.

„Und was ist das da drüben?“, wollte Taya wissen und zeigte in Richtung Wälder.

„Was meinst du?“, fragte Uruk. Er versuchte ihrer Deutung zu folgen, doch er fand nichts wirklich Ungewöhnliches.

„Das da vorn“, erwiderte die Elfe. „Ungefähr im Herzen der Wälder.“

Jetzt konnte Uruk es auch erkennen. Etwas ragte ein paar Schritte weit über die Baumkronen hinaus. Es erinnerte ihn an einen riesigen Buckel, der wie eine Insel aus einem Meer von Bäumen herausragte. Das helle Mondlicht beleuchtete die schmutzige, rostige Oberfläche des Dings. Ein paar Vögel hatten auf der Spitze ihre Nester gebaut.

„Das scheint unser Drache zu sein“, meinte Garian lächelnd mit einem Seitenblick zu seinem Freund.

Als er das hörte, fing Uruk an zu jubeln. „Er muss mindestens zwanzig Schritt hoch sein!“, staunte er. „Einfach riesig!“

„Und was machen wir jetzt?“, fragte Taya.

„Wir gehen natürlich zu diesem Ding!“, antwortete der Ork. Er hatte plötzlich kein Interesse mehr an einer Pause oder Schlaf – nicht, wenn dieses gigantische Artefakt auf ihn wartete!

„Ich bin auch dafür“, sagte Garian, aber er hatte gleichzeitig Schwierigkeiten, ein Gähnen zu unterdrücken. „Taya?“

„Ich bin dabei“, stimmte die Elfe zu, trotzdem rang sie nach Luft. „Schlafen können wir schließlich immer noch, wenn wir tot sind. Also – wer als letzter beim Drachen ankommt ist ein lahmer Ork!“

„Hey!“, rief Uruk. „Das habe ich gehört!“

Gemeinsam rannten sie den Hügel hinab, um sich von den Taravan-Wäldern aufnehmen zu lassen. Das Abenteuer hatte begonnen...

...aber es sollte sie vor eine harte Prüfung stellen. Denn sie traten ein in eine dunkle und bedrohliche Welt voller Schatten und unsichtbarer Gefahren.

Wo immer die drei Wanderer gingen, stets waren sie von den mächtigen Stämmen uralter Bäume umzingelt. Ihre riesigen Kronen sperrten selbst das Mondlicht aus und die Blätter raunten sich im Wind Geheimnisse zu. In der Dunkelheit raschelte es ständig – und man war sich nie sicher, ob diese Geräusche durch ein Eichhörnchen oder irgendein Untier verursacht wurden, das sie auf falsche Fährten lockte. Das Schlimmste war eigentlich nicht das, was sie sahen, sondern das, was sie *nicht* sahen, sowie all die schrecklichen Bilder, die die Fantasie malte.

Garian ging mutig voran – jedenfalls versuchte er, diesen Eindruck zu erwecken. *Eine Sturmklinge kennt keine Angst!* Innerlich zitterte er wie Espenlaub. In der Hand trug er eine „magische Fackel“ – eine Flasche, die mit einer hellleuchtenden Flüssigkeit gefüllt war. Das Licht beleuchtete gerade einmal einen Umkreis von fünfzehn Schritten – der Rest blieb Dunkelheit.

Taya und Uruk blieben immer dicht bei ihm.

„*Ihr Götter*", fluchte Taya leise. „Wenn ich bedenke, dass ich jetzt zu Hause in meinem Bett liegen könnte!" Damit versuchte sie jedoch nur, ihre Furcht zu übertönen.

Dabei waren es gar nicht so sehr die Wälder, vor denen sie sich fürchtete. Nein, eigentlich verspürte sie *überhaupt keine* Angst, weder vor der Dunkelheit, noch vor den Geräuschen um sie herum – und genau das war es, was sie so beunruhigte, denn eigentlich hätte sie vor Angst zittern müssen!

Doch da war eine leise Stimme, die ihr zuflüsterte, dass nichts geschehen würde. Wälder wie diese hatten vor Urzeiten ihrem Volk als Heimstätten gedient. Und wenn sie die Augen schloss, konnte sie den weiteren Verlauf des Weges *sehen* und sie wusste, dass ihnen keine Gefahr drohte. Wenn sie dann die Augen wieder öffnete, erkannte sie, dass die Vision sie nicht belogen hatte.

Sie wusste, dass sie diese Voraussicht ihrer geheimen Gabe zu verdanken hatte – und das war es, was ihr unheimlich war, was ihr *wirklich* Angst machte.

*Ich bin keine Magierin!,* dachte sie. Das wusste sie genau, denn wie alle Jugendlichen war sie vor Jahren in der Schule auf magisches Talent geprüft worden und man hatte keines bei ihr feststellen können. Sie war ohne Zweifel ein ganz gewöhnliches Elfenmädchen. *Wie kann es dann sein, dass ich die Zukunft voraussehen kann?*

Sie berichtete den anderen beiden nichts davon.

Uruk hatte am meisten Angst von allen. Der junge Ork starrte in die Dunkelheit, die die Freunde umzingelte, und blickte immer rechtzeitig weg, bevor seine Vorstellungskraft irgendein Monster hervorzauberte. *Das Einzige, wo-*

*vor man sich fürchten muss, ist die Furcht selbst*, erinnerte er sich. Aber wenn die eigene Fantasie verrücktspielte, nutzte dieser kluge Spruch überhaupt nichts.

„Vielleicht war es doch keine so gute Idee, hierher zu kommen", meinte er mit zitternder Stimme. „Jedenfalls nicht bei Nacht... Bist du sicher, dass wir noch auf dem richtigen Weg sind, Garian?" Im Augenblick konnte er sich nichts Schlimmeres vorstellen, als sich in diesem finsteren Labyrinth zu verlaufen.

„Ich hoffe es", antwortete der Menschenjunge.

„Du bist dir aber nicht sicher?", fragte Uruk zaghaft.

„Doch, na klar bin ich mir sicher!", sagte Garian schnell. Das Letzte was er wollte, war, dass Uruk Panik bekam – es reichte, wenn ihm das passierte! „Wir müssen weiter in diese Richtung." Er warf einen Blick auf den Kompass und schwenkte dabei die leuchtende Flasche voraus.

*„Achtung!"*, rief Taya unvermittelt aus. Im nächsten Moment schwang sich vor ihnen kreischend ein schwarzer Vogel in die Luft. Garian konnte einen Aufschrei nicht vermeiden; Uruk quiekte wie ein junges Ferkel.

Nur Taya blieb ruhig stehen. Garian und Uruk blickten sie verblüfft an; in ihren Augen spiegelte sich noch immer der Schreck von eben wider. „Woher wusstest du...?", begann Garian.

Taya zuckte die Achseln, was ziemlich unbeholfen aussah. „Ich...ich hatte ihn im Unterholz gesehen", log die Elfe. Sie war froh, dass ihre Gefährten es dabei beließen.

Sie marschierten weiter, erst eine Stunde, dann zwei. Dabei sangen sie, um sich Mut zu machen – Kinderlieder wie „Wie grün war mein Drache?", oder ernsthafte Stücke aus der elfischen Oper wie „Taruta kalana'ka".

Drei- oder viermal fragte Uruk: „Wollen wir nicht doch eine Pause machen?", und jedes Mal hielten sie für ein paar Minuten an. Garian legte die magische Fackel auf den Boden und sie veranstalteten eine Art Lagerfeuer ohne Flammen. Sie packten ein paar belegte Brote aus und ließen eine Wasserflasche reihum gehen. Aber sie hielten sich nie lange an einem Ort auf, und machten sich wieder auf den Weg, bevor die Müdigkeit sie überwältigte. Garian und Uruk bemerkten, dass Taya die ganze Zeit nachdenklich vor sich hinstarrte. Irgendetwas schien sie zu beschäftigen, aber sie wollte ihnen nicht verraten, was es war und meinte, sie wisse es selbst nicht genau. *Irgend etwas hat sie doch,* dachte Garian. *Aber was?*

So drangen sie immer tiefer in das Herz der Wälder ein. Garian war klar, dass sie ohne Kompass verloren wären. Es gab keine Anhaltspunkte um sie herum. Alle Bäume sahen gleich aus. Ihm war klar, welche Verantwortung er damit trug, aber er nahm sie dennoch auf sich. Seine Gefährten verließen sich auf ihn, und er durfte sie nicht enttäuschen. Deswegen kämpfte er seine Angst zurück – wie eine echte Sturmklinge es getan hätte.

„Na ja, wenigstens regnet es nicht", sagte Uruk, der dicht neben seinem Freund ging.

Ein paar Sekunden später fielen die ersten Tropfen.

Aus ein paar harmlosen Tropfen wurde schnell ein sintflutartiger Regenguss, den selbst das dichte Blätterdach der Bäume nicht aufhalten konnte. Die Wanderer schlüpften fluchend in ihre Regenmäntel, zogen die Kapuzen tief ins Gesicht und hörten dem Rauschen Billionen fallender Wassertropfen zu.

Dann endlich, als sie trotz ihrer Schutzkleidung völlig durchnässt und vom Regen ausgekühlt waren, fanden sie den Stahldrachen.

*„Ihr Götter!"*, rief Garian aus und seine Kinnlade klappte herunter. Allen dreien stockte der Atem. Es schien, als wäre keine der zahllosen Legenden über das stählerne

Ungetüm übertrieben...

Palisaden riesiger Baumstämme bildeten einen Käfig für die Bestie, die vor einem halben Jahrtausend zum letzten Mal Feuer gespuckt hatte. Die Maschine war so groß wie eine Festung. Ihre Form war den mystischen Drachen der Legenden nachempfunden: Der echsenartige „Kopf" saß auf einem langen Hals. Zwei riesige, rote Scheiben bildeten finstere Augen und aus der Schnauze ragte ein schwarzes Rohr. Der „Schwanz" der Maschine war lang und lief spitz zu. Er endete in einer Unzahl von Metalldornen.

Die „Haut" des Stahldrachens hatte vielleicht vor Jahrhunderten einmal wie eine frisch polierte Schwertklinge geglänzt, doch jetzt war sie mit einer grünlich-braunen Schmutzschicht überzogen und an manchen Stellen derart von Rost zerfressen, dass man eine Hand hindurchstecken konnte. Sonne, Regen, Hagel, Stürme, Schnee, Frost und der alles verzehrende Zahn der Zeit hatten ihre unauslöschlichen Spuren hinterlassen. Garian wunderte sich nun nicht länger, warum sich niemand mehr für diese Maschine interessierte: Sie war einfach nur ein Wrack, nicht mehr zu gebrauchen, nicht in tausend Jahren.

Sie gingen näher heran, vom Schein der magischen Fakkel umgeben.

Gestrüpp wucherte unter dem mehrere hundert Tonnen wiegenden Körper hervor und verdeckte fast die stämmigen Beine des Monstrums, die jeweils in vier Krallen ausliefen. Jedes einzelne Bein schien mächtig genug, um ein einzelnes Haus plattzutreten, aber im Augenblick waren alle vier nicht einmal fähig, die eigene Last zu tragen.

„Maschinen wie diese haben einmal binnen kürzester Zeit ganze Städte dem Erdboden gleichgemacht", erklärte Uruk mit erhobener Stimme, während Regen unaufhörlich auf ihre Köpfe prasselte. Garian und Taya konnten deutlich die Ehrfurcht in der Stimme ihres Freundes hören und gleichzeitig Begeisterung. Das hier war schließlich sein Fachgebiet. „Aus der Schnauze wurde Feuer gespuckt und der dornenbesetzte Schwanz konnte mit einem Schlag eine halbe Armee niederschmettern! Seht ihr diese schmalen Schlitze überall am Bauch? Dahinter verbargen sich Schützen mit Armbrüsten und magischen Waffen!“ Jetzt war er vollkommen außer sich. „Und es gab Hunderte, Tausende solcher und völlig anderer Kriegsmaschinen!“

Taya trat mit der Schuhspitze gegen eine der baumstammdicken Krallen des Drachens, worauf ein hohles Geräusch ertönte. Irgend etwas stimmte nicht mit diesem Ding. Sie fühlte etwas, wenn sie es ansah... eine *Ausstrahlung* – wobei sie nicht sagen konnte, ob sie gut oder schlecht war, ob sie von dem Wrack kam oder aus ihrem eigenen Inneren. „Aber wie bewegt man ein solches Ungetüm?“, fragte sie.

„Magie“, antwortete Uruk. „Magie und Maschinen. Leider kann man heute solche Apparate nicht mehr bauen, dafür ging während des Weltenbrandes zu viel Wissen verloren.“

„Zum Glück, meinst du wohl“, sagte Garian.

Uruk nickte hastig. „Ja, du hast recht. Wir können froh sein, dass Monster wie dieses der Vergangenheit angehören.“

„Was meint ihr?“, fragte Taya. „Wie ist dieses Ding wohl hierher gelangt?“

„Vielleicht ging ihm die Magie aus?“, vermutete Garian. „Oder die Maschinen versagten. Oder beides. Vielleicht war der Krieg auch vorbei und die Soldaten im Inneren sind nach Hause gegangen.“

„Und sie haben ihn einfach hier stehen lassen?“, fragte Uruk, wenig überzeugt.

„Vielleicht“, meinte Garian und zuckte die Achseln. „Es

sieht eigentlich nicht so aus, als wäre es durch einen Angriff außer Gefecht gesetzt worden. Ich sehe keine großen Beschädigungen, vom Rost einmal abgesehen. Das Ding blieb hier liegen und im Laufe der Zeit sind die Bäume gewachsen. Oder hier war vorher schon ein Wald... Wer weiß?“ Er blickte wieder zu dem Stahlungetüm. „Ich will ihn mir auf alle Fälle von innen ansehen!“

## *Kapitel 7: Blaues Feuer*

Es gab eine Reihe von Steigeisen, die sich am gewölbten Bauch in die Höhe zogen. Sie führten zu einer ovalen Öffnung. Diese stand offen und war nicht weniger verwittert als der Rest der Maschine. Die dicke, eiserne Luke, mit der man den Eingang früher verschließen konnte, war abgefallen und lag rostend auf dem Boden, wo sie von Unkraut belagert wurde.

Garian betrat den Stahldrachen als Erster, ihm folgte Uruk und Taya bildete die Nachhut.

Bald standen sie in einem schmalen Gang, der ganz aus Metall bestand. Er war nicht sehr lang, vielleicht vier Schritte, und endete vor einer weiteren ovalen Tür, die diesmal jedoch intakt war. Als die Abenteurer den Gang entlangschritten, klangen ihre Schritte hohl auf dem metallenen Boden.

Scheinbar hatte sich eine ganze Großfamilie von Spinnen hier heimisch gemacht. Ihre Netze hingen wie dichter Nebel von der Decke herab, ihre Erbauer flüchteten lautlos, als Garian sich ihnen mit der magischen Fackel näherte.

*Ich hasse Spinnen*, dachte er. Aber es handelte sich bei ihnen wenigstens um die kleineren Exemplare dieser Art.

Bei jedem Schritt entflammte in Uruk erneut die Begeisterung. Und das hätte er sich beinahe entgehen lassen! Seine Angst und seine Müdigkeit waren vollkommen vergessen. Er dachte nicht einmal mehr an den Ärger mit seinen Eltern, der ihn bei seiner Rückkehr erwarten würde. Er dachte nur noch an die Maschine, die allein auf ihn gewartet hatte, und er fühlte sich wie ein Archäologe, der in den Hallen eines seit Jahrtausenden versunkenen Palastes wandelte. Ihm fiel wieder seine Schreibtasche ein, die immer noch von seiner Schulter baumelte. Er bat Garian, kurz anzuhalten, holte Feder und Papier heraus und begann, jeden der folgenden Schritte festzuhalten. Dieser Ort *stank* geradezu nach Geschichte! (Und nach Moder, aber das war ihm egal...)

Nur Taya kämpfte mit ganz anderen Gefühlen. *Irgendjemand ist hier*, wurde ihr plötzlich klar. *Er beobachtet uns!*

Die kalten Finger der Angst berührten sie. Sie dachte an die Gespenstergeschichten, die man sich über diesen Ort erzählte. An die Geister verstorbener Soldaten, die angeblich im Bauch der Stahlbestie gefangen waren...

Sie hielt augenblicklich an. „Wartet", flüsterte sie den anderen beiden zu. Dieses eine Wort hallte durch den stählernen Gang. Taya klemmte die Hände unter die Achseln. Plötzlich war ihr sehr kalt.

Garian und Uruk drehten sich um, bevor sie die Tür am Ende des Ganges erreicht hatten.

„Was ist?", fragte Garian.

Taya zögerte, es zur Sprache zu bringen. „Ich habe ein ungutes Gefühl hier drinnen. Was ist... was ist, wenn wir nicht allein sind?"

„Aber wer sollte denn hier sein?", fragte ihr Bruder. „Ich meine, außer uns?" *Und den Spinnen...*

„Wir beschützen dich schon", meinte Uruk. Das aus seinem Munde zu hören, war irgendwie lächerlich. Taya wollte ihren Freund mit diesem Gedanken auf keinen Fall beleidigen, aber Uruk war alles andere als der geborene Leibwächter.

„Sollen wir zurückgehen?", fragte Garian.

Obwohl sie zuerst zögerte, schüttelte Taya schließlich den Kopf. „Nein", sagte sie. „Aber versprecht mir, vorsichtig zu sein!“

„Versprochen“, sagte Uruk.

„Ehrenwort“, meinte Garian und hob die Hand zum Schwur. Er zog für alle Fälle sein Messer.

Die Luke ließ sich nur schwer öffnen. Dahinter gähnte ein schwarzer Abgrund. Garian holte tief Luft und ging voran. „Hallo?“, rief er laut, aber vorsichtig, und ein mehrfaches Echo folgte. „Ist hier jemand?“

Niemand antwortete.

Garian leuchtete in alle Ecken und Winkel. Langsam konnten sie sich ein Bild von dem Raum machen, in den sie eingetreten waren. Er war anscheinend kuppelförmig und so groß wie ein Saal – obwohl er eigentlich eher an eine stählerne Gruft erinnerte.

Dicke Metallstreben stützten die gewölbten Wände und ließen Garian an Rippen denken – sie befanden sich mitten im Bauch des Stahldrachens. Bis auf ein paar morsche, vergammelnde Holzkisten und Fässer an den Seiten war der Raum leer. Kleine Klappen waren an den Wänden zu sehen, doch sie stellten sich schnell als die Schießscharten heraus, die Uruk vorhin erwähnt hatte.

Garian leuchtete mit der Fackel in die andere Richtung.

Hier und da tropfte Regenwasser durch Löcher in der Decke und bildete Pfützen auf dem Boden. Da dieser jedoch wiederum selbst mit zahlreichen Löchern bestückt war, lief ein Großteil des Wassers in die unteren – wie wollte man es nennen? Stockwerke, Decks? – der Maschine ab. Überall fanden sich Spinnweben und Moder.

Insgesamt gab es nur zwei Türen, abgesehen von der, durch die sie gekommen waren: Da war ein großer Torbogen, der sich auf der Nordseite des Raumes auftat und in die Dunkelheit führte – und auf der gegenüberliegenden Seite gab es einen schmalen, runden Schacht nach unten, wo sich ebenfalls Schwärze auftat.

„Wo sollen wir hin?“, fragte Garian. „Wir haben zwei Möglichkeiten, wie es aussieht. Den Durchgang da vorn oder abwärts.“

„Lass uns unten nachsehen“, meinte Uruk. Er machte einen Schritt voraus und der rostige Boden brach unter seinem linken Fuß ein. Uruk erschrak und zog den Fuß schnell wieder zurück. „Ganz schön gefährlich hier“, meinte er, gerade noch mit dem Schrecken davongekommen.

Garian nickte. „Kann man wohl sagen.“

Sie kletterten nacheinander an Steigeisen nach unten. Garian klemmte dabei die magische Fackel an seinen Gürtel – sie hatten nur dieses eine Licht und niemand konnte verlangen, dass einer oder zwei von ihnen in der Dunkelheit zurückblieb.

Beide Seiten des darunterliegenden ausgedehnten Raumes waren vollgestopft mit fremdartigen Maschinen und Gerätschaften, sodass in der Mitte nur ein schmaler Gang frei blieb, gerade breit genug für eine Person.

„Seht euch das an.“ Garian schwang die magische Fackel hin und her, während ihm Taya und Uruk den Gang hinab folgten. Links und rechts von ihnen erhoben sich tonnenschwere Kolben, riesige Zahnräder, mannshohe Zylinder und große Kessel, die alle durch ein Gewirr von Rohren und Leitungen miteinander verbunden waren. Vor langer, langer Zeit hatten sie den ganzen Stahldrachen bewegt, doch nun waren Teile der Mechanik zerfallen und verrostet. Hier würde sich nichts jemals wieder bewegen.

Plötzlich blieb Taya stehen. „Hört ihr das?“, flüsterte sie.

Garian wirbelte herum. „Was?“

Taya zitterte vor Angst, als sie hauchte: „Da sind Schritte über uns!“

„Du willst uns nur Angst machen!“, klagte Uruk, doch das Zittern in seiner Stimme zeigte, dass er nicht vollkommen davon überzeugt war.

Sie blieben ganz still, sodass sie ihre Herzen wild klopfen hören konnten, und wagten es nicht einmal zu atmen. Ein leises, gleichmäßiges Pochen erklang hohl über ihren Köpfen – vielleicht zehn- oder elfmal. Es kam immer näher. Jedes Geräusch war ein weiterer Schock, der sie zusammenfahren ließ und ihnen die Kehlen zuschnürte. Dann, so plötzlich wie es begonnen hatte, hörte es auch wieder auf.

Garian, Taya und Uruk drehten sich zu dem nach oben führenden Schacht um, aus dem sie gekommen waren. Insgeheim rechneten alle drei damit, dass jede Sekunde irgendein schwarzes Ungeheuer herausgesprungen kam und kreischend über sie herfiel.

„Ich will hier raus!", keuchte Uruk. Er fürchtete sich ebenso sehr davor, die Augen geöffnet zu lassen, wie sie zu schließen. „Bitte, ich will hier raus!"

„Garian, lass uns gehen", sagte Taya leise.

Garian war so erschrocken, dass er im Augenblick keine Entscheidung treffen konnte. Auch ihm schlug das Herz bis zum Hals.

Er wusste, dass es keine Geister gab und dass dort oben mit ziemlicher Sicherheit kein Gespenst umherging. Vielleicht waren es nur die Äste der umgebenden Bäume, die der Wind gegen den Stahldrachen schlug? Aber diese Möglichkeit war genauso unwahrscheinlich wie ein spukendes Gespenst, denn dann wäre das Klopfen nicht so erschreckend nahe gewesen. Es hatte tatsächlich wie Schritte geklungen.

Was war, wenn sie wieder nach oben kletterten und ihnen dort jemand auflauerte? Ein Mörder, der in den Wäldern Zuflucht gesucht hatte?

Aber andererseits konnten sie nicht länger hier unten bleiben, weil sie vor Angst und Ungewissheit sonst wahnsinnig werden würden.

Garian nahm all seinen Mut zusammen, bevor er sagte: „Ich werde nachsehen gehen. Wartet hier!“ Er machte Anstalten loszumarschieren, doch Taya hielt ihn zurück, indem sie ihre Hand auf seine Schulter legte.

„Bist du verrückt?“, fragte sie ängstlich.

„Nein, aber es gibt keinen anderen Weg nach draußen!“

„Dann... dann komme ich mit!“

„Ich hasse solche Momente“, jammerte Uruk. Er hatte seine nervös zitternden Hände gefaltet. Aber er kam seinen Freunden hinterher.

Garian hielt sein Messer fest in der Hand. Bis jetzt hatte er noch nie eine Waffe einsetzen müssen – und er hatte unglaubliche Panik davor. Er befestigte die magische Fackel fest an seinem Gürtel. Er hasste den Gedanken, seine Schwester und Uruk in der Dunkelheit zurückzulassen, doch jetzt brauchte er das Licht dringender als sie.

„Ich rufe euch, wenn es sicher ist“, sagte er leise. Taya und Uruk nickten nur.

Also legte Garian die Hand an das erste Steigeisen und kletterte mit wahnsinnig klopfenden Herzen die Wand hoch. Die Elfe und der Ork blickten ihm nach. Noch blieb ihnen etwas Licht von der magischen Fackel, doch je höher Garian stieg, desto schwächer wurde es.

*Lass die Angst nicht zu deinem Herren werden*, dachte er. Stück für Stück erklomm er den tunnelartigen Schacht, bis er endlich dessen Ende erreichte. Vorsichtig spähte Garian über den Rand. In der einen Hand hielt er sein Messer, in der anderen die Flasche mit der hellleuchtenden Flüssigkeit, als handele es sich dabei ebenfalls um eine Waffe.

Nichts war zu sehen. Keine Gespenster, keine Mörder. Nichts. Nur der gruftähnliche Bauch des Stahldrachen. Allein die winzigen, vor dem Licht flüchtenden Spinnen bewegten sich.

*Ihr Götter*, dachte Garian erleichtert. Es musste doch der Wind gewesen sein, der das Klopfen verursacht hatte. Oder vielleicht war es auch nur ein verzögertes Echo ihrer eigenen Schritte gewesen!

Um ganz sicher zu gehen, stieg er ganz aus dem Schacht, dann drehte er sich um – und erschrak! Für eine oder zwei Sekunden sah er einen jungen Mann – einen Menschen – in einem langen, grauen Mantel vor sich stehen. Der Fremde hatte ein freundliches Lächeln aufgesetzt und vor Leben sprühende Augen musterten Garian von Kopf bis Fuß. „Ich schätze, ihr habt euch verlaufen", sagte er mit weicher, ruhiger Stimme.

Dann berührte die fallende Flasche den Boden und zerbrach mit einem lauten Klirren. Leuchtflüssigkeit ergoss sich vor Garians Füßen und verblasste.

Uruk und Taya zuckten zusammen, als sie die unbekannte Stimme, das Geräusch zerberstenden Glases und schließlich Garians erschrecktes Ächzen hörten. Sie klammerten sich aneinander. „Garian!", rief Taya verzweifelt. „Was ist passiert? Garian!"

Im selben Moment, als die Dunkelheit Garian in ihre kalten Arme schloss, entflammte ein blaues Feuer auf der flachen Hand des Fremden und drängte die Finsternis zurück. Die Flamme strahlte keinerlei Wärme aus.

*Ein Magier!* Garian tat einen vorsichtigen Schritt zurück, während er Taya rufen hörte.

„Hab keine Angst, Junge", sagte der Magier ruhig. Das wabernde, blaue Feuer in seiner Hand warf bizarre Schatten auf sein ovales Gesicht. Er trug sein braunes Haar lang und hatte es zum Pferdeschwanz gebunden. Das letzte Mal, dass er sich rasiert hatte, musste einige Tage zurückliegen. „Ich will dir und deinen Freunden nichts tun."

„Du... du hast uns erschreckt", brachte Garian leise hervor.

Der Magier lächelte. „Ich weiß."

„Garian!", rief Taya erneut von unten, und ihre ängstliche Stimme echote durch den Stahldrachen. „Bist du das? Warum antwortest du nicht?"

Bevor Garian etwas sagte, blickte er den Magier vorsichtig an. „Du kannst ihr ruhig antworten", sagte der.

„Ich bin hier!", rief Garian den Schacht hinab. „Keine Angst, es ist alles in Ordnung. Aber..." Wieder richtete er seinen Blick auf den geheimnisvollen jungen Mann. „...ich bin nicht allein!"

Während draußen der Regen kaum hörbar auf den Rükken des Stahldrachen prasselte, saßen Uruk, Taya, Garian und der Magier zusammen. Das gelbe Licht von einem halben Dutzend Kerzen umringte sie. Sie teilten sich Brote aus ihrem Proviant.

Sie waren dem Fremden durch einen der Gänge, die sie vorhin schon gesehen, aber nicht durchschritten hatten, gefolgt und hatten sich im Kopf der Maschine wiedergefunden: ein runder Raum, gerade mal sechs Schritte breit, mit einer gewölbten Decke. In einer Ecke lag der Rucksack ihres Gastgebers. Durch zwei große, scharfe Dreiecke aus rotem Glas konnten sie die sie umgebenden dunklen Bäume sehen.

Davor erhob sich eine Art Tisch, aus dem eine verwirrende Anzahl von Hebeln und Schaltern lugte. Garian begriff sofort, dass einst der Stahldrache von diesem Raum aus gesteuert worden war.

Es musste lange nach Mitternacht sein und das Morgengrauen war nicht mehr fern. Die dicken Kerzen spendeten zitterndes Licht und vor allem mehr als genug Wärme, sodass sich die drei Abenteurer ihrer Mäntel entledigen konnten.

Mittlerweile hatten sie sich von ihrem Schrecken erholt.

Trotzdem konnte keiner von ihnen davon ablassen, ihren Gastgeber mit misstrauischen Blicken anzustarren.

Der Magier saß ihnen gegenüber und hatte sich im Schneidersitz auf dem Metallboden niedergelassen. Er wirkte vollkommen ruhig und entspannt, sein Mund trug den Vorboten eines Lächelns.

„Ich hatte euch vorhin schon gehört", erklärte er gerade, während er Brot kaute. „Aber bevor ich euch begrüßen konnte, wart ihr schon im Maschinenraum verschwunden."

Das Berialisch, das er sprach, war klar und beinahe perfekt. *Beinahe,* denn hin und wieder hörte Garian, wie der Kerl einen leichten, kaum wahrnehmbaren Akzent in seine Worte einfließen ließ – als hätte er jahrelang nur Elfisch gesprochen.

„Wer bist du?", fragte er. Jetzt, wo sie nicht mehr in Gefahr waren, kehrte auch sein Mut zurück. Der Magier war zwar älter als er – vielleicht zweiundzwanzig oder dreiundzwanzig – doch da er trotzdem noch ziemlich jung wirkte, benutzte Garian absichtlich die weniger hoheitsvolle Anrede „du".

„Noa", antwortete der Fremde freundlich. Sein Blick war unablässig auf Taya gerichtet.

*Warum starrt er mich so an?,* dachte sie.

Noas Augen waren dunkelblau. Humor und Intelligenz spiegelten sich in ihnen wider.

Und noch etwas anderes ging von ihm aus. Taya spürte eine Stärke, die nicht körperlich war. Instinktiv begriff sie, dass der Magier über größere Fähigkeiten verfügte, als nur blaues Feuer zu entfachen.

Ihr Blick fiel kurz auf das schöne Amulett, das von Noas Hals baumelte. Es war an einer langen, silbernen Kette befestigt und trug einen goldgefassten Kristall, der in einem geheimnisvollen blauen Licht aus sich selbst heraus zu leuchten schien.

Bereits als Garian sie und Uruk aus dem Schacht geholt hatte und sie den Magier zum ersten Mal erblickte, hatte er sie angesehen, als sei sie eine alte Bekannte. Aber Taya wusste, dass sie diesen Mann niemals zuvor in ihrem Leben gesehen hatte. Und jetzt wurde ihr klar, dass es seine Gegenwart war, die sie gespürt hatte – die ganze Zeit schon.

*Wer ist er?*

Auch Garian ließ den Magier keine Sekunde aus den Augen.

Es gab nur noch wenige von seinesgleichen auf der Welt. Vielleicht ein Mensch von tausend besaß magisches Talent – bei den Elfen waren es mehr, bei den Orks weniger. Während des Weltenbrandes waren ganze Magierfamilien ermordet worden, weil viele in ihnen den Grund für diesen Krieg und die Grausamkeiten gesehen hatten, die er mit sich brachte.

Heutzutage lebten manche Magier unter dem Schutz von Fürsten und Königen und stellten ihnen dafür ihre Talente zur Verfügung. Aber der Großteil von ihnen strich als Vagabunden durch die Länder. Ihre Fähigkeiten machten sie zu Außenseitern; die normalen Sterblichen fürchteten sie und beneideten sie gleichermaßen um ihre Macht.

Wenn er Noa so anblickte, wusste Garian genau, dass er auch zu den Vagabunden zählte. Und sich offensichtlich auch für etwas Besonderes hielt. „Was machst du hier, Noa?“, fragte er.

„Nun, ich wohne hier. Zumindest im Moment.“

„Und woher kommst du?“

„Von sehr weit her. Ich habe eine ziemlich lange Wanderung hinter mir. Ich fand diesen Wald und dieses Stahlmonstrum und ließ mich hier nieder.“

„Und wie lange ist das jetzt her?"

„Vielleicht einen halben Tag. Ist das ein Verhör?"

„Es interessiert mich nur." Garian suchte die Blicke seiner Freunde. „Hast du ein bestimmtes Ziel? Ich meine, wo willst du hin?"

Noa lächelte ironisch. Bevor er antwortete, schluckte er einen Bissen Brot hinunter. „Nach überall und nirgends." Er zuckte mit den Achseln. „Wo immer meine Laune mich hinführt."

Garian wollte sich mit diesen mysteriösen Antworten nicht zufriedengeben. Er wollte etwas sagen, aber Noa kam ihm zuvor: „Nun bin ich wohl an der Reihe, Fragen zu stellen. Also, was machen drei Kinder an einem Ort wie diesem? Solltet ihr nicht zu Hause in euren Betten liegen?"

„Wir sind keine Kinder", gab Garian zurück. *Arroganter Kerl...*

„Aha. Und was seid ihr dann?"

„Auf alle Fälle keine Kinder", sagte diesmal Taya. Erneut sah Noa sie an und erneut lag etwas Wissendes in seinem Blick. „Warum siehst du mich so an?"

„Ist das verboten?"

Garian hatte langsam genug von den nichtssagenden, arroganten Antworten des Mannes. „Wer bist du wirklich, Noa?"

Für einen kurzen Augenblick schien es, als habe der Magier darauf keine Antwort parat. Er blickte Garian tief in die Augen, und plötzlich war er sehr ernst. „Das willst du nicht wissen."

„Bist du ein Verbrecher?"

„Nein. Ich bin ich. Ist dir das nicht genug, Junge?"

Garian spürte, wie der Kerl ihn langsam wütend machte. „Nein, das ist mir nicht genug! Sag uns, wer du bist!"

„Im Wesentlichen habe ich es schon gesagt. Ich bin Noa.

Ein Wanderer..."

„Und ein Magier", fügte Uruk vorsichtig hinzu.

„Und ein Magier", nickte Noa. „Ich ziehe durch die Königreiche, bis ich irgendwann einmal einen Ort finde, der interessant genug ist, um mich dort niederzulassen. Alles andere sind unwichtige Details, die euch wahrscheinlich eher langweilen. Und jetzt wird es Zeit für einen Themenwechsel. Ihr habt mir nämlich immer noch nicht eure Namen verraten oder was euch in diese Wälder verschlagen hat. Ein Ork-, ein Elfen- und ein Menschenkind. Ich war schon an ziemlich vielen Orten, aber ich bin noch nie auf so eine exotische Gruppe getroffen. Wer seid *ihr*?"

„Warum sollten wir dir das sagen?", meinte Garian.

„Warum solltet ihr das *nicht*?" Noa schien sich prächtig zu amüsieren.

Am liebsten hätte Garian dem selbstgefälligen Magier gar nicht geantwortet, aber Uruk hatte bereits damit begonnen, ihm alles zu erzählen: „Wir kommen aus Dayrelia. Mein Name ist Uruk Utka und das sind Taya Maru und Garian Daralos. Wir sind hierhergekommen, um uns den Stahldrachen anzusehen."

Garian stieß ihm in die Seite, nicht besonders fest, aber auch nicht gerade sanft. „Uruk...", zischte er.

„Tut mir leid", antwortete der Ork hilflos. „Aber er hat uns doch auch seinen Namen gesagt. Ich war nur höflich!"

„Ihr wolltet also den Stahldrachen sehen", wiederholte Noa, während er mit einem verkniffenen Lächeln den Jungen und den Ork beobachtete. „Aus purer Abenteuerlust oder aus historischem Interesse?"

„Äh, beides", antwortete Uruk, der nicht merkte, dass Noas Frage gar nicht ernst gemeint war.

„Oh, ihr interessiert euch für Geschichte? Der Weltenbrand, die Kriegsmaschinen..."

„Und Dalan“, fügte Uruk hinzu.

„Ahhh“, machte Noa. „Natürlich. Dalan. Der Weltenretter. Der Auserwählte der Götter. Egal wohin man kommt, man hört überall Geschichten über ihn. Aber seltsamerweise widersprechen sich alle. Glaubst du, dass er wirklich existiert hat? Dass ein einziges Wesen den großen Krieg beendete und die Welt vor der Vernichtung bewahrte?“

„Ja“, sagte Uruk mit inbrünstiger Überzeugung. „Das glaube ich.“

„Aber Dalan war doch ein Elf, du bist ein Ork. Versteh mich nicht falsch, aber die Orks sind nicht gerade bekannt dafür, sich für die anderen Städtebauer zu begeistern...“

„Es ist unwichtig, welcher Rasse man angehört, nur die Seele zählt“, antwortete Uruk selbstsicher.

Noa lächelte, aber diesmal wirkte es nicht, als würde er sich über den jungen Möchtegern-Historiker lustig machen. „Uruk, ich glaube, das war das Weiseste, das ich in den letzten Jahren gehört habe.“

„Du glaubst nicht an Dalan?“, fragte Garian.

Ernst und vieldeutig antwortete Noa: „Nicht an den *Helden* Dalan.“

„Und was ist mit der Letzten Prophezeiung?“, fragte Taya.

Noa setzte weder sein ironisches Lächeln auf. „Der Teil mit dem Zweiten Weltenbrand mag durchaus stimmen. Die Städtebauer werden wahrscheinlich bis in alle Ewigkeit Krieg führen, und wie es der Lauf der Welt ist, werden diese Kriege immer größer und schrecklicher. Aber dass Dalan eines Tages wiederkehrt, um den braven Seelen zu helfen? Erneut eine Streitmacht des Lichts anführt? Glaubt mir, ich bin selbst Magier und ich kenne eine Menge dieser Leute, aber keiner von ihnen, egal zu welcher Rasse er gehört, egal wie groß seine Kräfte sind, kann von den Toten auferstehen. Das ist ein Märchen, wie die Geschichten über Drachen und Feen, nicht mehr. Ihr solltet nicht alles, was man euch in der Schule beibringt, für bare Münze nehmen, denn das ist ein Weg, der zu nichts Gutem führen kann."

„Aber niemand weiß, ob Dalan wirklich tot ist!", erwehrte sich Uruk. „Vielleicht hat er unsere Welt verlassen und ist in eine andere übergegangen, in der die Zeit anders verläuft!"

Noa sah den jungen Ork an, als sei er nicht ganz bei Verstand, und Uruk wich dem Blick des Magiers aus.

„Vielleicht sollten wir morgen noch einmal darüber sprechen", meinte Noa schließlich und gähnte herzhaft. Er zog eine Steppdecke aus seinem Rucksack und breitete sie auf dem Boden aus. „Ich für meinen Teil bin jedenfalls hundemüde, und wenn ich eure kleinen Augen richtig deute, geht es euch genauso."

„Wo sollen wir schlafen?", fragte Taya.

„Ihr könnt es euch aussuchen. Der Drache ist groß genug. Gute Nacht." Bereits eine halbe Minute später war er eingeschlafen.

Garian, seine Schwester und Uruk blickten sich an. Uruk zuckte mit den Achseln. „Ich werde auf keinen Fall nach draußen gehen", sagte er leise, mit Rücksicht auf ihren Gastgeber. „Es regnet immer noch in Strömen. Und ich bin auch müde."

„Wir sind alle müde, Uruk", sagte Taya. „Na gut, dann suchen wir uns eben ein Plätzchen zum Schlafen." *Wenn ich überhaupt schlafen kann,* dachte sie. *Nach allem, was heute geschehen ist...*

# *Kapitel 8: Visionen des Feuers*

*An diesem Morgen kamen die Maschinen wie Metallgiganten und brachten der kleinen Stadt den Tod.*

*Einige von ihnen erinnerten an überdimensionale Käfer aus Stahl, andere an Spinnen, ganz andere hatten solch bizarre Formen, dass man sie überhaupt nicht einordnen konnte. Doch sie hatten eines gemeinsam: ihre Tödlichkeit. Sie sandten den Tod in alle Richtungen: Purpurne Lichtstrahlen, so dick wie Baumstämme, rissen die Stadtmauern nieder, als wären sie aus Papier, und durchlöcherten Menschenleiber wie heiße Nadeln ein Stück Butter. Die einfachen Holz- und Steinhäuser der Stadt stellten kein Hindernis für sie dar. Von Menschen in ihrem Inneren gesteuert, zerstampften die Maschinen achtlos Häuser und Leben.*

*Eine schreiende Armee folgte ihnen. Tausende und Abertausende von Soldaten fielen durch die zerstörten Stadtmauern ein: Soldaten in spiegelnden Rüstungen und Helmen, die ihre Gesichter fast vollständig verbargen; Helme, die finsteren Wolfsköpfen nachempfunden waren. In ihren Händen trugen sie ganze Waffenarsenale: Schwerter, Lanzen, Armbrüste, Streitäxte. Der kühle Morgenwind spielte mit ihren pechschwarzen Umhängen und ließ die Banner über ihren Köpfen flattern. Sie zeigten den grimmigen, silbernen Kopf eines Wolfes, dessen rote Augen bedrohlich starrten. Der Silberwolf, das Wahrzeichen des Königreiches Xendor.*

*Wilden Bestien gleich fielen sie über die Überlebenden her und streckten jeden sinnlos nieder, der sich noch rührte.*

*Feuer griff schnell um sich, Häuser, Brücken und Felder brannten. Die Bevölkerung der Siedlung – Menschen, Elfen und einige Orks – stürmte in Panik aus ihren Häusern. Niemand begriff, was vor sich ging. Jeder war in Angst.*

*Die Bürgerwehr der Stadt hatte bereits zu den Waffen gegriffen: Sturmklingen in stolzen, schwarzen Rüstungen, die versuchten, sich der feindlichen Macht entgegenzustellen und das Volk zu schützen. Doch es starben zu viele von ihnen, noch bevor sie auf ihre Gegner trafen. Die meisten wurden durch das purpurne Feuer der Kriegsmaschinen zerfetzt. Andere starben, als sich eine Übermacht von Wolfsrittern auf sie stürzte und einfach unter sich begrub.*

*Keine Stunde später zog die Armee weiter. Und dabei hatte sie noch nicht einmal ein Zehntel ihrer wahren Vernichtungskraft eingesetzt.*

*Hinter der Streitmacht lag die vernichtete Stadt als ein Heer von rauchenden und brennenden Ruinen. Wer das Gemetzel überlebt hatte – und es war nur eine verschwindend geringe Anzahl von Frauen und Kindern aus drei Völkern –, der weinte oder war durch den Schock gelähmt. Leichen lagen an Überresten von Straßen, deren Pflaster vom Gewicht der vorbeiziehenden Kriegsmaschinen zertrümmert worden war. So viele Tote, die sinnlos und ohne Warnung gestorben waren…*

*Und die Wolfsarmee zog weiter, Richtung Westen, der nächsten Siedlung entgegen.*

Taya schlug die Augen auf und rang nach Atem. Der Schrecken saß ihr in allen Gliedern. *War es ein Traum?*, fragte sie sich. *Wo bin ich?*

Über ihr spannte sich eine stählerne Kuppel. Durch mehrere kleine Löcher drang schwaches Tageslicht – es war früher Morgen. Dicke Wände aus Metall dämpften den Gesang, den die Vögel draußen angestimmt hatten.

Sie sah sich um: Links und rechts von ihr schlummerten friedlich Garian und Uruk in ihren Schlafsäcken. Ihre Gegenwart beruhigte die Elfe und der Albtraum verblasste langsam. Bereits jetzt konnte sich Taya nur noch an Bruchstücke erinnern, doch die unaussprechlichen Grausamkeiten, die sie gesehen hatte, waren ihr so wirklich vorgekommen, so real, dass sie jetzt noch vor Angst zitterte. Sie hatte noch nie in ihrem Leben einen Toten gesehen, und nun waren ihr hunderte, tausende Leichen vor Augen geführt worden, ohne dass sie sich dagegen wehren konnte.

„Du hast es auch gesehen, nicht wahr?“

Taya erschrak abermals, als Noas Stimme ertönte. Der Magier saß zwei Schritte von ihrem Nachtlager entfernt. Ein schwacher, gelber Lichtstrahl fiel genau auf sein Gesicht. Er schien betrübt. Ernst. Und es sah nicht so aus, als ob er in dieser Nacht besonders gut geschlafen hätte.

„Was meinst du?“, fragte Taya verwirrt und leise, um niemanden aufzuwecken.

„Die Armee“, antwortete Noa. „Die zerstörte Stadt. Etwas ist geschehen, wird geschehen. Es hat dich aufgeweckt.“

„Ich... ich habe geträumt“, flüsterte Taya. „Ein Albtraum. Deswegen bin ich wach geworden.“

„Es war kein Traum.“

„Was?“ Taya rieb sich das Gesicht mit den Händen. Sie war müde und vollkommen durcheinander; sie konnte im Augenblick keinen klaren Gedanken fassen. *Was redet der Kerl da?*

Noa stand auf. Er näherte sich Taya, bis er nah genug war, dass sie seine leise Stimme hören konnte, und ging vor ihr in die Hocke: „Eine große Armee – die Armee Xendors, wenn ich mich nicht irre – ist über die östliche Grenze in Minaskai eingefallen. Es ist Krieg. Oder es wird Krieg sein. Aber das ist im Augenblick wohl ohne Bedeutung.“

„Aber wie...?“

„... kann ich wissen, was du geträumt hast?“ Noa ließ kurz ein müdes Lächeln aufblitzen. „Hast du vergessen, wer beziehungsweise was ich bin?“

„Was hat dieser Traum zu bedeuten?“, fragte Taya ängstlich. „War das... die Zukunft?“

„Dinge sind in Bewegung geraten“, antwortete Noa, doch noch bevor er weitersprechen konnte, sagte Taya wütend und mit geballten Fäusten: „Kannst du dich nicht einmal klar ausdrücken? Was hat das alles zu bedeuten? *Was ist passiert*? Woher weißt du von meinem Traum?“

„Du hast es ihnen niemals gesagt, oder?“ Noa deutete mit dem Kinn zu dem schlafenden Garian und Uruk.

„Was meinst du?“ Der plötzliche Themenwechsel brachte Taya nur noch mehr durcheinander.

„Deine Gabe“, sagte Noa. „Als ich dich gestern das erste Mal sah, wusste ich, dass du sie hast. Genau wie ich...“

„Nein!“ Taya schüttelte entschlossen den Kopf. „Nein! Ich bin nicht wie du!“

„Du nimmst den Strom der Zeit wahr“, sagte Noa. Taya erkannte den Ernst in seinen Augen. Er glaubte an das, was er sagte. Und das machte ihr Angst. „Die Magie fließt durch dich.“

„Nein!“ Das Wort kam nur als Flüstern aus Tayas Mund. „Ich bin keine Magierin! Man hat mich geprüft, als ich zehn war! Ich habe kein magisches Talent! Ich bin vollkommen normal!“

„Diese Prüfungen haben keinen Wert“, antwortete Noa sanft. „Auch ich habe keinerlei magisches Talent gezeigt, bis ich vierzehn war. Es ist bei jedem Wesen unterschiedlich. Aber du hast dieses Talent ebenfalls und deine Kräfte beginnen gerade erst zu erwachen. Ist es nicht so? Du spürst, dass sich etwas verändert hat.“

Taya starrte ihn an. Ja, sie spürte es. Mit jedem Traum, der ihr die Zukunft zeigte, und mit jedem Mal, wo sie

Dinge sah, noch bevor sie passiert waren. Und dennoch durfte es nicht sein!

Uruk wälzte sich mit einem leichten Stöhnen auf die andere Seite seines Schlafsacks. „Nicht so laut!“, bettelte Taya verzweifelt. „Du weckst sie noch auf!“

„Warum hast du es ihnen verschwiegen? Hast du Angst, sie könnten dich verstoßen?“

„Glaub mir, ich bin keine Magierin!“ Taya hatte keine Ahnung, wie sie es ihm begreiflich machen sollte. „Ich bin ganz normal!“

„Du belügst dich selbst“, antwortete Noa. „In dir steckt großes Potenzial, Taya. Die Visionen sind nur der Anfang. Du musst in der Nutzung deines Talentes unterwiesen werden, sonst wirst du Schaden davon nehmen.“

„Ich glaube dir nicht!“

„Das ist keine Fragen von Glauben oder Nichtglauben.“ Noa kam zwei weitere Schritte näher. „Taya, hör mich an...“

„Lass mich in Ruhe!“ Taya hielt sich die Ohren zu. „Ich will nichts davon hören!“

Doch Noa ließ sich davon nicht abhalten. Er kam näher, griff nach ihren Händen und zog sie von ihren Ohren fort. Taya blickte ihn an, als sähe sie zum ersten Mal in ihrem Leben einen Menschen. „Taya, die Armee von Xendor nähert sich der Hauptstadt. Wir müssen gehen und die Königin warnen, bevor es zu spät ist!“

„Lass mich los“, zischte sie.

Noa tat, wie ihm geheißen. Er erhob sich. „Wir werden später noch einmal in Ruhe über alles sprechen.“ Er machte Anstalten zu gehen, doch er drehte sich noch einmal zu Taya um, die ins Leere starrte, und meinte: „Am besten weckst du deine Freunde. Wir müssen sofort aufbrechen.“

Bevor Taya Uruk und Garian weckte, rang sie nach Luft. Ihre Gefühle waren vollkommen durcheinander, sie war hin- und hergerissen zwischen Noas Worten von Magie und Krieg.

„Guten Morgen“, grüßte ihr Bruder, der als Erster wach wurde. Sein Blick war noch verschlafener als sonst. „Ihr Götter, ich habe vielleicht einen Unsinn geträumt... Was ist los, du siehst so ernst aus.“

„Wir...“ Sie holte tief Luft. „Wir müssen zurück nach Dayrelia, Garian.“

„Warum? Was ist passiert?“ Er sah sich nach allen Seiten um. „Wo ist Noa?“

„Ich erkläre es dir, wenn Uruk wach ist.“

Nachdem auch der Ork endlich aus seinem tiefen Schlaf erwacht war und sich blinzelnd umsah, begann Taya, die Lage zu schildern. Sie erwähnte Noas Traum vom Einmarsch der xendorischen Armee und erklärte, dass er davon überzeugt war, dass dies eine Vision der Zukunft wäre – und dass sie Königin Lyndira warnen müssten.

„Glaubst du ihm?“, wollte Garian wissen.

„Ja, ich denke schon“, antwortete Taya mit matter Stimme. „Er ist doch immerhin Magier.“

„Und wo ist er jetzt?“, fragte Uruk.

„Hier“, antwortete Noa und die drei Abenteurer drehten sich um. Der Magier kam eben aus jenem Gang, der zum „Kopf“ des Stahldrachen führte. Er trug seinen ausgebesserten Mantel und zog gerade die Schnallen seines Rucksacks fest. Genau wie Taya wirkte er ernst und gleichzeitig beunruhigt. „Es wird Zeit zu gehen. Jede Sekunde zählt.“

Bereits Minuten später hatten sie ihr Lager abgebrochen und den Stahldrachen hinter sich gelassen. Es war ein strahlend heller Morgen und die Sonne brach in dünnen, schrägen Lichtstrahlen durch das Dach der Baumkronen. Die Blätter rauschten im Wind. Bei Tage war deutlich zu sehen, dass sie langsam ihr sommerliches Grün verloren und allmählich die Farben des Herbstes annahmen.

Der neue Tag hatte die Taravan-Wälder in ein idyllisches Fleckchen Erde verwandelt. Hätte er mehr Zeit gehabt, diesen Ausblick zu genießen, hätte Garian sich dafür geschämt, dass ihm dieser friedliche Ort gestern noch solche Angst eingejagt hatte.

Der Magier Noa, gekleidet in seinen schäbigen Mantel, die Haare zu einem Pferdeschwanz gebunden, marschierte der Gruppe voran. Er ging schnell, aber nicht schnell genug, als dass er die anderen abgehängt hätte. Ihm folgten Taya und Garian, und der pummelige Uruk tapste hinter ihnen her. Keiner von ihnen wusste, ob Noa den Weg aus den Wäldern kannte oder ob seine magischen Fähigkeiten ihn führten.

„Warum sollte Xendor uns angreifen?", fragte Garian und versuchte, mit Noa Schritt zu halten. „Sie sind zwar nicht gerade unsere besten Freunde, aber von meinem Vater weiß ich, dass ein Friedensbündnis zwischen unseren beiden Ländern existiert."

„Wer ist dein Vater?"

„Kelrik Daralos, der Paladin der Königin."

Noa blickte ihn über die Schulter hinweg an. Er schien überrascht, aber keinesfalls ungläubig. „Umso besser. Dann wissen wir, wem wir von der Invasion zu berichten haben."

„Aber welchen Grund hätten sie, uns anzugreifen? Sie würden es nicht wagen, das Friedensbündnis zu brechen!"

„Sei nicht so naiv, Junge! Dieses Bündnis existiert nur auf dem Papier. Xendor war schon immer eine aggressive Nation. Sie haben mehr als hundertmal versucht, die Welt zu beherrschen – den Göttern sei Dank, dass sie jedes Mal gescheitert sind."

„Die Sturmklingen beschützen Minaskai!", sagte Garian mit einer Bestimmtheit, die keinen Widerspruch duldete.

„Na und? Die Sturmklingen sind nicht allmächtig. Außerdem gibt es da noch etwas, das ich in der Vision gesehen habe."

„Was?", fragten Uruk und Garian gleichzeitig.

Noa schloss kurz die Augen. „Kriegsmaschinen. Dutzende von ihnen. Vernichtungswaffen."

Ohne es zu bemerken, verlangsamte Garian seinen Schritt. „Kriegsmaschinen?", flüsterte er. Dieses Wort allein genügte, um ihm eine Heidenangst einzujagen.

Taya zuckte zusammen, als sie Noas Worte hörte. Wieder drängten sich ihr all die Grausamkeiten auf, die ihr der Traum gezeigt hatte. Ihr war immer noch schlecht. *Nichts* hatte die große Wolfsarmee aufhalten können. Diejenigen, die es gewagt hatten, sich ihrer Macht entgegenzustellen, waren vernichtet worden wie ein Stück Papier im Höllenfeuer. Sie versuchte, ihr Zittern zu kontrollieren, doch es wollte ihr nicht gelingen.

„Mein Vater wird wissen, was zu tun ist", meinte Garian, um sich damit Mut zu machen. „Die Sturmklingen und er werden diese Invasion aufhalten..." Und leiser: „Wenn es sie wirklich gibt."

Noa hatte es gehört. „Du glaubst mir nicht?"

„Ich glaube nur, was ich mit meinen eigenen Augen sehe."

„Eine dumme Einstellung", antwortete der Magier, jedoch ohne sich umzudrehen. „Du solltest sie schleunigst ändern."

„Ist alles in Ordnung, Taya?", fragte Uruk seine Freundin. Genau wie Garian hatte er den Ausdruck von Schrekken in ihrem Gesicht gesehen.

*Gar nichts ist in Ordnung!*, dachte Taya. Doch bevor sie antwortete, sog sie tief die klare, würzige Luft des Waldes ein. „Es geht mir gut, Uruk." Sie legte ihre Hand auf die Schulter des Orks. „Ich... ich bin nur ein bisschen durcheinander, das ist alles."

„Gut, das bin ich nämlich auch", meinte Uruk. „Lass uns zusammen ein bisschen durcheinander sein."

Taya schenkte ihm ein mattes, aber dankbares Lächeln. *Selbst jetzt belügst du ihn*, dachte sie. *Sag ihm und Garian, was dich bedrückt! Sag ihnen, dass du im Moment mehr Angst vor dir selbst als vor dieser Armee hast!*

Doch sie tat es nicht.

## *Kapitel 9: Rückkehr nach Dayrelia*

Paladin Kelrik Daralos beobachtete von einem Balkon aus die Rekruten der Sturmklingen bei ihrem Training. Es waren über zweihundert Männer und Frauen – Städtebauer aller Art. Schmale Elfen und Menschen standen Seite an Seite mit breitgebauten Orks.

Die Rekruten hatten das erste Jahr ihrer Ausbildung gerade erst beendet, die wenigsten von ihnen waren älter als zwanzig. Gemeinsam standen sie in einem großen Quadrat auf dem sandigen, von Steinmauern abgeschirmten Gelände und ließen sich den sanften Morgenwind in die entschlossenen Gesichter wehen.

Es war ein allmorgendliches Ritual: Schweigend und mit Schwertern in den Händen bewegte sich die Menge wie in einem verlangsamten Tanz, alle im Einklang, als ob ein einziger Verstand ihre Bewegungen steuerte. Es war eine Meditation, die dazu diente, Geist und Körper ins Gleichgewicht zu bringen.

Seit Gründung des Ordens hatten die Sturmklingen immer nur aus Menschen bestanden. Vor zweihundert Jahren wäre die Möglichkeit, dass auch die anderen Städtebauer ihnen beitraten, vollkommen undenkbar gewesen. Aber die Zeiten änderten sich und im Kodex des Ordens stand kein Wort davon, dass andere Völker sich nicht auch seinen Regeln unterwerfen durften, wenn ihre Berufung als Diener des Königreiches wirklich rein war.

Kelrik persönlich konnte sich für den Orden nichts Besseres vorstellen als diese Artenvielfalt. Denn mit den anderen Völkern kamen auch neue Denkweisen und (wie im

Fall der Orks) auch eine stärkere körperliche Beschaffenheit.

Eine Weile beobachtete der Paladin die Szene unter sich, wobei er sich mit den Händen an der Brüstung des Balkons abstützte. *Es sind gute Leute,* dachte er. *Wir können stolz auf sie sein.*

Wieder versuchte er, sich mit dem Gedanken anzufreunden, in zwei Jahren seinen Sohn in den Reihen der Rekruten zu sehen. Natürlich würde er Garian nicht besser oder schlechter behandeln, als den Rest seiner Schüler. Mit derselben Strenge, denselben Forderungen nach Disziplin und Gehorsam. Hart, aber gerecht.

*Dennoch wird es anders sein,* wurde er sich klar. *Vollkommen anders.* Dann dachte er mit Schrecken daran, wie es sein würde, den eigenen Sohn in die Schlacht schicken zu müssen.

Diese Vorstellung brachte ihn zurück zu der ungewissen Bedrohung aus dem Königreich Xendor. Seit gestern – als er und Königin Lyndira Zeugne der abrupten Auflösung seiner magischen Übertragung geworden waren – hatte Botschafter Elbared keine weiteren Nachrichten gesendet. Das konnte alles bedeuten – oder nichts. So oder so trug es nicht gerade dazu bei, die böse Vorahnung des Paladins zu verdrängen.

Er blickte wieder zu den Rekruten, die ihre Schwerter mit fließenden, majestätischen Bewegungen führten. Es waren gute Leute, ja. *Aber sind sie bereit für einen Krieg?*

„Paladin?"

Kelrik drehte sich um. Sein Erster Adjutant Yan Tanor stand dort und salutierte. Er war ein weißhaariger Elf, und obwohl beinahe so alt wie der Paladin, wirkte er keinen Tag älter als dreißig. Seine Rüstung war um einiges eindrucksvoller als die der Rekruten, dennoch fehlte ihr das Wahrzeichen des Paladins: der weiße Kristall über dem Herzen. Seine blauen Katzenaugen blickten ernst.

„Was gibt es, Yan?"

Mit ruhiger Stimme berichtete der Elf: „Euer Sohn und Eure Tochter sind soeben zurückgekehrt."

Kelrik runzelte die Stirn. „So früh schon?" Die Reise in die Wälder war ihr großes Abenteuer. Er hatte frühestens heute Abend mit ihrer Rückkehr gerechnet.

Yan Tanor fuhr fort: „Sie wünschen, Euch zu sprechen. Ich soll Euch von Eurem Sohn sagen, dass es dringend sei."

Das dunkle Gefühl in Kelriks Brust wuchs. *Es muss irgendetwas passiert sein...* „Wo sind Garian und Taya jetzt?"

„Nun... Sie sind hier. Sie warten in Eurem Arbeitszimmer im Hauptgebäude."

Kelrik zögerte keinen Augenblick und ließ den Balkon und Yan Tanor hinter sich. Mit wehendem Umhang folgte er einem ausgedehnten, mit Waffen geschmückten Korridor bis zu jenem mittelgroßen, spartanisch eingerichteten Raum, der ihm als Arbeitszimmer diente.

Als er die Tür öffnete, richteten sich vier Augenpaare auf ihn. Seine beiden Kinder waren da, ebenso ihr Freund Uruk. Taya saß auf einem Stuhl vor dem kahlen Schreibtisch; sie wirkte aufgewühlt. Garian stand rechts neben ihr, auch er wirkte unruhig, aber er schien erleichtert, endlich seinen Vater zu sehen.

*Was kann nur passiert sein?*

Kelrik wollte die Frage laut stellen, als er bemerkte, dass noch jemand anwesend war. Ein Fremder, der abseits der Jugendlichen stand: ein großer, junger Mann. Mit seinen langen Haaren, dem unrasierten Kinn und nicht zuletzt der schäbigen Kleidung wirkte er wie ein Stadtstreicher oder Bettler. Dennoch war da etwas in seinen Augen, das Kelrik spüren ließ, dass dieser Mann es einfach nicht nötig hatte, sich in edlere Gewänder zu kleiden. Er gehörte zu jenen Menschen, die einfach ihrem Herzen folgten und taten, was sie wollten – oder sich kleideten, wie sie wollten. Der Fremde musterte Kelrik aufmerksam, aber nicht aufdringlich.

„Garian", setzte Kelrik an und schloss die Tür hinter sich. „Was ist geschehen? Warum seid ihr so früh zurück?" Er richtete seinen Blick auf den Fremden. „Und wer ist euer Freund?"

„Das ist Noa", antwortete sein Sohn. „Wir haben ihn in den Wäldern von Taravan getroffen. Er..."

„Ich bin gekommen, um Euch zu warnen, Paladin", unterbrach ihn Noa.

„Warnen? Wovor?"

„Vor der Armee Xendors."

Trotz seiner Verblüffung schwieg Kelrik und ließ den Mann ausreden. Noa berichtete, wobei sich alle Anwesenden auf ihn konzentrierten: „Die Streitmacht der Xendorier ist über die Grenze nach Minaskai eingefallen oder wird dies sehr bald tun und dabei alles vernichten, was sich ihr in den Weg stellt. Die Armee ist riesig und führt magische Maschinen mit sich, die über eine gewaltige Vernichtungskraft verfügen. Sie hat eine kleine Stadt an der Grenze Minaskais vernichtet. Oder wird es."

„*Oder wird es*?", wiederholte Kelrik verwirrt. Er schritt durch den Raum und ließ sich mitsamt seiner sperrigen Rüstung in den Sessel hinter seinem Schreibtisch fallen. „Was soll das heißen?"

„Ich hatte eine Vision von dem Angriff", erklärte Noa.

„Eine *Vision?* Seid Ihr ein...?"

„Ja."

Kelrik kraulte wortlos seinen kurzen, schwarzen Bart. Garian und Taya hatten ihren Vater nur selten so ernst und nachdenklich gesehen. Aber es war selbst für sie nicht klar, ob der Paladin dem Magier auch Glauben schenkte.

Noa fuhr unbeirrt und mit fester Stimme fort: „Ich kann den Zeitpunkt des Angriffes nicht genau festlegen. Aber wenn er noch nicht stattgefunden hat, dann wird es bald geschehen, das ist sicher."

Alle Blicke lasteten auf Kelrik. Der bärtige Ritter überlegte noch einen Moment, dann fragte er: „Wer seid Ihr?"

„Mein Name ist Noa Endaris. Ich bin ein einfacher Wanderer. Ich hielt mich gerade in den Wäldern von Taravan auf, wo ich Eure Kinder und Uruk traf. Heute Morgen hatte ich einen Traum – eine Vision – vom Angriff der xendorischen Armee. Wir sind sofort nach Dayrelia gekommen, um Euch davon zu berichten."

„Woher kommt Ihr, Noa Endaris?"

„Von weit her. Ich kann Euch nichts Genaueres sagen und ich will Euch nicht belügen. Aber Ihr müsst mir glauben."

Für eine Weile kehrte wieder Stille ein. „Ich glaube Euch", sagte Kelrik zur Überraschung aller. „Ich glaube Euch, weil wir bereits Berichte über die Mobilmachung der Xendorier erhalten haben. Wir wussten, dass ein Krieg droht, und dass wir eventuell ihr erstes Ziel sein würden. Wo, glaubt Ihr, schlagen die Xendorier zu? Ich meine, wo *werden* sie zuschlagen?"

„Ich konnte den Namen der Stadt im Traum nicht erkennen, aber sie lag zweifelsohne irgendwo an der Grenze von Minaskai."

„Was wirst du tun?", fragte Garian seinen Vater.

Der Paladin wandte sich seinem Sohn zu. „Ich habe gestern eine Verstärkung der Grenzpatrouillen befohlen. Wir müssen wissen, wo die Xendorier die Grenze durchbrochen haben – oder durchbrechen werden", sagte er mit einem Seitenblick zu Noa, „damit sich die Sturmklingen auf diesen Punkt konzentrieren können. Aber bis wir das wissen, kann ich nicht riskieren, Truppen von einem

Punkt abzuziehen, weil das die Verteidigung schwächen würde. Es ist eine schwierige Situation..."

„Die Sturmklingen werden den Xendoriern nichts entgegenzusetzen haben", warnte Noa. „Der Feind ist in der Überzahl und besitzt die besseren Waffen."

„Wir werden Hilfe von unseren Verbündeten anfordern", fuhr Kelrik dessen ungeachtet fort. „Wenn das Königreich Xendor uns tatsächlich angreift, hat es bald den ganzen Kontinent gegen sich." Er stand auf und kniete sich vor seine Kinder. „Habt keine Angst. Alles wird gut werden. Ich werde nun zur Königin gehen. Wenn ich wiederkomme, werden wir uns über alles unterhalten. Aber ihr müsst mir versprechen, mit niemandem darüber zu reden. Nicht, solange wir keine Gewissheit haben. In Ordnung?"

„In Ordnung", sagte Garian, obwohl es ihm lieber gewesen wäre, wenn sein Vater jetzt bei ihm bliebe. Taya nickte nur schwach.

Kelrik erhob sich wieder und sah Noa an: „Ihr werdet mich begleiten."

„Wie Ihr wünscht, Paladin."

Die beiden Männer verließen das Arbeitszimmer. Taya, Garian und Uruk sahen ihnen nach.

„Ich muss nach Hause", sagte Uruk plötzlich. „Ich muss zu meinen Eltern." Der Ork blickte Garian hilfesuchend an.

„Wir werden dich begleiten", versprach sein Freund. „Ich werde ihnen erklären, dass es meine Idee war, in die Wälder zu gehen."

„Das musst du nicht", sagte Uruk kopfschüttelnd, aber dankbar für Garians Angebot. „Es reicht, wenn ihr mich begleitet. Es reicht, wenn *ich* Ärger kriege."

„Lasst uns gehen", sagte Garian. „Taya? Kommst du?"

Sie schien ihn nicht gehört zu haben, so versunken war

sie in die Welt ihrer Gedanken. „Taya?“, wiederholte Garian sanft.

„Hm?“

„Kommst du?“

„Natürlich“, sagte sie schnell. Ihr Bruder reichte ihr die Hand, um ihr beim Aufstehen zu helfen.

Garian hatte schon so manchen Ork wütend erlebt, aber keinen einzigen, der so getobt hatte wie Gruhm Utka, als Uruk und er ihm von der Reise berichteten. Die Holzwände des Hauses schienen zu beben, als sich die ohnehin schon wilde Stimme des Orkvaters in einen reißenden Sturm verwandelte. Dass Garian die Schuld auf sich nahm, besänftigte den Gewürzhändler wenig. Er befahl Bruder und Schwester sofort und auf der Stelle sein Haus zu verlassen. Noch auf der Straße hörten die beiden, wie Gruhm seinen Sohn anbrüllte.

Da begann Taya plötzlich zu weinen und Garian nahm sie in den Arm, wobei ihm selbst die Augen brannten. Auf einmal war alles anders. Ihr großes Abenteuer hatte nicht so geendet, wie er es sich vorgestellt hatte. Auch wenn er es sich nicht eingestehen wollte, hatte Garian in diesem Moment mehr Angst vor der Zukunft als je zuvor.

Er begleitete seine Schwester nach Hause, wo sie sich hinlegte und ausruhte. Sie war bald eingeschlafen.

Garian wachte neben ihrem Bett und wartete auf die Rückkehr seines Vaters. *Alles wird gut werden,* hatte Kelrik gesagt. Garian hätte es nur zu gerne geglaubt.

Er lag noch wach in seinem Bett, als Kelrik zurückkehrte. Trotz der späten Uhrzeit – Mitternacht war schon lange vorüber – und obwohl er so müde war, dass er seine Lider nur mit allergrößten Mühen offen halten konnte, hatte der Junge nicht eine Sekunde Ruhe gefunden. Noch immer hatte er nicht alles verarbeitet, was gestern und heute geschehen war, und tausend Gedanken rasten durch seinen Kopf. Er hatte auf seinen Vater gewartet in der Hoffnung, dass dieser seine Ängste in Luft auflöste – weil Kelrik immer alle Probleme lösen konnte.

Aber heute musste Garian feststellen, dass auch der Paladin trotz all seiner Macht und Befugnisse nur ein Mensch war und als solcher ohnmächtig dem Lauf der Dinge gegenüberstand.

Als Garian in der Stille seines dunklen Zimmers hörte, wie unten die Tür des Hauses geöffnet wurde und Schritte auf den Dielen des Korridors ertönten, lief er schnellstens nach draußen um zu hören, was Kelrik für Neuigkeiten brachte. Trotz seiner Ungeduld verhielt er sich dabei still genug, um Taya nicht zu wecken.

Er lief durch den von magischen Fackeln dämmrig beleuchteten Flur, brachte die Treppe hinter sich und blieb vor seinem Vater stehen, der ihm zusammen mit Noa bereits entgegensah. Die Gesichter der beiden Männer waren von Ernsthaftigkeit gezeichnet – und Garian war sofort klar, dass nichts mehr so war, wie es sein sollte. Sein Vater hatte seine kunstvolle Rüstung abgelegt und trug nun eine Jacke und eine Hose aus schwarzer Wolle. Er wirkte auf einmal kleiner und verletzlicher als jemals zuvor.

„Hast du mit der Königin gesprochen, Vater?“

Kelrik nickte. „Noa und ich kommen gerade aus dem Palast.“

„Und was hat sie gesagt?“

„Garian, es ist besser, wenn wir uns in die Stube setzen.“ Der Junge nahm die Müdigkeit in den Augen des Paladins wahr. Und die Bürde, die jetzt auf seinen Schultern lastete.

So setzten sich Vater und Sohn zusammen, während der Magier Noa wie ein ungebetener Gast mit einigem Abstand neben ihnen verweilte und zuhörte, wie Kelrik Garian erklärte, was geschehen war.

Bevor Kelrik sprach, sah er Garian tief in die Augen, in denen sich Angst und Unsicherheit widerspiegelten. Wenn er ihm sagte, was im Palast vorgefallen war, wenn er ihm die Wahrheit sagte, dann würden Angst und Unsicherheit garantiert noch weiter wachsen. Aber Garian war sein Sohn, und er konnte und wollte ihn nicht belügen. „Die Königin hat sofort versucht, unseren Verbündeten auf magischem Wege von der Invasion zu berichten und sie um Hilfe zu bitten. Aber irgendetwas scheint die Verbindungen zu stören. Bereits seit gestern können wir keinen Kontakt mit den anderen Kristallaugen aufnehmen – weder hier in Minaskai, noch irgendwo sonst in der Welt." Mit knappen Worten schilderte er das Gespräch mit Botschafter Elbared und dessen plötzliche Unterbrechung gestern.

„Aber wie ist das möglich?", fragte Garian. Auch wenn er von Magie keine Ahnung hatte, wusste er, dass die magischen Apparate im Allgemeinen äußerst zuverlässig waren. Er warf einen Seitenblick auf Noa, als erwarte er eine Rechtfertigung von ihm.

Kelrik seufzte schwer. „Ich weiß es nicht, Garian. Selbst die Hofmagier der Königin haben keine Erklärung dafür. Es sieht so aus, als ob etwas oder jemand den natürlichen Fluss der Magie stört, um eine Verbindung der Kristallaugen untereinander unmöglich zu machen.

So etwas ist vorher noch nie geschehen. Minaskai ist also von der Außenwelt abgeschnitten. Zumindest im Moment. Die Hofmagier versuchen, eine Lösung zu finden, doch bis jetzt ohne jeden Erfolg. Obwohl sie seit gestern an dem Problem arbeiten, sind sie bis jetzt der Lösung keinen Schritt näher gekommen. Sie haben zwar verschiedene Theorien, wie es zu einer solchen Störung kommen kann, aber keine Ahnung, wie sie diese wieder aufheben können."

„Ich habe keine Störung der Magie gespürt", erklärte Noa. „Was immer es ist, es muss räumlich begrenzt sein."

„Genau das vermuten die Hofmagier auch", nickte Kelrik.

„Es sind die Xendorier, nicht wahr?", fragte Garian.

„Wir wissen es nicht", antwortete sein Vater wahrheitsgemäß. „Aber das Resultat ist dasselbe."

„Aber was ist mit Boten? Ich meine, Reitern?"

„Königin Lyndira und ich haben bereits zwei Dutzend Boten losgeschickt, die in alle Himmelsrichtungen ausschwärmen, um unsere Verbündeten zu benachrichtigen. Aber es wird mindestens zwei Tage dauern, bis der erste von ihnen die Grenzen des Landes erreicht. Und es wird weitere wertvolle Zeit verstreichen, bis wir eine Rückmeldung erhalten."

„Das kann nicht sein", sagte Garian. Er starrte ins Leere und schüttelte den Kopf. Das alles war für ihn jetzt noch viel weniger zu glauben als vorher. Wie konnte es möglich sein, Minaskai so einfach zu übertölpeln?

„Es ist eine schreckliche Situation", sagte Kelrik, doch diese Worte waren in Garians Ohren eine lächerliche Untertreibung. „Aber glaube mir, mein Sohn, der Orden der Sturmklingen und ich, wir werden alles tun, um Minaskai zu beschützen. Das ist ein Versprechen."

Garian nickte, wobei er sich gleichzeitig fragen musste: *Aber wie wollt ihr uns alle beschützen, wenn ihr nicht einmal wisst, was auf uns zukommt?*

„Vielleicht ist es besser, wenn du jetzt zu schlafen versuchst", schlug Kelrik vor.

„Ich weiß nicht, ob ich das schaffen werde", meinte Garian, trotzdem stand er auf. Er blickte Noa auf der anderen Seite des Raumes fragend an. Es schien, als wollte der

Magier noch etwas sagen. Stattdessen nickte er dem Jungen zum Abschied zu.

„Gute Nacht, Garian", sagte Kelrik.

Garian nickte schweren Herzens. „Gute Nacht, Vater", sagte er und ging.

Der Paladin und Noa hörten Garians Schritte auf der Treppe und schließlich die Tür seines Zimmers, die aufging und leise geschlossen wurde. Für ein paar Momente beherrschte Stille den Raum. Das einzige Geräusch war das Ticken der goldenen Uhr über dem Kamin.

Kelrik, der immer noch auf dem Sofa saß, blickte zu dem Magier auf. „Ihr könnt in meinem Haus bleiben, Noa. Ich heiße Euch als meinen Gast willkommen."

„Ich danke Euch, Paladin." Noa deutete eine Verbeugung an. „Es tut mir leid, dass wir uns unter diesen Umständen treffen mussten", sagte er ernst. „Und es tut mir leid, dass ich Euch nicht bessere Nachrichten bringen konnte."

Kelrik machte eine wegwerfende Handbewegung, doch die Geste wirkte müde und entkräftet. „Es ist nicht Eure Schuld. Im Gegenteil: Das Königreich Minaskai steht tief in Eurer Schuld." Er hatte Mühe, ein Gähnen zu unterdrücken. „Ich hoffe, dass die Magier der Königin bis morgen wenigstens eine Verbindung zu den Sturmklingen an der Grenze herstellen können. Sie müssen auf das, was kommt, vorbereitet werden. Am besten sofort und nicht erst, wenn unsere Boten eintreffen." Er stand auf. „Kommt, ich zeige Euch Euer Zimmer."

Zum ersten Mal seit Wochen hatte Noa wieder ein festes Dach über dem Kopf und ein warmes Bett zum Schlafen. Das Gästezimmer, das der Paladin ihm zur Verfügung gestellt hatte, war größer und gemütlicher, als Noa es sich je hätte träumen lassen. Zwar war es, wie der Rest des Hauses, eher bescheiden eingerichtet und verriet nichts von dem Wohlstand, über den der Hausherr verfügen musste. Doch Noa, der in den letzten drei Jahren seine Nächte nur unter Brücken, in Wäldern, dunklen Gassen oder heruntergekommenen Spelunken verbracht hatte und der es gewohnt war, dass man ihn überall wie eine lästige Krankheit behandelte, kam es vor wie der reinste Palast.

Er legte seinen Rucksack neben das Bett, schälte sich aus seinem Mantel und befreite schließlich seine lahmen Füße von den ausgetretenen Schuhen. Er dämpfte das grelle Leuchten einer magischen Fackel auf ein dämmriges, gelbes Glühen, das für seine müden Augen wesentlich angenehmer war, und weiche Schatten erfüllten den Raum.

Dayrelia selbst war genauso schön, wie die Erzählungen berichteten. Eigentlich war er wegen dieser Stadt nach Minaskai gekommen, dem Land, in dem angeblich mehr Händler als Bauern lebten und in dem die Straßen mit Gold gepflastert waren. Er hatte gehofft, in der Hauptstadt ein paar friedliche Tage zu verbringen und sich mit ein bisschen Jahrmarktszauber ein paar Goldstücke zu verdienen. Oder möglicherweise sogar mit ehrlicher, harter Arbeit. (Obwohl er die erste Möglichkeit vorgezogen hätte.) Vielleicht hätte er sich hier auch niedergelassen.

*Sicher. Träum weiter, Noa.*

Denn das war unmöglich und das wusste er. Unmöglich aus zwei Gründen:

Erstens war er immer noch ein gesuchter Mann. Und die Leute, die ihn suchten, würden vor nichts Halt machen, um ihn zu finden.

Grund Nummer zwei war seine Vision.

Große Dinge waren in Bewegung geraten und dieses

friedliche Königreich an der Küste würde bald Schauplatz eines schrecklichen Krieges werden.

Und Noa hatte nicht vor, hierzubleiben und von der xendorischen Armee und ihren Kriegsmaschinen zu Asche verbrannt zu werden. Oh, nein. Sicher nicht.

Er hatte seinen Teil getan und das Volk gewarnt – war das nicht schon eine unglaublich selbstlose Tat? (Jedenfalls für seine Verhältnisse.) Mehr konnte er trotz seiner magischen Fähigkeiten im Augenblick nicht tun – jetzt lag es an der Königin und ihrem Paladin, das Schlimmste abzuwenden. Ihn ging das Ganze nichts an, das war allein eine Sache der Politiker. Die Dinge würden ihren Lauf nehmen, ohne dass er etwas dagegen unternehmen konnte, selbst wenn er es wollte. Vielleicht war es das Beste, wenn er sich bald wieder aus dem Staub machte.

*Ja, ja, hau ruhig ab, du undankbarer Mistkerl,* flüsterte eine innere Stimme. *Schlag dir in den letzten friedlichen Tagen in diesem Haus den Wanst voll, heuchle ein bisschen Besorgnis und sag auf Wiedersehen, bevor es ernst wird. Es könnte ja sein, dass dich jemand braucht, und du willst doch nicht etwa die Verantwortung für etwas übernehmen, oder, Noa?*

*Sei still,* befahl der Magier seinem Gewissen. *Ich bin jetzt sowieso mitten drin in dieser Sache. Ich werde schon nicht vorzeitig das Weite suchen. Ich bin zwar ein Mistkerl, aber ich bin kein verdammter Mistkerl!*

Und außerdem war da noch etwas. Etwas, das ihn hier festhielt.

*Taya.*

Die Magie erwachte in ihr und sie stand dieser Entwicklung vollkommen hilflos und verängstigt gegenüber.

Und Noa wusste, dass sie über ungewöhnlich starke Kräfte verfügte – oder verfügen würde, wenn sie das Erwachen ohne Schaden überstand; wenn sich jemand fand, der sich ihrer annahm. Ein Mentor, der sie in den Wegen der Magie unterrichtete.

*Und wer soll das sein, Noa? Du etwa? Du bist ja noch nicht einmal bereit, die Verantwortung für dich selbst zu tragen. Deswegen bist du doch abgehauen, oder? Hast deine Leute einfach so im Stich gelassen, obwohl du genau weißt, wie viel von dir abhängt, was du ihnen bedeutest! Und was war mit deiner Familie und deinen Freunden?*

Und Liali.

*Liali...*

An sie zu denken, erzeugte eine unglaubliche Wehmut in Noa. Eine schmerzhafte Sehnsucht.

Er ließ sich auf dem Fußboden nieder und berührte das Kristallamulett um seinen Hals – ihr Geschenk. Er schloss die Augen und konzentrierte sich, dachte an Liali. Ihr zartes Alabastergesicht, ihren jungen Körper, ihr strahlendes Lächeln, ihre faszinierenden grünen Katzenaugen, ihr Haar, das so blond war, dass es schon fast weiß wirkte... Noa spürte die Magie in seinen Adern pulsieren, in jeder Faser seines Körpers, um ihn herum... *überall.* Er fühlte ihre uralte Kraft. Wurde ein Teil von ihr, ließ sie durch sich hindurchgleiten, sammelte sie...

Als er die Augen wieder öffnete, stand sie vor ihm. Liali. Oder vielmehr ihr Geist, ungefähr so wirklich wie ein Traum. Ihr Anblick wärmte sein Herz, aber er tat ihm gleichzeitig weh, denn er erinnerte ihn an all das, was er verloren hatte, als er seine Leute verließ.

„Warum bist du nicht mit mir gekommen?", fragte er leise. „Warum hast du mich allein gehen lassen?"

Noa bemerkte nicht, wie die Tür geöffnet wurde. Garian trat ein. „Ach, du bist es..." Sein Tonfall hatte etwas Enttäuschtes an sich.

Garian war bis auf seine Unterwäsche nackt und hatte sein Stirnband abgelegt. Dafür trug er einen kleinen Dolch in der Hand. Der Blick des Jungen ging von dem Magier auf die magische Projektion einer jungen Elfe über und er blinzelte verblüfft.

Der Magier blickte auf, verlor die Konzentration und das Bild von Liali verblasste. Er erhob sich.

„Warum bist du noch hier?“, verlangte Garian zu wissen. „Ich dachte, du wärst wieder fort?“

„Dein Vater hat mich eingeladen. Er hat mir erlaubt, für einige Zeit bei euch zu wohnen...“

„Oh“, machte Garian verstehend, aber es war Noa unmöglich zu sagen, ob dieses „Oh“ nun etwas Gutes oder Schlechtes bedeutete. „Und wer war die Frau?“

„Jemand aus meiner Vergangenheit. Ich nehme an, du kannst auch nicht schlafen?“

„Ich habe es versucht, aber du hast mich geweckt.“

„Tut mir leid. Ich war so leise wie möglich.“

„Unser Zimmer liegt direkt nebenan.“ Garian deutete auf die Wand. „Ich habe jeden Schritt von dir gehört. Zuerst dachte ich an einen Einbrecher, deswegen wollte ich nachsehen.“ Garian wollte fortfahren, doch er wurde durch sein eigenes Gähnen unterbrochen. „Ich hatte ja keine Ahnung, dass *du* noch hier bist. Also“ – er zeigte mit dem Dolch auf Noa, zu müde, um daran zu denken, dass er die Waffe noch in der Hand hielt – „sei etwas leiser, sonst werde ich meinen Vater bitten, dich im Keller einzuquartieren...“

Noa lächelte. Nach außen hin schien der Junge ein ziemlich großes Mundwerk und jede Menge Selbstvertrauen zu besitzen. Aber Noa, der auf seinen Reisen sein Auge für solche Dinge geschult hatte, erkannte hinter Garians selbstsicherer Art auch große Selbstzweifel und Verunsicherung – mehr als es bei einem so jungen Mann üblich war. Der Sohn des Paladins hatte es bestimmt nicht leicht.

„Ich werde mucksmäuschenstill sein“, versprach er und

hob zum Schwur die Hände. „Aber ich wäre dir dankbar, wenn du aufhörst, mit dem Ding vor meiner Nase herumzufuchteln."

Garians Blick fiel auf den Dolch und er ließ die Waffe sinken. Er wandte sich ab. Noa wollte ihn eigentlich gehen lassen, aber er hatte noch eine Frage, die ihm schon die ganze Zeit auf den Lippen brannte. „Garian."

„Ja?"

„Ich bitte dich, mich nicht falsch zu verstehen, aber Taya und du, ihr seid Geschwister..."

„Ja – und?"

„Ich..." Noa schüttelte den Kopf. „Schon gut, es ist nicht wichtig..."

„Nein", sagte Garian. „Sprich es aus. Was wolltest du fragen?"

„Wo ist eure Mutter? Ich habe in der Stube ein paar Bilder von einer Frau gesehen, aber sie ist keine Elfe. Taya dagegen..."

Garian hörte diese Frage nicht zum ersten Mal. „Tayas Eltern sind bei einem Feuer ums Leben gekommen, als sie noch ein Kind war. Kelrik hat sie in unsere Familie aufgenommen."

„Ich verstehe. Und... wo ist deine Mutter?"

„Sie ist tot", antwortete Garian, ohne falsches Selbstmitleid. Er sah, wie Noas Schultern herabsanken und sich ein mitleidiger Ausdruck auf sein unrasiertes Gesicht legte. „Sie starb bei meiner Geburt."

„Es tut mir leid, wenn ich dich mit meiner Fragerei verletzt habe."

Garian ließ ein Seufzen vernehmen. „Hör zu, Noa", begann er. „Ich konnte dich vom ersten Augenblick an nicht besonders gut leiden. Und ich bin froh, wenn du wieder weg bist. Also brauchst du dich nicht mit falschen Mitleidsbezeugungen bei mir einzuschmeicheln."

Noa nickte. „Ich weiß deine Direktheit zu schätzen, Garian."

„Gute Nacht." Der Junge wandte sich ab und machte die Tür hinter sich zu.

Noa zog sich aus und legte sich aufs Bett. Die weiche Matratze war die reinste Wohltat für seinen Rücken.

Er dachte über Garians Worte nach. Er hatte sie nicht zum ersten Mal gehört. Beinahe überall, wo er hinkam, reagierte man so auf ihn. Und eigentlich waren Garians Worte noch freundlich gewesen, man hatte es ihm auch schon in einem wesentlich härteren Tonfall beigebracht. Wenigstens wusste er jetzt, woran er war.

*Das hast du nun davon, dass du diese Leute gewarnt hast. Egal, was du auch tust und sagst, man wird dich nirgendwo akzeptieren. Es ist einfach so, dass du nirgendwo hin gehörst.*

Noa war müde, doch er wollte nicht schlafen. Er hatte Angst, dass die Visionen des Krieges zurückkehrten.

Eine Zeit lang blieb er liegen, starrte an die Decke und dachte an Liali und seine Leute, die jetzt wahrscheinlich alle drei Kontinente nach ihm absuchten. *Vielleicht sollte ich zu euch zurückkehren, Liali,* dachte er. *Dann hat das Vagabundenleben ein Ende. Dann könnte ich dich wiedersehen, euch alle.*

Doch dann würde Noa Endaris aufhören zu existieren...

**Uruk schweigt** und nur das Brausen des Sturmes ist zu hören. Bru hat den Atem angehalten und ihre Drachenpuppe fest an sich gedrückt.

„Ich erinnere mich so gut an diese letzten, dunklen Stunden, bevor sich alles veränderte", sagt Uruk dann schließlich. Er beobachtet die Kerzen, die mittlerweile auf die Hälfte ihrer Größe reduziert sind, und die dicken Wachstropfen, die an ihnen herunterkullern wie Tränen. „Ich bekam einen Monat Hausarrest und mein Vater verbot mir, mich in dieser Zeit mit Garian und Taya zu treffen. Das war die schlimmste Strafe, die ich mir vorstellen konnte. Die Wut meines Vaters war dagegen das kleinere Übel. Irgendwie kam sie mir lächerlich winzig vor gegen die Schrecken eines Krieges.

Um uns herum ging das Leben seinen gewohnten Gang, niemand ahnte etwas. Nur wir drei, Noa, die Königin, Paladin Daralos und eine Handvoll anderer wussten von der Bedrohung durch das Königreich Xendor. Was mich am meisten bedrückte war, dass ich mit keinem über das reden durfte, was ich erfahren hatte. Nicht mal mit meinen Eltern."

Bru nickt. Trotz ihrer Jugend kann sie sich diese Last gut vorstellen.

„Manchmal habe ich darüber nachgedacht, was geschehen wäre, wenn ich Taya und Garian nicht zum Stahldrachen begleitet hätte. Sicher hätte ich die letzten Stunden vor dem Krieg sorgloser verbracht. Aber ich war nun einmal mitgekommen..." Er seufzt. „Und außerdem mussten wir nicht lange warten, bis der Sturm losbrach.

Die Götter gaben uns nur einen Tag..."

## *Kapitel 10: Das Erwachen*

Taya schlug die Augen auf und fand sich in ihrem Zimmer wieder. Sie fühlte sich müde und kraftlos. Kopfschmerzen dröhnten in ihrem Schädel. Garians Bett war leer, wie sie erkennen musste, als sie sich umsah.

Sonnenstrahlen leuchteten hell hinter den dunklen Vorhängen, und sie schätzte, dass es bereits Mittag war. Taya legte ihren Unterarm über das Gesicht, um ihre empfindlichen Augen vor dem stechenden Licht zu schützen.

Sie stellte fest, dass sie in der Kleidung geschlafen hatte, die sie schon am Vortag getragen hatte, und fragte sich, warum. Dann stürzten die Erinnerungen wie eine Flutwelle auf sie ein: Noa, sein Gerede von Magie und Krieg, der Marsch zurück in das vertraute Dayrelia, Kelriks Aufregung. *Es wird Krieg geben*, dachte sie und erschrak. *Krieg.*

Taya wusste nicht, ob sie schon bereit war, zu verstehen, was das bedeutete. Krieg kannte sie nur aus Geschichten. Und aus ihrem gestrigen Traum. Ihr war klar, dass ihr Verstand viel zu jung, und viel zu zerbrechlich war, um all die Grausamkeiten zu begreifen, die die Städtebauer einander antaten.

*Ich will das nicht*, dachte Taya. Sie krallte sich an ihr Kopfkissen. *Es darf nicht geschehen. Ihr Götter, das dürft Ihr nicht zulassen! Es darf nicht sein!*

Sie merkte erst, dass sie weinte, als eine Träne über ihre Wange lief, auf das Kopfkissen tropfte und einen winzigen feuchten Fleck auf dem hellblauen Stoff hinterließ. *Ihr Götter, bitte!*

Wie konnten die Xendorier so grausam sein und ihr

einfach ihre friedliche Welt nehmen? Was gab ihnen das Recht, andere Wesen einfach so zu vernichten – ohne jeden Grund, ohne jede Rechtfertigung, ohne jede Erklärung? Warum konnten sie die anderen Völker nicht einfach in Frieden lassen?

Taya wünschte sich, Dayrelia niemals verlassen und Noa niemals getroffen zu haben. Sie wünschte sich, die Zeit zurückdrehen zu können. Sie wünschte sich ein sorgenfreies Leben.

Aber es gab kein Zurück. *Dinge sind in Bewegung geraten,* hatte Noa gesagt.

*Verdammt seist du, Noa,* dachte sie. *Du bist an allem schuld!*

Aber das war unfair. Was konnte er schon dafür?

Kelrik. Taya musste unbedingt mit ihm sprechen. Er würde ihr all die Sorgen nehmen, die sie plagten. Er würde sie beruhigen, so wie damals, als er ihr als Kind vor dem Einschlafen Lieder vorgesungen hatte. Kelrik würde alles wieder gut machen. Wenn er es nicht konnte, dann niemand. Er war schließlich der große und mächtige Paladin der Sturmklingen! *Ich muss zu ihm. Ich muss mit ihm sprechen!*

Taya erhob sich kraftlos und verließ ihr Zimmer. Sie wankte eher, als dass sie ging, und legte eine Hand an die Flurwand, um nicht umzufallen. *So verdammt müde...*

Jemand kam ihr entgegen. Eine große Gestalt, doch es war nicht der Paladin. Es war Noa. Er trug ein graues Hemd und eine schwarze Hose, die aus Tausenden von braunen und schwarzen Lederbändern geflochten war. Zur Abwechslung hatte er sich sogar rasiert.

*Noa... Wie kommt er hierher? Was macht er hier?*

„Wir müssen reden“, sagte er ohne Umschweife, ohne Begrüßung.

„Es gibt nichts zu reden“, erwiderte Taya. Trotz ihrer Müdigkeit war ihre Stimme scharf und kalt wie ein Eiszapfen. „Geh mir aus dem Weg. Ich muss zu Kelrik."

Sie war erschöpft, hungrig, verwirrt und musste dringend auf die Toilette. Doch Noa dachte nicht daran, ihrer Forderung nachzukommen. Er blieb vor ihr stehen und zwang sie anzuhalten. „Taya, es ist wichtig! Deine Kräfte wachsen und jemand muss dich ausbilden, bevor du dir und anderen ungewollt Schaden zufügst!"

„Fang nicht wieder damit an!", fauchte sie. „Ich will nichts davon hören!"

„Du kannst deine Augen vor der Wahrheit nicht verschließen. Ich weiß, dass du Angst hast, aber du musst begreifen..."

„Ich muss gar nichts begreifen!", schnitt ihm Taya gereizt das Wort ab. „Ich will nur zu Kelrik gehen! Und du stehst mir im Weg!"

Sie versuchte, sich an dem hochgewachsenen Menschen vorbeizudrängeln, doch es gelang ihr nicht. „Ich werde dir auch weiterhin im Weg stehen – so lange, bis du mir endlich zuhörst!" Er packte ihre Hand und hielt sie fest – nicht schmerzhaft, aber auch nicht sanft – und blickte ihr tief in die Augen.

Taya funkelte ihn an. „Lass mich los! Ich warne dich!" Sie fühlte, wie die brodelnde Wut in ihrem Inneren sich in Energie verwandelte, die ihren ganzen Körper erfüllte. Dann, mit einem Schlag, preschte diese Energie aus ihr heraus.

Noa schrie auf, als ihn eine Welle purer Kraft erfasste. Er wurde zurückgestoßen, als hätte ihn ein ausgewachsener Ork in den Magen getreten. Er knallte stöhnend auf die harten Flurdielen.

Taya stand einige Schritte von ihm entfernt. Zitternd und mit vor Schreck geweiteten Augen beobachtete sie, wie sich der junge Magier wieder erhob. *Habe ich das getan?* Sie starrte entsetzt ihre bloßen Hände an. *Aber ich habe mich doch gar nicht bewegt!*

Noa hatte die Zähne zusammengebissen und rieb sich den schmerzenden Nacken. „Siehst du nun, was ich meine?“

Taya hörte ihn nicht. Sie starrte weiter geistesabwesend auf ihre Hände und fürchtete sich vor sich selbst und vor der schrecklichen Macht, die ihre Wut ihr verliehen hatte. „Das bin nicht ich“, flüsterte sie. „Das bin nicht ich. Das bin nicht ich!“ Dann brach sie zusammen. Noa konnte gerade noch rechtzeitig vorspringen, um ihren ohnmächtigen Körper aufzufangen.

Heute war Bronzetag und eine neue Woche hatte begonnen.

Garian war an diesem Morgen allein in die Schule gegangen. So etwas Verrücktes! Er ging *freiwillig* in die Schule, nur um Ablenkung zu finden! Hätte ihm jemand davon noch vor zwei Tagen erzählt, Garian hätte ihn ausgelacht.

Er hatte Taya nicht geweckt, sondern ließ sie ausschlafen. Als er in der Schule ankam, hatte er mit Bedauern feststellen müssen, dass auch Uruk nicht zum Unterricht erschienen war. Er fragte sich, wie lange seine Eltern beabsichtigten, ihn von der Schule fernzuhalten. So oder so, er war allein.

Während des Unterrichts hatte Garian nur vor sich hin gestarrt und praktisch nichts von dem mitbekommen, was seine Lehrer ihm beizubringen versuchten. Er hörte wie seine sogenannten Schulkameraden hinter seinem Rücken tuschelten und sich über seine Geistesabwesenheit lustig machten:

*„Unsere Möchtegern-Sturmklinge scheint heute nicht ganz ausgeschlafen zu sein!“ – „Wahrscheinlich hat er gestern den ganzen Tag mit seinem Holzschwert rumgefuchtelt!“ – „He, sei*

*lieber still, sonst nimmt er dich mit bloßen Händen auseinander – natürlich erst, wenn er wieder wach ist!"*

Es folgten auch ein paar bösartige Bemerkungen über das Fehlen von Taya und Uruk.

Garian hörte sie sehr wohl, aber er hatte keine großen Schwierigkeiten, sie zu ignorieren. Sich über sie zu ärgern, wäre Zeitverschwendung gewesen. Sie waren Idioten und würden ihr ganzes Leben lang Idioten bleiben. Eigentlich sollte er sie eher bemitleiden. *Sie haben ja keine Ahnung!*

Nachdem schließlich am Mittag die Schulglocke dreimal geläutet hatte und ihn in die Freiheit entließ, rannte er so schnell es ging nach Hause.

Kelrik würde nicht zu Hause sein, das wusste er schon vorher. Er befand sich im königlichen Palast, wo er zusammen mit der Königin und ihren Hofmagiern verzweifelt versuchte, mit der Außenwelt Kontakt aufzunehmen.

Nur Taya war im Haus. Und Noa...

Ihm war nicht ganz wohl dabei, seine Schwester mit ihm allein gelassen zu haben. Auch wenn der Magier als Kelriks Gast in das Haus der Familie Daralos aufgenommen worden war, konnte sich Garian immer noch nicht mit dem Gedanken anfreunden, diesem wichtigtuerischen Kerl von nun an öfter über den Weg zu laufen. Nach wie vor wäre es ihm lieber gewesen, wenn Noa sie so schnell verlassen würde, wie er gekommen war.

Er dachte an das Bild der Elfenfrau, das der Magier heraufbeschworen hatte. *Wer sie wohl ist?* überlegte er. *Vielleicht seine Geliebte?* Er wischte diesen Gedanken beiseite, ärgerlich darüber, dass er mehr über Noa nachdachte, als der es eigentlich verdiente. *Es geht mich überhaupt nichts an. Und wenn er seine ganze Familie herbeizaubert – Hauptsache, er haut bald wieder ab!*

Als Garian die Haustür öffnete und in den Flur trat, hörte er die Stimmen von Taya und Noa, die von oben kamen. Sie schienen sich zu streiten. Ohne dass er es wollte, hielt Garian inne und lauschte. In der nächsten Sekunde ertönten ein Schrei und ein lautes Geräusch.

Garian ließ augenblicklich seine Schulbücher fallen. Er rannte quer durch den Flur und polterte die Treppe hoch. Dort fand er Noa vor, der Taya in seinen Armen trug.

„Was hast du getan?“, fragte der Junge erschrocken. Dann wütender: „Was hast du mit ihr gemacht?!“

„Sie ist zusammengebrochen“, antwortete Noa, sah ihn aber nicht an. „Ich schätze, die Ereignisse von gestern haben sie vollkommen überfordert. Sie muss sich irgendwo hinlegen.“

Garian zeigte ihm den Weg in ihr gemeinsames Zimmer. Er hielt Noa die Tür auf und beobachtete, wie der Magier seine Schwester sanft auf die blauen Laken ihres Bettes legte und sie sorgsam zudeckte. „Sie muss sich ausruhen“, sagte Noa. Er erhob sich und blickte auf die bewusstlose Elfe nieder.

Garian stand neben ihm. In seinem Gesicht stand Sorge um Taya. „Was hast du mit ihr gemacht? Rede!“

„Nichts“, sagte der Magier. „Sie ist vor meinen Augen einfach umgekippt. Glücklicherweise konnte ich sie auffangen, sonst hätte sie sich sicher ein paar Beulen geholt.“

„Du lügst! Ich habe gehört, wie ihr euch gestritten habt! Was ist passiert? Es ist besser, du sagst die Wahrheit, oder ich breche dir dein Genick!“

Noa schwieg einen Moment. Er blickte zu Taya, dann zu ihrem Bruder. „Lass uns nach unten gehen“, sagte er leise. „Dort werde ich dir alles erklären.“

„Das solltest du auch!“, zischte Garian. „Denn ich schwöre dir, bei allen Göttern, wenn du ihr irgendetwas angetan hast...!“

„Spar dir das“, antwortete Noa. „Lass sie lieber in Ruhe schlafen.“

„Deine Schwester ist eine Magierin", erklärte Noa. Garian, der ihm gegenüber in einem weichen Sessel vor der Bücherwand saß, zeigte genau die Reaktion, die Noa erwartet hatte: Er lächelte humorlos.

„Eine Magierin?", fragte er. „Was ist das? Ein Witz?"

„Leider nein", sagte Noa. „Es ist mir klar, dass gerade du mir nicht glauben wirst, aber es ändert trotzdem nichts an der Wahrheit. Taya erlebt im Augenblick das Erwachen. Ihre Fähigkeiten werden allmählich freigesetzt."

„Nein", widersprach Garian mit Bestimmtheit. „Das ist vollkommen unmöglich. Es kam extra ein Meistermagier an unsere Schule. Er hat jeden von uns geprüft. Taya ist keine Magierin."

Noa schüttelte verständnislos den Kopf. „Ich weiß nicht, woran es liegt, aber irgendwie scheinen alle Völker dem Irrglauben verfallen zu sein, dass sich die Magie an einen festen Zeitplan hält, wann sie in einem Individuum zu erwachen hat! Begreifst du denn nicht? Magie hält sich an keinen Plan! Bei den meisten erwacht sie während der Pubertät, ja, aber bei manchen auch früher und bei anderen sehr viel später. Und bei Taya ist jetzt der Zeitpunkt gekommen – egal, was irgendwelche *Meistermagier* sagen!"

Garian schwieg und kaute an seiner Unterlippe. Taya eine Magierin? Wie konnte der Kerl nur so überzeugt davon sein? Was hatte er davon, so einen Unsinn zu verzapfen? Bedankte er sich so für Kelriks Gastfreundschaft?

*Ich sollte ihn hochkantig aus dem Haus schmeißen!*

Als wäre die Bedrohung aus Xendor nicht schon beunruhigend genug!

„Ist dir in letzter Zeit nichts an deiner Schwester aufgefallen?", fragte der Magier weiter. Anscheinend hatte er vor, dieses Spiel noch länger zu treiben.

„Nein“, sagte Garian. „Nichts. Sie war wie immer.“

In Wahrheit musste er an ihre Wanderung durch die Taravan-Wälder denken. An Tayas Warnung vor dem schwarzen Vogel und vor dem, was im Inneren des Stahldrachens lauerte. Aber das musste nichts bedeuten. Auch Leute, die keine erwiesenen Magier waren, hatten manchmal Eingebungen. Trotzdem brachte ihn Noas Ernsthaftigkeit langsam aus der Ruhe. „Angenommen es wäre so“, versetzte Garian schließlich. „Warum hat sie uns nie etwas gesagt?“

„Aus Angst.“

„Angst?“, fragte Garian. „Angst wovor?“

„Eurer Reaktion. Ich vermute, Taya weiß es schon seit einigen Wochen, aber sie wollte es nicht wahrhaben. Bis sie mich eben mit einer Kraftwelle durch den halben Flur geschmissen hat.“

„Das hätte ich wirklich zu gerne gesehen.“

„Garian“, sagte Noa eindringlich. „Die Kraftwelle unterlag nicht ihrer Kontrolle, sie wurde allein durch ihre Wut ausgelöst.“

„Welche Wut? Wovon redest du?“

„Ihre Wut auf mich“, antwortete Noa. „Ich habe bereits gestern versucht, mit ihr über ihr Erwachen zu sprechen, doch sie hat sich lieber die Ohren zugehalten. Und ich kann sie verstehen. Aber es muss sie jemand unterweisen; ihr beibringen, wie sie ihre Fähigkeiten anwenden kann, bevor...“

„Bevor was?“

„Kannst du dir nicht vorstellen, welchen Schaden ein Magier anrichten kann, der seine Kräfte nicht unter Kontrolle hat? So viel Fantasie wirst du doch wohl haben! Taya muss unterwiesen werden.“

„Ach, und von wem? Von dir etwa?“ Noch bevor Noa antworten konnte, hob Garian die Hand. „Was soll der ganze Blödsinn eigentlich?“ Die Frage richtete er an sich selbst. „Taya ist vollkommen gesund! Sie ist nur völlig durcheinander, wegen... wegen Xendor und all dem Gerede über Krieg. Das alles war einfach zu viel für sie. Sie wird wieder auf die Beine kommen. Es gibt überhaupt keinen Grund, warum ich mir diesen Unsinn anhören muss!“

„*Vollkommen gesund*“, wiederholte Noa. „Du sprichst von Magie, als wäre sie eine Krankheit! Genau aus diesem Grund hat Taya es verheimlicht und vor sich selbst geleugnet. Sie befürchtet, dass ihr sie wie eine Aussätzige behandelt.“

„Das würden wir niemals tun!“

„Natürlich nicht“, sagte Noa ohne jede Ironie. „Aber es ist eine schwierige Zeit für uns alle. Und für Taya wird sie besonders schwer.“

„Taya?“ Garian setzte sich neben seiner erwachenden Schwester aufs Bett. Die weiche Matratze sank unter seinem Gewicht zusammen. „Wie geht es dir?“

Taya blinzelte. „Ich fühle mich schlecht“, klagte sie. „Unglaublich schlecht.“ Sie strich sich mit der Hand über das Gesicht.

„Ich habe dir etwas zu essen gemacht. Ein verspätetes Frühstück, wenn du so willst.“ Garian langte nach dem Teller, den er auf dem Nachtschrank neben der Kerze abgestellt hatte. Darauf lagen ein Apfel, ein Krug mit Milch, eine Tasse und ein belegtes Brot.

„Ich habe keinen Appetit“, sagte Taya mit schwacher Stimme. „Trotzdem danke, großer Bruder.“ Sie hatte bereits die zugezogenen Vorhänge bemerkt und die Sonne, die durch den Stoff hindurchleuchtete. „Wie spät ist es?“

„Später Nachmittag. Ich habe die Fenster zugezogen, damit du in Ruhe schlafen kannst.“

„Danke."

„Taya..." Garian verlagerte sein Gewicht. „Gibt es irgendetwas, dass du mir sagen willst?"

„Nein", behauptete sie kopfschüttelnd. Dann wurde ihr klar, worauf er mit dieser Frage abzielte und sie starrte ihn an: „Er hat es euch gesagt!"

„Taya..."

„Er lügt, Garian!", rief sie. „Ich weiß nicht warum, aber er hat sich das alles nur ausgedacht! Es ist kein einziges Wort wahr! Du musst mir glauben!"

„Taya, beruhig dich..." Garian legte seine Hand auf ihre Schulter.

„Er lügt", wiederholte sie schluchzend. Sie rieb sich die Augen und flüsterte: „Warum tut er mir das an?"

„Weil ich es tun muss", antwortete plötzlich Noas Stimme. Der Magier war lautlos eingetreten und näherte sich dem Bett der Elfe, wo er sich schließlich neben Garian niederkniete.

„Verschwinde", sagte Taya, doch ihr fehlte die Kraft zum Schreien. Sie verbarg ihr Gesicht in den Händen. „Ich will dich nicht sehen. Geh weg!"

„Taya, es hat keinen Sinn mehr, es zu leugnen", sagte Noa sanft. „Du hast selbst gesehen, wie weit sich deine Fähigkeiten bereits entwickelt haben."

Da brüllte sie ihn an und schlug mit den Händen nach dem Magier: „Warum hast du es ihnen gesagt? Warum, warum, *warum*?"

Noa erhob sich, um den Schlägen zu entgehen, die unerwartet kräftig waren. *Ja, warum?,* fragte er sich selbst. *Warum nehme ich das alles auf mich? Warum bist du mir nicht egal, Mädchen?*

Während er seine Schwester weinen sah, wurde es Garian plötzlich klar. Noa hatte die Wahrheit gesagt! Sie war eine Magierin.

Jedes Wort, ihr ganzes Verhalten machte es deutlich. Warum sollte sie sich sonst so heftig gegen Noa wehren? Garian hatte Taya noch niemals so verzweifelt gesehen. Und es tat ihm weh.

*Aber*, fragte er sich, *was soll ich jetzt tun?*

Es gab nur eines zu tun. Er nahm seine Schwester in den Arm und sagte sanft und leise: „Taya, egal was passiert, Kelrik und ich werden dich nicht verstoßen. Du gehörst zu uns. Daran wird sich nie etwas ändern."

„*Ihr Götter!*", hauchte Taya. „Kelrik!"

„Wir haben es ihm nicht gesagt", beruhigte ihr Bruder sie. „Er weiß es nicht."

„Ich will nicht so sein, Garian!", schluchzte Taya. „Ich will das nicht...!"

„Du musst es akzeptieren", sagte Noa. Garian blickte zu ihm auf, während er seine Schwester in den Armen wiegte. Sein Blick sagte: *Warum kannst du sie nicht endlich in Ruhe lassen?*

„Auch wenn es dir im Augenblick schwerfällt", fuhr der Magier fort. „Es ist ein Teil von dir."

„Nein", flüsterte Taya und sah ihn aus rotgeränderten Augen an. „Nein... Ich bin Taya Maru. Ich bin ein ganz gewöhnliches Mädchen. Ich bin nicht wie du. Warum begreifst du das nicht?"

„Nein, *du* begreifst nicht!" Noa verlor hörbar die Geduld. „Je mehr du dich dagegen sträubst, desto schwerer wird es für dich!" Dann wurde sein Tonfall wieder sanfter. „Du kannst es nicht ändern, Taya. Das kann niemand. Du musst jetzt lernen, damit umzugehen."

Taya starrte ihn an. Langsam ging ihr Atem wieder gleichmäßiger. „Und wie soll ich das tun? Es ist so... so unnatürlich." Sie schmiegte sich enger an Garian.

„*Unnatürlich?*", wiederholte Noa, mit einem kurzen, bitteren Auflachen. „Was kann natürlicher sein als Magie?

Versteht ihr nicht? Sie ist ein fester Bestandteil des Universums. Ohne Magie gäbe es überhaupt kein Leben. Nichts. Du fürchtest dich nur vor dem, was du nicht verstehst. Aber ich kann dir helfen, Taya! Ich kann dir helfen, zu verstehen, die Wege der Magie zu begreifen. Dann wirst du erkennen, dass es keine größere Gabe gibt, als sie!" Er streckte seine Hand aus. „Alles, was du tun musst, ist mir zu vertrauen. Bitte. Ich tue das alles nicht, weil ich dir schaden will. Ich will dir helfen."

Taya warf einen Blick auf die dargebotene Hand des Magiers. „Du weißt gar nichts über mich", sagte sie mit matter Stimme. „Wie willst du mir da helfen?"

Noa zog seine Hand immer noch nicht zurück. „Dann erlaube mir, dich kennenzulernen. Bitte!" Und gleichzeitig fragte er sich: *Warum tue ich das? Was ist mir so wichtig an diesem Mädchen?*

„Geh, Noa", sagte Taya. „Ich brauche Ruhe."

Noa nahm die Hand zurück und ballte sie zur Faust. „Natürlich", antwortete er. „Aber denk darüber nach."

Die Elfe erwiderte nichts. Noa drehte sich um und marschierte zur Tür. Er öffnete sie und sah sich ein letztes Mal nach den beiden Geschwistern um. Es schien, als läge ihm noch etwas auf dem Herzen, doch er sagte nichts. Er ging wortlos.

„Garian", begann Taya, als der Magier verschwunden war. „Versprich mir, Kelrik nichts davon zu sagen!"

„Aber... vielleicht ist es besser, wenn er...!"

„Aber nicht jetzt! Er hat genug zu tun, mit dem Krieg und allem. Ich will ihn nicht damit belasten. Nicht jetzt. Bitte versprich mir, dass du es für dich behältst! Bitte!" Ihre Stimme klang herzerweichend.

„Ich verspreche es", sagte Garian, ohne zu wissen, ob er die Bürde eines solchen Geheimnisses tragen konnte.

Noa saß im Schneidersitz auf dem Bett seines Zimmers und hielt das Gesicht mit den Händen bedeckt.

Er versuchte zu meditieren, doch es gelang ihm nicht. Seine Gedanken waren in heller Aufruhr. Er dachte an vieles: an Liali, seine Eltern, seinen Bruder, seine Freunde. Er grübelte über seine Worte Taya gegenüber nach.

*Du fürchtest dich nur vor dem, was du nicht verstehst. Aber ich kann dir helfen!*

Es waren die Worte, die sein Vater – sein Mentor – ihm gesagt hatte, als sein eigenes Erwachen einsetzte. *War es das Richtige?*, fragte er sich. *Und selbst wenn sie sich dafür entscheidet, von mir ausgebildet zu werden: Bin ich bereit dazu? Oder würde ich sie verderben? Was, wenn ich versage? Oder wenn sie meine Hilfe nicht wünscht? Aber ich kann sie doch nicht in diesem Zustand lassen!* Und wieder: *War es das Richtige?*

In dem Moment schwang die Tür auf. Taya stand dort. Obwohl sie sich angezogen und ihre Haare gekämmt hatte, sah sie immer noch erschöpft und verstört aus.

„Hör mir zu, Magier", sagte sie mit klarer Stimme. „Ich werde nicht dein Spielzeug sein und ich werde dich nicht anbeten. Ich will nur, dass du mir beibringst, wie ich es meistern kann. Das ist alles. Wenn du glaubst, mir helfen zu können, dann tu es. Aber ich gehöre mir allein, hast du verstanden?"

„Ich habe dich verstanden", sagte Noa. „Und ich werde dir helfen, das ist ein Versprechen. Und mehr, als dass du mir zuhörst, verlange ich nicht."

„Gut", sagte Taya. „Wann werden wir anfangen?"

„Morgen früh."

Sie nickte. „Einverstanden." Dann machte sie auf dem Absatz kehrt und schloss die Tür hinter sich.

*Jetzt bin ich der Mentor*, dachte Noa. *Bin ich bereit dazu?*

## *Kapitel 11: Die Glockenschläge*

Ein Tag verging, ohne dass neue Nachrichten eintrafen. Eine dunkle, erdrückende Stille lag über dem Königreich Minaskai, doch sie wurde nur von wenigen Eingeweihten wahrgenommen. Es schien, als würde die Zeit den Atem anhalten – ein letztes Mal, bevor der Sturm losbrach.

Ein Tag war vergangen seit Noas Warnung. Die Boten der Königin würden bald über die Grenzen Minaskais gelangt sein. Paladin Kelrik Daralos betete, dass sie irgendjemanden erreichen konnten, bevor es zu spät war.

Dann, ganz plötzlich, war die Ruhe vorbei...

Der Ork war schwer verwundet. Zahlreiche Wunden an seinen Armen und Beinen waren notdürftig versorgt worden, doch er verlor trotz seiner Verbände viel Blut. Seine schwarze Uniform und die Sturmklingen-Rüstung waren blutverschmiert. Nur mit allergrößter Mühe konnte er sich auf seinem Pferd halten; in wildem Galopp preschte es den Stadtmauern von Dayrelia entgegen, die von warmem Sommersonnenschein überschüttet wurden.

Pferd und Reiter hatten eine Reise von einem und einem halben Tag hinter sich. Der Ork-Ritter hatte seinem Tier und sich selbst nur wenige kurze Pausen gegönnt. Obwohl er dringend ärztliche Versorgung benötigte, hatte er in keinem der zahlreichen Dörfer und Städte, die ihm auf seiner Reise begegnet waren, Halt gemacht. Eine Sturmklinge konnte jeden Schmerz ertragen, und die Botschaft, die er in seinem Gedächtnis trug, musste so schnell wie möglich und um jeden Preis dem Paladin mitgeteilt werden. Es durfte keine Verzögerungen geben, denn das Leben von Tausenden stand auf dem Spiel.

Als er endlich das hohe Stadttor erreichte, das von zwei weiteren Sturmklingen bewacht wurde, rief er mit letzter Kraft: „Ich muss den Paladin sprechen! Ich muss zu Kelrik Daralos!“

Die beiden anderen Ritter zögerten nicht, den Weg freizugeben. Sie sahen die Wunden ihres Ordensbruders und gaben Befehl, das Stadttor sofort zu öffnen. Mit klappernden Hufen galoppierte das Pferd des Ork-Ritters über das Pflaster von Dayrelias Hauptstraße. „Aus dem Weg!“, rief der Ork den Bürgern zu und vor dem Reiter formte sich eine Schneise. Ohne sich von den gaffenden Städtebauern ablenken zu lassen, ritt der Ork geradewegs in das Herz der Altstadt, zu den Übungskadern der Sturmklingen. Er war so kurz vor dem Ziel und nichts würde ihn jetzt noch aufhalten, weder die Schmerzen noch die Verwundungen. Er würde sich nicht erlauben zu sterben, bevor er den Paladin gewarnt hatte!

Kelrik betrat das kleine Zimmer, in das man den Ork gebracht hatte. Der Ritter lag auf einer gepolsterten Liege und stöhnte vor Schmerz. Seine Pein musste unvorstellbar sein, er schien sich schon fast im Delirium zu befinden. Trotzdem murmelte er ständig vor sich hin: „Paladin... Holt den Paladin... Kelrik Daralos...“

Zwei in blaue Roben gekleidete Ärzte – beides ältere Menschen – waren anwesend. Sie hatten dem breitgebauten, kräftigen Ritter seine Uniform und Rüstung abgenommen und ihn bis auf seine Unterwäsche entkleidet. Die schwarzen Teile seines Schutzpanzers lagen auf dem Steinboden verteilt, wie die Überreste eines geschälten Hummers.

Die Mediziner versorgten die zahlreichen Verwundungen, von denen viele aufgebrochen waren und stark bluteten. Der Ork brüllte jedes Mal mit wilder Stimme, wenn das Verbandsmaterial das offene Fleisch berührte.

An den emotionslosen Gesichtern der Ärzte erkannte Kelrik, dass für dieses Wesen keine Hoffnung bestand. Es würde den heutigen Tag nicht überleben.

Als Kelrik vor den Ork trat, weiteten sich dessen glasige, kleine Augen. „Paladin...“, flüsterte er und streckte eine Pranke nach dem Menschen aus.

„Ich bin hier“, sagte Kelrik. „Was ist dir widerfahren?“

Er beobachtete, wie sich der gewaltige, geschundene Brustkorb des Orks hob und senkte, während er nach Luft japste. „Mein Name... Quorn... Sturmklinge dritten Ranges...“ Er brüllte erneut, als ein Arzt einen Verband auf eine Wunde an der linken Schulter legte. „Ich war in... Lonoba, an der östlichen Grenze, stationiert... Wir... wir... wurden von der xendorischen Armee überfallen...“

*Die xendorische Armee.* Es konnte Kelrik nicht mehr schockieren. Der Augenblick, vor dem er sich in den letzten Tagen immer wieder gefürchtet hatte, war nun gekommen. „Sprich weiter, Quorn.“

„Die Xendorier haben die Grenze durchbrochen. Sie haben... Lonoba vollkommen vernichtet.... Kriegsmaschinen... gewaltige Kriegsmaschinen haben die Stadt zerstört... Kein Dutzend unserer Leute hat überlebt... Wir haben versucht, Kontakt mit Euch aufzunehmen, aber unsere Kristalle...“

„Ich weiß“, sagte Kelrik. „Beruhige dich. Du bist jetzt in Sicherheit.“

„Nein! Niemand ist mehr in Sicherheit!“ Quorn griff nach Kelriks Hand und hielt sie fest. Der Ork sprach schnell, weil er genau wusste, dass ihm nicht mehr viel Zeit blieb. Unter Stöhnen und Keuchen sagte er: „Paladin, die Xendorier... bewegen sich Richtung Dayrelia... Ihre Armee ist riesig... nichts kann sie aufhalten! Wir haben Berichte erhalten... dass sie auf ihrem Weg fünf weitere große Städte in Schutt und Asche gelegt haben! Alle Sturmklingen, die sich ihnen entgegenstellten, sind vernichtet worden! Sie werden bald hier sein! Ich musste Euch... warnen!"

Kelrik hörte das Herz des großen, massigen Wesens laut und wild schlagen. Ein letztes Aufbäumen, bevor es für immer verstummte. „Es ist die Prophezeiung, Paladin! Die Letzte Prophezeiung! Ein neuer Weltenbrand kommt. Ihr müsst fliehen, bevor die Xendorier Euch auch vernichten! Die Prophezeiung!" Es folgten ein paar unzusammenhängende Worte in Drolok, der knurrenden Sprache der Orks.

Der Griff von Quorns Pranke lockerte sich. Der Ork sank zurück und blieb bewegungslos liegen. Seine kleinen Augen waren weit aufgerissen und starrten ins Leere. Die Pupillen waren so winzig wie Stecknadelköpfe. Seine Atmung flachte ab und kam schließlich zum Stillstand.

„Quorn!", rief Kelrik verzweifelt. „Quorn!"

Doch er erhielt keine Antwort mehr.

Einer der Ärzte suchte Kelriks Blick und schüttelte den Kopf. Er und sein Kollege zogen sich von dem toten Körper zurück. Für Quorn war alles verloren.

Kelrik fühlte, wie Verzweiflung sein Herz fest umklammerte. Nun gab es nur noch eins zu tun.

Der Paladin lehnte sich vor. Seine Hand fuhr über das grobe Gesicht Quorns und ließ die dünnen Lider über seine Augen gleiten. „Mögen deine Götter dich in der Anderen Welt beschützen", murmelte er. „Minaskai wird dich nie vergessen."

Er hörte, wie ein Arzt das Zimmer verließ. Er würde nach einem Schamanen schicken lassen, der das Begräbnisritual des Orkvolkes vollzog, damit Quorns Seele den

Weg ins Jenseits fand.

Für eine halbe Minute blieb Kelrik neben der toten Sturmklinge sitzen. Tausend Gedanken peitschten durch seinen Verstand und lähmten ihn. Er musste die Königin benachrichtigen. Die Sturmklingen. Die Stadt musste verteidigt werden, evakuiert. Wenn die Armee wirklich so mächtig war, dann hatten sie keine Chance, sie aufzuhalten. Er musste gehen. Seine Ordensbrüder verständigen. Sie mussten sich dem Feind entgegenstellen. Die Xendorier kamen und brachten die Vernichtung.

Schließlich sprang Kelrik auf und rannte durch die Korridore des Gebäudes. Quorns letzte Worte hallten in seinem Kopf wider: *Es ist die Letzte Prophezeiung! Ein neuer Weltenbrand kommt.*

Königin Lyndira Bendragur befand sich in ihrem Schlafgemach. Umgeben von weiß-goldenem Prunk und Luxus, stand sie an einem der großen, rautenförmigen Fenster und presste eine Hand an die Scheibe, während sie mit bekümmertem Blick über die Ziegeldächer von Dayrelia sah.

Eine ihrer Zofen war damit beschäftigt, das lange Haar der Königin zu flechten. Die Herrscherin nahm es kaum wahr. Ihre Gedanken verloren sich irgendwo in dem bunten Gewirr auf den Straßen der stolzen Hauptstadt. Sie spürte einen Stich in ihrem Herzen, wenn sie daran dachte, dass diese große, schöne Stadt dem Erdboden gleichgemacht werden sollte. Trotz all ihrer Macht war sie so hilflos wie ein Kind.

Die letzten Tage hatten sichtlich an der Kraft der Königin gezehrt. Sie wirkte müde und erschöpft. Dunkle Ringe unter ihren traurigen, smaragdgrünen Augen zeugten von Schlaflosigkeit. Beinahe jede freie Minute hatte Lyndira damit zugebracht, Briefe zu verfassen, in denen sie die verbündeten Königreiche um Hilfe bat, und Boten loszuschicken, die diese Schreiben so schnell es ging an ihren Bestimmungsort brachten.

*Warum wir?*, fragte sie sich, während ihre Zofe eine Haarsträhne nahm und sorgfältig kämmte. Die junge Dienerin ahnte so wenig von dem bevorstehenden Krieg wie jeder andere Bürger des Königreiches. *Warum mein Land?*

Plötzlich ertönten laute, eilige Schritte auf dem Flur. Die Zofe hielt inne und die Königin drehte sich um.

Die goldverzierten Türen wurden aufgestoßen. Kelrik Daralos trat ein. Er ging vor seiner Herrscherin auf die Knie. „Eure Majestät, ich muss Euch sprechen."

Lyndira kannte ihren Freund viel zu gut, als dass ihr die Dringlichkeit entgangen wäre, die in seiner Stimme mitschwang. „Natürlich, Paladin", sagte sie. Mit einer anmutigen Geste schickte sie die Zofe hinaus, dann wandte sie sich an Kelrik. „Erhebe dich, mein Freund."

Der Paladin stand auf. Er sagte ohne Umschweife: „Meine Gebieterin, es ist sicher: Die Armee Xendors nähert sich Dayrelia."

Lyndira schloss gequält die Augen.

Kelrik berichtete in knappen Worten von Quorns Warnung. „Meine Sturmklingen sind im Augenblick dabei, einen Verteidigungsring um die Stadt zu bilden. Majestät, angesichts der Vernichtungskraft der Xendorier muss ich Euch raten, Dayrelia augenblicklich zu evakuieren, bevor der Feind die Stadt und ihre Bürger vernichtet. Wir können es nicht mehr geheim halten. Die Xendorier nähern sich von Osten." Er holte kurz Luft. „Unser nächster Verbündeter ist Ambaria."

„Aber Ambaria liegt auf Elfaria! Das bedeutet eine Seereise von mehreren Wochen!"

„Dessen bin ich mir bewusst, Eure Majestät, aber wir wissen nicht, wem wir hier auf Berial noch trauen können.

Vielleicht haben die Xendorier schon längst andere Königreiche überfallen. Ambaria ist die einzige Möglichkeit: König Sandarius wird unser Volk sicher aufnehmen. Außerdem finden wir in den Elfenkönigreichen bestimmt Unterstützung im Kampf gegen die Xendorier.

Die Sturmklingen werden alles tun, um die anrückende Armee aufzuhalten. Das gibt uns Zeit, die Bürger zu evakuieren."

Die Königin wandte sich wortlos ab und schloss die Augen. Dann nickte sie. In den letzten Tagen hatten sie oft genug über die Möglichkeit einer Evakuierung gesprochen und alles Notwendige in die Wege geleitet. „Ich werde sofort den Befehl dazu geben", versprach sie.

„Ich muss Euch außerdem bitten, mit dem ersten Schiff zu fliehen. Ihr seid mit Sicherheit das Hauptziel der Xendorier."

„Nein", antwortete die Königin.

Kelrik hatte das erwartet. „Es ehrt Euch, dass Ihr bleiben wollt, Majestät, aber für Euch ist es sicherer in Ambaria!"

„Ich weiß deine Sorge um mich zu schätzen, Kelrik", sagte Königin Lyndira mit fester Stimme. „Aber ich habe den Eid geschworen, die Bewohner meines Reiches niemals im Stich zu lassen. Ich bleibe bei meinem Volk."

„Majestät!"

„Ich habe mich entschieden! Ich werde so lange bleiben, bis das letzte Schiff ausläuft."

Kelrik wollte widersprechen. Doch er erkannte die feste Entschlossenheit in den Augen seiner Gebieterin und wusste, dass nichts auf der Welt sie umstimmen konnte. Lyndira hatte schon immer das Wohlergehen ihres Volkes höher bewertet als ihr eigenes Leben. Im Augenblick ärgerte sich Kelrik über die Entscheidung seiner Freundin und Gebieterin, doch insgeheim bewunderte er sie dafür, so wie er sie immer bewundert hatte. Lyndira war niemals eine Heuchlerin gewesen.

„Du solltest zu deiner Familie gehen, Kelrik, bevor du aufbrichst“, sagte die Königin. Und ohne dass sie es aussprechen musste, hörte Kelrik den Satz: *Falls du nicht mehr von der Schlacht zurückkehren wirst.* „Du musst dich von ihnen verabschieden.“

Kelrik deutete eine Verbeugung an. „Ich wollte Euch eben um die Erlaubnis bitten, Majestät.“

„Geh“, sagte die Königin. „Wir dürfen keine Zeit verlieren.“

Die Münze bewegte sich und rutschte langsam im Kreis auf der Tischplatte umher.

Garian beugte sich fasziniert vor. Es schien, als sei das Stück Kupfer plötzlich von Leben erfüllt und finge an, vor den Augen seiner Schwester zu tanzen.

Stille herrschte in der Stube vor, während Taya sich auf die Münze konzentrierte. Es war so leise, dass man eine Stecknadel hätte fallen hören. Noa saß seiner neuen Schülerin gegenüber; ein Lächeln umspielte seine Lippen. Er warf einen kurzen Blick zu Garian, der in der hinteren Ecke des Raumes saß, in den weichen Armen eines Sessels, und gespannt die erste Ausbildungsstunde seiner Schwester verfolgte.

Taya hatte darum gebeten, dass Garian dabei war – vielleicht weil sie nicht mit Noa allein sein wollte. Oder aber damit ihr Bruder mit ihr zusammen begann, die Magie zu verstehen.

Jetzt verließ die Münze die Tischplatte und machte einen kleinen Sprung – dann blieb sie mitten in der Luft hängen, als wäre die Zeit eingefroren.

„Sehr gut“, lobte Noa. „Nur nicht die Konzentration verlieren.“

Garians Lippen bewegten sich in stummer Faszination.

Natürlich, solche Tricks hatte er schon tausendmal auf den Wochenmärkten gesehen, vorgeführt von minderbegabten Magiern. Aber die Vorstellung, dass es diesmal Taya war, die dies vollbrachte – seine kleine Schwester Taya! –, machte dieses eigentlich eher unbeeindruckende Kunststück zur größten Attraktion der Welt.

Aber vielleicht war es auch gar nicht Taya allein – vielleicht half ihr Noa dabei.

Jetzt drehte sich die Münze um die eigene Achse, wirbelte immer schneller und schneller.

Taya starrte das Geldstück mit großen Augen an. *Bin ich es, die das bewirkt? Aber wie?*

Bevor er die erste Lektion begonnen hatte, vor ungefähr einer Stunde, hatte Noa ihr erklärt, dass sie es einfach nur fühlen müsse. Sie müsse sich vorstellen, ihre Hand griffe nach der Münze und spielte mit ihr – den Rest würde die Magie erledigen. *So einfach ist das,* hatte er gesagt und Taya hatte ihm nicht glauben wollen.

Jetzt tat sie es.

Sie probierte aus, wie weit die Münze ihren Befehlen gehorchte. Sie konzentrierte sich und stellte sich unsichtbare Hände vor, die das Kupferstück drehten und wendeten, es fliegen ließen und wieder auffingen. Und die Münze gehorchte *jedem* ihrer Befehle.

„Ausgezeichnet", lobte Noa. „Du machst erstaunlich schnelle Fortschritte. Merkst du, dass es einfacher wird, wenn man sich nicht dagegen wehrt, wenn du die Magie einfach fließen lässt?"

Taya sah ihn an. *Eigentlich hat er sehr hübsche Augen,* dachte sie.

Langsam senkte sich die Münze und blieb auf dem Tisch liegen.

„Was ist los?", fragte Noa seine Schülerin verblüfft.

Erst da bemerkte Taya, dass sie ihn wer weiß wie lange

angestarrt hatte. „Oh, ich... Entschuldigung. Ich mache schon weiter!“

Sie versuchte etwas Neues: Sie war neugierig, ob sie gleichzeitig sprechen und die Münze fliegen lassen konnte. „Was ist Magie?“, fragte sie. „Ich meine, wo kommt sie her?“

„Eine gute Frage“, gab Noa zu. „Aber es gibt leider keine endgültige Antwort. Magie ist das Leben und das Leben ist Magie. Beide sind untrennbar miteinander verbunden, das eine kann ohne das andere nicht existieren. Vielleicht sind das Leben und die Magie auch Manifestationen ein und der selben Kraft, wer weiß?

So viele Magier es gibt, so viele Theorien gibt es über den Ursprung der Magie. Manche glauben, sie wäre eine Art Energiefluss, der die Luft erfüllt, andere glauben, Magie käme aus unserem Inneren, unseren Seelen – mag sein, dass beide Parteien richtig liegen. Die Städtebauer haben sich darüber schon seit Jahrtausenden den Kopf zerbrochen. Es gibt viele, die meinen, die Magie selbst wäre eine Lebensform, eine Wesenheit, die denkt und fühlt und die versucht, mit den Sterblichen zu sprechen.“

Garian sah abwechselnd zu Noa, seiner Schwester und der fliegenden Münze, während der Magier fortfuhr zu erklären: „Seit es die Städtebauer gibt, ist die Magie ein Mysterium. Es gibt unendlich viele Fragen, die nicht geklärt sind, zum Beispiel, warum nur einige wenige sich mit der Magie verbinden können und viele andere nicht – trotzdem erfüllt die Magie alle Lebewesen dieser Welt. Niemand wird diese Fragen je klären können. Deswegen gibt es auch keine *Meistermagier*. Jeder Magier dieser Welt wird immer nur ein *Schüler* der Magie sein, niemals ihr Meister.“

„Und woher wusstest du, dass ich sie habe?“, fragte Taya. Doch sie sah ihn nicht an – besonders nicht seine

Augen –, sondern richtete weiterhin ihre volle Konzentration auf das Kupferstück. Und tatsächlich – die Münze blieb weiterhin in der Luft hängen und tanzte ein wildes Ballett. „Ich meine, die Magie?"

„Ich habe es gespürt."

„Du meinst, du hast meine Gedanken gelesen?"

„Oh, nein." Noa schüttelte den Kopf. „Die wenigsten von uns können Gedanken lesen. Und für diejenigen, die es können, ist es ein Fluch. Der schlimmste Albtraum, den du dir vorstellen kannst. Die meisten von ihnen bringen sich um; diejenigen, die noch leben, sind allesamt wahnsinnig."

Garian zog die Augenbrauen hoch und Taya schluckte. Die Münze fiel, doch sie fing sie in letzter Sekunde mit unsichtbaren Händen wieder auf.

„Aber ich habe die Konzentration der Magie um dich herum gespürt", erklärte Noa weiter. „Du kannst es eine Aura nennen. Und du hast dasselbe auch bei mir bemerkt, oder?"

„Ja." Taya nickte. Für einen Moment pausierte sie und ließ die Münze Spiralen in der Luft beschreiben. *Es ist einfach unglaublich,* dachte sie. *Es ist so leicht!* „Und die Visionen?", fragte sie dann. „Können alle Magier in die Zukunft sehen?"

„Nein. Nicht willentlich. Die Magie entscheidet, was sie uns zeigt. Bei einigen ist es stärker ausgeprägt, bei einigen auch gar nicht."

Nun sprach Garian, obwohl Noa ihn eigentlich gebeten hatte, still zu sein, wenn er schon dabei sein musste. „Und ist das, was ihr seht, unveränderlich?"

„Nein", antwortete Noa. „Nichts ist unveränderlich. Es ist fast immer so, dass das Wissen um das Kommende die Zukunft schon verändert. Und wir sehen nicht nur die Zukunft – manchmal zeigt uns die Magie auch Dinge, die gerade geschehen. Oder Dinge, die lange her sind. Und meistens sind es Warnungen."

Seine Schülerin prägte sich das gut ein. Sie kam sich seltsam vor, als sie fragte: „Und was für Fähigkeiten habe ich?"

„Genau das wollen wir herausbekommen." Noa überlegte einen Moment. „Gab es schon vor dir Magier in deiner Familie?"

Taya dachte nach. Die Münze senkte sich allmählich zur Tischplatte, wo sie schließlich bewegungslos liegen blieb.

Sie war noch ein Kind gewesen, als ihre Eltern gestorben waren. Sie erinnerte sich an das schreckliche Feuer, das ihr Haus im Elfenviertel verzehrt hatte. Sie hatte nur überlebt, weil sie zu der Zeit im Garten gespielt hatte. Taya sah die Gesichter ihrer Eltern nur noch verschwommen und undeutlich vor sich. Ihr Vater war ein großer Elf mit goldenen Haaren und tiefen, grünen Augen gewesen. Am meisten mochte sie es, wenn er sie auf seinen Schultern umhertrug. Ihre Mutter hatte gleichen Sommersprossen wie sie und ihr Haar hatte die gleiche kastanienbraune Farbe wie Tayas. Ihre Mutter sang gerne und ihre Stimme war wie Silber.

Manchmal träumte sie von ihnen, aber sie kannte nicht einmal ihre Namen. Sie waren immer nur „Mama" und „Papa" gewesen.

„Ich weiß es nicht", antwortete sie. „Vielleicht waren sie Magier, aber ich weiß es nicht. Ich erinnere mich kaum an sie." Aber eines wusste sie genau: Bei ihren Eltern hatte sie genau dieselbe Aura der Kraft und Stärke gefühlt, wie bei Noa.

„Nun gut", meinte der junge Magier. „Lass es uns jetzt mit zwei Münzen probieren. Mal sehen, ob du..."

Er hielt inne, als schwere Schritte auf den Dielen im Flur ertönten.

„Das wird Kelrik sein!", meinte Garian aufgeregt.

Taya sah ihren Bruder an und fragte: „So früh?" Er durfte auf keinen Fall die fliegende Münze sehen!

Kurz darauf wurde die Tür zur Stube geöffnet. Es war tatsächlich Kelrik, doch er war nicht allein. Zwei seiner Adjutanten begleiteten ihn.

Die drei Männer trugen die volle, ehrfurchtgebietende Rüstung der Sturmklingen. Der faustgroße Kristall auf Kelriks schwarzer Brustplatte funkelte frisch poliert wie ein Stern und der nachtblaue Umhang floss um seinen gepanzerten Körper. Von einem breiten Gürtel hing ein mächtiges Schwert herab. Kelrik trug den schwarzen Helm unter dem Arm. Er wirkte ernst, todernst. Mit einem wortlosen Blick gab er seinen Adjutanten zu verstehen, dass sie vor dem Zimmer auf ihn warten sollten. Die beiden Ritter verneigten sich und verließen den Raum.

„Vater", setzte Garian an.

„Ich bin gekommen, um... Ich wollte euch ein letztes Mal sehen, bevor..." Kelrik versuchte, den Kloß in seiner Kehle herunterzuschlucken. „Bevor ich in die Schlacht ziehe."

Mehr brauchte er nicht zu sagen. Die schreckliche Erkenntnis lähmte Garian. *Nun ist es so weit!*

„Nein!" Taya sprang auf und fiel ihrem Adoptivvater um den Hals. „Du darfst uns nicht allein lassen! Bitte!" Der Paladin fing sie auf und ließ achtlos seinen Helm fallen.

„Ich muss gehen, Taya", sagte Kelrik. „Ich muss helfen, die Stadt zu verteidigen."

„Nein", flüsterte Taya. „Du wirst sterben!"

Kelrik streichelte ihren Rücken. Durch seine Rüstung und die Handschuhe konnte er den zarten Körper seiner Tochter kaum spüren, und das tat ihm noch mehr weh. „Ich liebe euch", sagte Kelrik. „Euch beide... Und weil ich euch liebe, muss ich gehen. Vielleicht können wir das Schlimmste abwehren."

Er sah zu Garian, der immer noch wie gelähmt dastand und mit der Selbstbeherrschung einer Sturmklinge gegen die Gefühle ankämpfte, die ihn zu überwältigen drohten. Kelrik wünschte sich nichts sehnlicher, als ihm all seine Ängste nehmen zu können. Er winkte seinen Sohn zu sich. „Komm her, Garian."

Langsam setzte sich der Junge in Bewegung und blieb vor dem Paladin stehen.

„Garian, pass auf Taya auf. Und auf dich selbst. Versprich mir das."

„Ich werde mit dir kommen, Vater! Ich werde an deiner Seite kämpfen!"

„Garian..."

„Ihr werdet jeden Kämpfer brauchen, den ihr kriegen könnt!"

Kelrik schüttelte den Kopf. „Es tut mir leid, aber das geht nicht. Du musst bei Taya bleiben. Du musst auf sie aufpassen."

„Aber...!"

Plötzlich wurde Kelriks Tonfall strenger: „Ich sagte Nein, Garian. Du musst das verstehen. Versprich mir, das du bei deiner Schwester bleibst."

Zuerst wollte Garian widersprechen, doch er sah ein, dass es sinnlos war. „Ich... ich verspreche es."

Kelrik legte eine gepanzerte Hand auf die Schulter seines Sohnes und versuchte ein ermutigendes Lächeln. „Ich habe dir nie gesagt, wie stolz ich auf dich bin. Auf euch beide. Ich werde alles tun, um so bald wie möglich zurückzukehren."

„Vater...", begann Garian. „Was wird mit uns, wenn du weg bist?"

„Meine Adjutanten werden euch zum Hafen bringen.

Die Königin hat die Evakuierung der Stadt angeordnet. Kinder, Frauen und Alte gehen zuerst."

„Aber... wohin?"

„Nach Ambaria, zu König Sandarius."

„In die Elfenkönigreiche?", fragte Garian. „Aber wir haben doch Verbündete hier auf Berial!"

„Ich glaube nicht, dass wir auf Berial noch sicher sind", erklärte Kelrik. „Außerdem ist König Sandarius einer der ältesten und mächtigsten Verbündeten von Minaskai." Kelrik sah Noa an. „Noa, Ihr werdet mit meinen Kindern gehen. Ihr werdet mir Euer Wort geben, dass Ihr alles tut, um sie wohlbehalten nach Ambaria zu geleiten!"

Noa deutete eine Verbeugung an und nickte kurz. „Ihr habt mein Wort, Paladin."

Kelrik wandte sich wieder seinen Kindern zu. „Taya, Garian – ich liebe euch mehr als mein eigenes Leben. Daran müsst ihr immer denken. Jetzt geht nach oben und packt das Nötigste zusammen. Beeilt euch. Wir haben nicht viel Zeit."

Taya nickte und zog schniefend die Nase hoch.

Ihr Bruder zögerte noch. Dann rannte er zusammen mit seiner Schwester aus dem Zimmer.

Kelrik blickte ihnen nach. „Die Götter mögen uns beistehen", murmelte er.

Noa hörte das und schwieg. Er glaubte weder an Götter noch daran, dass diese dem Volk Minaskais helfen würden.

Im selben Moment, als er begriff, dass er Kelrik Daralos niemals wiedersehen würde, hallten laute Glockenschläge durch die Straßen.

## *Kapitel 12: Kein Weg zurück*

Die Sturmklingen hatten mittlerweile Stellung bezogen. Sie bildeten in fünf Meilen Entfernung einen Ring um Dayrelia und die umliegenden Felder und Siedlungen. Gepanzerte Ritter marschierten auf, Waffen und Schilde wurden verteilt, Katapulte und die wenigen Kriegsmaschinen, die sich im Besitz der königlichen Streitkräfte befanden, aufgefahren. Zeltlager wurden errichtet.

Zweitausend Männer und Frauen waren bereit, ihre Heimat zu verteidigen. Sie würden nicht wanken und nicht weichen, egal was kommen würde. Sie würden Minaskai beschützen oder bei dem Versuch sterben.

Späher auf Pferden wurden losgeschickt, um nach der anrückenden Armee der Xendorier Ausschau zu halten.

Kelrik ritt auf seinem schwarz gepanzerten Rotschimmel dem momentanen Hauptquartier der Sturmklingen entgegen: einer Reihe von großen Zelten, über denen das Rosenbanner Minaskais flatterte.

Hinter ihm, am Horizont, breitete sich das Meer aus, und davor erhoben sich die weitläufigen Umrisse der Stadt.

Neben Kelrik ritten mehrere Adjutanten und Ritter höherer Ränge, die ihn über die Truppenstärke und den Verteidigungsaufbau informierten. Der Paladin hörte ihnen gut zu und merkte sich die Zahlen genau.

Während seines Ritts hatte er auch zwei der sechs Kriegsmaschinen gesehen, über die die Sturmklingen verfügten. Es waren große, spinnenartige Skulpturen aus dunklem Metall, unter denen die bewaffneten Ritter wie

Spielzeugsoldaten wirkten. Seit mehr als hundert Jahren waren diese Gerätschaften nicht mehr im Einsatz gewesen. Kelrik betete, dass die Hofmagier der Königin die magischen Waffen in dieser langen Zeit gut instand gehalten hatten – denn sonst hatten sie ihrem Gegner nicht viel entgegenzusetzen.

Die beiden Adjutanten des Paladins brachten Taya, Garian und Noa mit einer zweispännigen Kutsche auf dem schnellsten Weg zum Hafen. Die Sturmklingen – zwei Menschen – sprachen kaum. Sie waren kein Trost für die Geschwister.

Die Straßen von Dayrelia waren in Aufruhr: Von den hohen Türmen der Stadtmauer läuteten dumpfe Glocken – das Signal für einen bevorstehenden Angriff. Sprecher der Königin kündigten den Aufmarsch der Xendorier an und gaben Anweisungen an die Bürger, sich ruhig und gesittet zu verhalten. Doch niemand hielt sich daran.

Väter rannten Hals über Kopf nach Hause zu ihren Familien, die Kaufleute ließen ihre Marktstände zurück. Wer immer den Ruf vernahm, ließ alles stehen und liegen.

Garian blickte mit entgeistertem Gesicht durch das Kutschenfenster und sah Menschen, Elfen, Orks schreiend und in heller Panik, die von Sturmklingen zur Ordnung gerufen wurden. Ein Großteil der Menge drängte zum Hafen. Unter den Flüchtenden erkannte Garian auch einige bekannte Gesichter: Lehrer von seiner Schule, Mitschüler...

*Uruk! Was wird aus Uruk?*

„Wir müssen ins Orkviertel!“, rief Garian der Sturmklinge zu, welche die Kutsche steuerte. „Wir müssen einen Freund mitnehmen!“

Taya wusste sofort, was er meinte: „Uruk“, flüsterte sie.

„Es tut mir leid“, sagte die Sturmklinge, ohne sich umzudrehen. „Wir haben keine Zeit zu verlieren.“

„Ich befehle es als Sohn Eures Paladins!“

Doch das nützte genauso wenig. Als Garian das einsah, wusste er, dass es nur noch einen Weg gab.

Das Schicksal kam ihm zur Hilfe, als die Kutsche von umherirrenden Bürgern gestoppt wurde. „Aus dem Weg!“, befahl eine der Sturmklingen. Doch niemand hörte sie.

Garian wandte sich Taya zu. „Wir treffen uns am Hafen!“

Seine Schwester begriff nicht. „Was hast du vor?“, fragte sie, doch da war Garian schon aus der Kutsche geklettert. Seine schnellen Schritte hallten auf den Pflastersteinen. Er rannte die Straße zurück.

„Garian!“, rief Taya ihm hinterher, was auch die beiden Sturmklingen auf den flüchtenden Jungen aufmerksam machte.

„Wir können ihn nicht gehen lassen!“, sagte der eine Ritter zu seinem Ordensbruder.

„Das ist mir klar!“, gab der andere uniformierte Mann zurück. „Fahrt ihr zum Hafen. Ich hole den Jungen!“

Damit sprang auch er ab und setzte Garian nach. Doch der Junge war mittlerweile in einer schmalen Gasse verschwunden.

„Diese verdammten Xendorier!“, brüllte Gruhm der Händler, während er die wertvollsten Gewürze aus den Regalen riss und in einen Sack schmiss. „Ich habe es schon immer gesagt! Man hätte sie auslöschen sollen!“

Uruks Mutter hatte zu weinen begonnen. Ihr Sohn saß neben ihr und versuchte, sie zu trösten, während er mitansah, wie sein Vater versuchte, zu retten, was zu retten war, und dabei in seiner Muttersprache vor sich hin fluchte.

Draußen, vor dem Fenster von *Gruhms und Krins,* rannten Orks in Panik durch die Straßen, begleitet vom Glokkengeläut der Stadtwache.

Uruk hatte schreckliche Angst. Er hatte in den letzten Tagen immer wieder an diesen Moment gedacht. Wenn die Glocken wild zu läuten beginnen und die Bewohner der Stadt wie aufgeschreckte Hühner durcheinanderlaufen würden. Aber *nichts* hatte ihn auf diesen Moment vorbereiten können. Von einer Sekunde zur nächsten wurde die trügerische Stille in der Stadt in Fetzen gerissen und das Chaos trat an ihre Stelle.

Die Gedanken des jungen Orks waren bei Garian und Taya, die er so lange nicht hatte sehen können, und er hoffte, dass sie auch an ihn dachten. Der einzige Trost, der Uruk blieb, war, dass sich die gesamte Familie Utka im Laden befand, als die Glocken zu läuten anfingen. Er wagte es nicht, sich vorzustellen, was wäre, wenn einer von ihnen in der Menge verloren ginge. Egal was auch kommen mochte, seine Eltern waren bei ihm.

„Vater!", drängte Uruk nun schon zum dritten Mal. „Wir müssen zum Hafen, wie die Sturmklingen gesagt haben!"

„Ich lasse mir von diesen xendorischen *Krillits* nicht das nehmen, was ich in über fünfzehn Jahren aufgebaut habe!", erwiderte Gruhm. Er fuhr mit einer Pranke durch ein Regal und kleine Fläschchen mit Vanille, Zimt und etlichen anderen Gewürzen landeten in dem bereitstehenden Sack. „Mein ganzes Leben steckt in diesem Laden! Das werden sie nicht kriegen!"

„Aber die Gewürze werden dir nichts nützen, wenn du vorher von den Xendoriern getötet wirst! Bitte, Vater! Sei doch vernünftig!"

Aber Gruhm wollte nicht hören. Wie ein Besessener zog er durch seinen Laden und plünderte die Regale. Frau

Utkas Weinen nahm kein Ende.

Plötzlich mischte sich ein zarter Glockenton in die allgemeine Geräuschkulisse. Es war das Türglöckchen. Garian war in den Laden gestürmt und rang nach Atem.

„Garian!“, rief Uruk.

Gruhm drehte sich um. „Was machst du hier, Mensch? Verschwinde! Halte uns nicht auf!“

„Die Stadt wird evakuiert!“, japste Garian mit gehetzter Stimme.

„Das haben wir auch schon gemerkt“, knurrte Gruhm und sammelte mehrere Knoblauchkränze ein. „Aber wir gehen nicht ohne das hier!“

Er wandte sich wieder um. Garian starrte ihn an, als wäre der Händler nicht ganz bei Verstand. Vielleicht war er das wirklich nicht; nicht einmal Uruk konnte das sagen. „Aber ich bin gekommen, um Euch mitzunehmen!“, sagte Garian.

„Garian!“, sagte plötzlich Krin Utka und blickte den Menschenjungen aus verquollenen Augen an. „Bitte nimm Uruk mit dir!“

„Aber was wird aus dir?“, fragte Uruk seine Mutter besorgt.

„Ich bleibe bei Gruhm. Wir werden so schnell wie möglich nachkommen. Geh mit deinem Freund, Uruk!“

„Aber... Mutter...!“

„Geh mit ihm. Ich werde deinem Vater helfen.“

Uruk und seine Mutter wechselten einen Blick, dann nahm die große Orkfrau ihren Sohn in die Arme und drückte ihn fest an sich. „Es wird alles gut werden“, brummte Krin. „Jetzt geh. Wir sehen uns in Ambaria wieder!“

„Komm.“ Garian packte Uruk an der Hand und zerrte ihn aus dem Laden.

„Ich liebe euch!“, rief der junge Ork seinen Eltern noch zu.

Draußen auf der Straße kam ihnen sofort eine Sturmklinge entgegen.

Der Mann in der schwarzen Rüstung und dem finsteren Helm lief genau entgegensetzt zum Strom der flüchtenden Orks. Es war einer von Kelriks Adjutanten. Es war ein Wunder, dass die viel größeren, muskelbepackten Geschöpfe den Menschen nicht umrissen und niedertrampelten, doch selbst in ihrer Panik schienen sie die Autorität des Ritters anzuerkennen.

Garian war das vollkommen egal. Er und Uruk blieben so lange am Rand der Straße, bis die Sturmklinge sie erreicht hatte. „Das war sehr dumm von dir, Junge!", sagte der Ritter, aber Garian antwortete nichts darauf. „Jetzt folgt mir zum Hafen, wenn euch euer Leben lieb ist!"

Der Hafen von Dayrelia war niemals ein ruhiger Ort, aber heute war die Hölle losgebrochen. Der Ansturm der Bürger auf die Schiffe war so groß, dass die Sturmklingen gezwungen waren, Barrikaden und Gitter aufzustellen, damit nicht alle planlos auf die Kais stürmten. Durch Türen ließen sie kleinere Gruppen hindurch und geleiteten sie auf die bereitstehenden Schiffe.

„Lasst uns durch!", brüllte jemand hinter den Absperrungen. „Ihr könnt uns doch nicht hier sterben lassen!"

Einige rüttelten an den Gittern, um sie niederzuwerfen, doch sie wurden von den Waffen der Ritter zurückgehalten. Weitere Wesen schrien, kreischten und tobten.

In all dem Lärm konnte Garian ein kleines Kind hören, das nach seinen Eltern rief, und ein kalter Schauer fuhr ihm über den Rücken. Es schien, als sei die ganze Welt wahnsinnig geworden.

Als Kelriks Adjutant zusammen mit Uruk und Garian den Hafen erreichte, rief der Ritter fünf seiner Ordensbrüder zu sich. Die Sturmklingen kämpften sich durch die

Menge, wobei sie von allen Seiten beschimpft und angerempelt wurden. Die sechs Ritter bildeten einen Kreis um die beiden Jungen und führten sie, abgeschirmt von der Meute, bis zu den Absperrungen. Garian schämte sich, dass man ihn wie einen König behandelte, nur weil er Kelriks Sohn war (und Uruk ein Freund von Kelriks Sohn), wohingegen die anderen Bürger abwarten mussten, dicht an dicht gedrängt, während die Angst sie verrückt machte.

Er hörte die Rufe der Leute, die an seine Beschützer gerichtet waren: *„Warum nehmt ihr mich nicht auch mit?! Ich bin auch ein Mensch!“ – „Das nennt ihr Gerechtigkeit?“ – „Ihr verfluchten Sturmklingen! Lasst diese Kinder hier und nehmt lieber mich und meine Familie mit!“*

Die Sturmklingen hinter der Absperrung öffneten eine Gittertür und ließen Garian und Uruk passieren. Nun waren sie vollkommen den Blicken der Menge ausgesetzt und die Beschimpfungen der Leute wurden wüster und obszöner.

Während ein anderer Ritter sie zur Gangway eines großen Schiffes geleitete, hörte Garian Uruk flüstern: „Ich habe mich noch nie in meinem Leben so geschämt.“

Das Oberdeck war so voll wie der Marktplatz am Bronzetag. Menschen, Elfen und Orks standen dicht an dicht zusammen. Bei sich hatten sie ihre Habseligkeiten in Koffern, Taschen, Säcken und Kisten. Die meisten von ihnen schwiegen bedrückt. Nur eine Frau kreischte ununterbrochen: „Mein Mann! Mein Mann ist noch an Land! Ihr müsst ihn holen!“

Eine Sturmklinge befahl ihr, Ruhe zu geben, und versuchte gleich danach, sie und alle anderen zu beschwichtigen: „Es werden alle nachkommen, glaubt mir! Es wird niemand vergessen!“

Daraufhin kam die wütende Gegenfrage eines älteren

Mannes: „Wie wollt ihr das schaffen? Wie wollt ihr viertausend Wesen mit nicht mal einem Dutzend Schiffen evakuieren?"

Doch er erhielt keine Antwort.

Garian versuchte sich vorzustellen, wie es im Inneren des Schiffes aussah. Es musste auf den unteren Decks alles überfüllt sein, wenn die Leute gezwungen waren, hier oben zu stehen! Während er durch ihre Reihen geführt wurde, warf er unsichere Blicke zu allen Seiten. Schließlich erkannte er zwischen all den unbekannten Gesichtern seine Schwester und Noa wieder. Taya lief den beiden sofort entgegen und klammerte sich an Garian. „Den Göttern sei Dank", hauchte sie. „Wir dachten schon, ihr schafft es nicht mehr!"

„Wir sind hier", sagte Garian. „Du musst dir keine Sorgen machen."

Am liebsten hätte er sich auf die Zunge gebissen; er kam sich wie der größte Narr vor. Natürlich musste sie sich Sorgen machen. Sorgen um sich, ihre Heimat – und ihren Vater. Würden sie ihn jemals wiedersehen?

Im selben Augenblick wurde die Gangway hochgezogen und der Anker gelichtet. Die Segel wurden gesetzt und das Schiff trieb langsam hinaus aufs Meer, auf die noch weit entfernte Küste des Kontinents Elfaria zu.

*Wie soll das alles enden?*, fragte sich Garian.

Dann begriff er, dass es noch nicht einmal begonnen hatte...

## *Kapitel 13: Purpurfeuer*

Die Stunden krochen mit elender Langsamkeit dahin. Während die Evakuierung von Dayrelia fortschritt, warteten die Sturmklingen auf den weiten Grasfeldern vor der Stadt immer noch in nervöser Anspannung auf das Auftauchen ihres Feindes. Doch nichts rührte sich. Der Wind, der im Laufe des Abends immer kühler geworden war, strich lautlos über die Wiesen und die Wolken zogen wie Schafherden über den Himmel.

Stundenlang waren die Ritter des Königreiches damit beschäftigt gewesen, Barrikaden aufzubauen und Katapulte in Stellung zu bringen. Und ihre Geheimwaffen. Kelrik hatte dafür gesorgt, dass die Kriegsmaschinen Minaskais in den nahen Wäldern versteckt wurden. Sie waren der Trumpf im Ärmel.

Der Paladin hielt sich die meiste Zeit in seinem großen Zelt hinter der Verteidigungslinie auf. Zu Beginn hatte er alle zehn Minuten neue Berichte über die Truppenstellung empfangen. Doch nun stand die Verteidigung. Die Sturmklingen waren bereit, sich den Xendoriern zu stellen.

Kelrik dachte immerzu an seine Kinder und dass er ihnen längst nicht alles gesagt hatte, was es zu sagen gab. *Was, wenn dies unser letzter Abschied war?*

Dieser Gedanke machte ihn fast verrückt. Und so versuchte er, jede freie Minute zu nutzen, um zu meditieren und seinen Geist zu schärfen.

Es war nicht der erste große Kampf, den Kelrik miterlebte. Er erinnerte sich nur zu gut an jene Auseinandersetzung vor sechs Jahren, die als die Schlacht von Sakarran in die Geschichte eingegangen war, benannt nach einer Provinz an der Westküste, ungefähr zweihundert Meilen südlich von Dayrelia.

Vor zwölf Jahren waren in Sakarran Invasoren des Königreiches Toyorin eingefallen – natürlich ohne jede Vorwarnung, wie es die Natur von Invasionen war –, mit dem festen Ziel, Minaskai zu unterwerfen. Die Streitmacht der Toyoriner war bemerkenswert gewesen, aber bei all ihrer Stärke hatten sie jenen entscheidenden Fehler gemacht, der schon vielen Feinden Minaskais unterlaufen war:

Sie hatten die Sturmklingen unterschätzt.

Zwei Tage nachdem der erste toyorinische Soldat Fuß auf minaskaiischen Boden gesetzt hatte, war die Invasion im Keim erstickt worden. Der Orden trieb die Angreifer zur Küste zurück, wo sie vernichtend geschlagen wurden. Zwei Tage danach erhielt Königin Lyndira Besuch von einer Delegation, die Toyorins König Duros gesandt hatte und die sich in aller Form für den Angriff entschuldigte, der ohne königlichen Befehl von einem kriegslüsternen General geleitet worden war. Die Delegation führte Reparationen in Gestalt von mehreren Dutzend Kisten voller Goldmünzen mit sich und bat die Königin demütigst um Vergebung.

Dennoch war der Sieg keine Freude für die Sturmklingen, denn während der Schlacht war es einem feindlichen Schützen gelungen, Paladin Lior Telbarron zu töten.

Lior Telbarron. Kelrik erinnerte sich gut an den alten, weißhaarigen Elfen, an die schwarze Augenklappe über seinem linken toten Auge und das Eisblau seines gesunden rechten Auges. Doch trotz seines Alters hatte ihm eine unbändige Kraft innegewohnt. Und eine tiefe Liebe zu seinem Königreich und seinem Orden.

Er war Kelriks Mentor gewesen und mehr – er war wie ein Vater für den jungen Ritter gewesen. Und nachdem sein Mentor gefallen war, lag es an Kelrik, die Sturmklingen gegen den Feind zu führen. Für die Dauer der Schlacht war er der Paladin. Und dank seiner Intelligenz, der Vertrautheit mit den eigenen Truppen und seinem strategischen Können errang er den Sieg für den Orden.

Stunden nach der Schlacht, als das Königreich seinen Sieg über die Invasoren feierte, versammelten sich die Sturmklingen im Schrein der Gefallenen, um Telbarrons Leiche nach Ordensbrauch einzuäschern – und einen neuen Paladin zu benennen. Die Wahl fiel auf Telbarrons Ersten Adjutanten. Und Kelrik blieb der Paladin der Sturmklingen.

Aber das war die Vergangenheit. Bei den Toyorinern hatte der Orden genau gewusst, welcher Feind ihn erwarten würde, über welche Stärke er verfügte, wie er dachte. Aber bei den Xendoriern war das anders – die Kriegsmaschinen waren die große Unbekannte. Und natürlich die Größe der Streitkräfte. *Zwanzigtausend Mann,* hatte Botschafter Elbared berichtet. Wie verlässlich war diese Zahl?

*Wenn ich nur von einer Niederlage ausgehe, haben wir schon so gut wie verloren,* dachte Kelrik. *Keine Armee ist unschlagbar. Egal über welche Waffen sie verfügt, sie hat immer einen Schwachpunkt. Wir müssen ihn nur finden!*

Bald betrat einer seiner Adjutanten das Zelt. Er salutierte und berichtete dem Paladin, dass seine beiden Kinder zusammen mit Noa Endaris und einem Orkjungen wie befohlen auf das erste Flüchtlingsschiff gebracht worden waren, das sofort Richtung Ambaria Segel gesetzt hatte.

Als Kelrik dies hörte, erlaubte er sich, aufzuatmen, und ein Teil der Last wurde von seinen Schultern genommen. *Ihr Götter, ich danke euch! Sie sind in Sicherheit!*

Nun konnte er sich vollkommen auf die bevorstehende Schlacht konzentrieren.

Schließlich brach der Abend herein. Der Himmel wurde rot und die Wolken erhielten eine purpurne Färbung mit gelben Rändern. Es wurde kühler und der Wind gewann an Stärke.

Die Sonne war schon fast hinter dem Horizont verschwunden, als der Ruf ertönte:

„Sie kommen!“

Kelrik erwachte aus seiner Meditation, als sein Erster Adjutant, der Elf Yan Tanor, eintrat. „Paladin, unsere Späher melden, dass Kriegsmaschinen aus Richtung Nordost anrücken! Die xendorischen Streitkräfte sind dicht hinter ihnen!“

Kelrik trat zusammen mit dem jungen Mann nach draußen, wo ihn kühle Abendluft empfing, die mit ihren Umhängen spielte. Der Mond war bereits als fahler Schatten zu sehen. „Wie weit sind sie noch entfernt?“

„Ungefähr eine Stunde, Paladin. Aber...“

„Ja?“

„Ihre Armee ist riesig.“

Kelrik antwortete nicht darauf. Er bestieg einen hölzernen Ausguck und ließ sich von der dort stationierten Wache ein Fernrohr reichen. Er suchte den Horizont ab – und dann sah er sie mit eigenen Augen.

Der Paladin wusste genau, dass er diesen Anblick niemals vergessen würde.

Er sah die Maschinen aufmarschieren. Groteske Maschinen, einige mit skelettartig dünnen Beinen ausgestattet, die über das Land staksten; andere fuhren auf Rädern, die so groß wie ein Haus waren und alles niederwalzten, was sich ihnen in den Weg stellte. In einer Pfeilformation zogen sie der Armee voran.

Die Soldaten der Wolfsarmee glichen einem Schwarm dunkler Schatten, der sich wie eine Seuche über das Land ausbreitete. Es waren Tausende von Schatten, Zehntausende sogar, und sie näherten sich mit erschreckender Geschwindigkeit. Doch nicht allein die Zahl der Soldaten war es, die diese Streitmacht so erschreckend machte. Es war die der Maschinen.

Bis jetzt zählte Kelrik zwanzig von den Stahlungeheuern.

Zwanzig!

In der Zeit des Weltenbrandes, aus der diese Monster stammten, wäre eine solche Zahl ziemlich lachhaft gewesen, aber heutzutage stellte sie eine unglaubliche Macht dar. Eine schreckliche Macht in den Händen eines größenwahnsinnigen Königreiches.

*„Es ist die Letzte Prophezeiung!“* Die Worte der sterbenden Sturmklinge Quorn hallten durch seinen Geist.

*Nein!*, schwor sich Kelrik und ließ das Fernrohr sinken *Das werde ich nicht zulassen! Wir werden sie aufhalten! Wir werden das Feuer im Keim ersticken!*

Kurz darauf saß der Paladin auf seinem Ross vor den Reihen der bewaffneten Sturmklingen, um die letzten Worte zu sprechen, die sie in die Schlacht begleiten sollten. Vielleicht die allerletzten Worte, die sie hörten.

„Nun ist der Zeitpunkt gekommen!“, rief Kelrik und seine Stimme hallte über die Felder. „Wir stehen unserem Feind gegenüber! Und obwohl unser Gegner über große Kräfte verfügt, werden wir nicht weichen! Wir werden nicht eher ruhen, bis die Feinde Minaskais geschlagen sind und der Frieden wiederhergestellt ist! Wir sind Sturmklingen! Wir geben unser Leben für Minaskai!“

Und zweitausend Sturmklingen – Menschen, Orks und Elfen, Männer und Frauen, Veteranen und Rekruten – antworteten mit einer Stimme: „Für Minaskai!“

Der Gegner näherte sich unaufhaltsam. Bald konnten die Sturmklingen das Kampfgeschrei der Xendorier hören; die Hufe ihrer Schlachtrösser donnerten über das Feld. Rote Kristalle an den feindlichen Kriegsmaschinen leuchteten wie brennende Augen im Abendlicht.

Doch noch berührten sich die beiden Streitmächte nicht.

Es war offensichtlich, welche Strategie die Xendorier verfolgten: Die Kriegsmaschinen an vorderster Front waren die Wellenbrecher. Jeder, der es wagte, sich ihnen entgegenzustellen, würde von ihnen zu Asche verbrannt werden. Über das, was danach noch lebte, würden sich die Soldaten hermachen wie die Aasgeier.

Kelrik hatte damit gerechnet. Genau darauf war die Verteidigung ausgerichtet.

Er dachte an die Maschinen der Sturmklingen, die sich, vom Feind anscheinend noch unbemerkt, in den nahen Wäldern versteckten. Es stand sechs gegen zwanzig. Aber mit dem Überraschungsmoment auf ihrer Seite war es durchaus möglich, einige der xendorischen Maschinenmonster außer Gefecht zu setzen.

Aber noch durfte er sie nicht wissen lassen, dass sie über diesen Trumpf verfügten. Sie sollten ruhig denken, dass die Streitkräfte der Sturmklingen nur aus den versammelten Rittern bestanden. *Warte,* sagte er sich, während er beobachtete, wie die feindlichen Maschinen näher rückten. Sie sahen aus wie die Albträume eines Waffenschmiedes, und es war unmöglich, sich vorzustellen, dass Menschen in ihren stählernen Körpern saßen und ihre Bewegungen steuerten.

*Warte,* beschwor Kelrik sich selbst, wobei er sein Herz wild schlagen hörte. *Wir haben nur diesen einen Vorteil! Er darf nicht voreilig ausgespielt werden!*

Er spürte, dass seine Ordensbrüder und -schwestern langsam ungeduldig wurden, während die Xendorier näher und näher rückten. Sie waren nur noch eine Meile entfernt.

*Warte!*

Plötzlich geriet eine der größten Kriegsmaschinen der Xendorier – eine Spinne so groß wie zwei Häuser, auf vier Beinen laufend und mit einer schwarzen Metallkuppel als Kopf – ins Straucheln. Ihre langen, dünnen Beine wackelten und wankten, während die Steuermänner im Inneren versuchten, das Gleichgewicht zu halten – es wirkte, als wäre die Maschine betrunken.

Schließlich verlor sie die Balance und stürzte wie ein Baumstamm zu Boden. Die Erde bebte, als der tonnenschwere Leib mehrere hundert xendorische Soldaten unter sich begrub. Ein weiteres Donnern ertönte und grelles Licht flammte auf, als die schwarze Kuppel der Spinne – in der Treibstoff und magische Instrumente lagerten – auf den Erdboden knallte und explodierte.

Kelriks Pferd scheute. „Ruhig", sagte er und strich ihm mit der Hand über die Mähne. „Ruhig..." Und das Tier gehorchte.

Schwarzer Qualm stieg aus dem Wrack der Kriegsmaschine auf und die Sturmklingen jubelten. Der Koloss war in eine der vorbereiten Fallen getappt und über ein getarntes Erdloch gestolpert.

Kelrik erlaubte sich ein von grimmiger Genugtuung erfülltes Lächeln. Der erste Gegner war gefallen, ohne dass einer seiner Ritter seinen Posten verlassen hatte. Und noch dazu ein besonders großer Gegner.

Doch die Xendorier schien dieser Verlust nicht zu kümmern. Die nächste Kriegsmaschine stolzierte mit langen Beinen über den schwelenden Stahlkadaver hinweg und die Schar der Wolfskrieger wich ihm einfach aus, ohne ihn eines Blickes zu würdigen.

Jetzt hielt Kelrik den Augenblick für gekommen. *Ihr*

*Götter, steht uns bei!* dachte er und rief, so laut er konnte: *„Kriegsmaschinen! Angriff!"*

Sein Ruf hallte über das Feld. Im selben Augenblick ließ der Lichtmeister, der hinter dem Paladin stand, eine magische Fackel dreimal kurz aufblitzen.

Nur einen Herzschlag später wurden in den nahen Wäldern links und rechts Bäume umgeknickt, als die Kriegsmaschinen des Ordens sich aus ihren Verstecken bewegten. Die sechs Maschinen schossen scharfe, violette Lichtlanzen auf ihre Gegner, und für eine Sekunde war die Umgebung taghell erleuchtet.

Die Ritter Minaskais jubelten erneut, als fünf der neunzehn Maschinen an der Spitze der feindlichen Armee getroffen wurden und unter ohrenbetäubendem Donner und blendenden Flammen explodierten. Trümmer ihrer gigantischen Stahlkörper krachten leblos zu Boden und begruben weitere Xendorier unter sich.

Kelriks Pferd bäumte sich wiehernd auf, doch der Paladin hielt das Tier unter Kontrolle. Er wandte den Blick ab, um dem grellen Licht auszuweichen. Seine Ritter jubelten. Und für eine Sekunde dachte er: *Wir können es schaffen! Damit haben sie nicht gerechnet!*

Doch seine Freude währte nur Sekunden.

Denn jetzt entfesselte der Gegner seine wahre Stärke.

Jede einzelne der vierzehn verbliebenen Xendor-Maschinen feuerte, und mit einem ohrenbetäubenden Zischen blitzten zwei Gruppen purpurner Lichtstrahlen über das Feld, in Richtung der Wälder, und alle Hoffnung der Sturmklingen wurde in Milliarden Teile zerfetzt.

Kelrik hörte sechsmal kurz hintereinander das Donnern von Explosionen, das so nahe war, dass es in den Ohren schmerzte, und bei jedem Mal zuckte er zusammen. In wenigen Sekunden waren sie ihres einzigen Trumpfes beraubt worden. *Jetzt sind wir auf uns allein gestellt,* dachte er in Panik. *Völlig wehrlos!*

Aber zumindest waren die Xendorier jetzt genauso angreifbar – wenigstens für einige Minuten, denn während dieser kurzen Zeitspanne mussten die Kriegsmaschinen die Energie ihrer Waffen neu aufladen. Die Maschinen erlahmten und kamen schließlich zum Stehen, bis sie wie dunkle Statuen über den Wolfskriegern aufragten. Die rotglühenden Kristalle, die einige als Augen trugen, erloschen.

Den Sturmklingen blieb nur eine kurze Frist. Kelrik verlor keine einzige Sekunde und brüllte: *„Bogenschützen, Katapulte! Angriff!"*

Der Lichtmeister ließ die magische Fackel zweimal aufblitzen.

Ein Hagel von Felsblöcken flog über das Schlachtfeld und die Steine zerschmetterten Dutzende von Soldaten. Tausende und Abertausende Pfeile zischten durch die Luft und fanden ihr Ziel in einer Handvoll schreiender Xendorier. Die Mehrzahl der Wolfskrieger jedoch fand Schutz hinter ihren länglichen, großen Schilden, auf denen der Silberwolf den Sturmklingen mit grimmigen, roten Augen entgegen starrte. Weitere Pfeile und Felsbrocken flogen, doch geduckt unter ihren Schilden marschierten die Xendorier unermüdlich und unaufhaltsam weiter. Es waren keine hundert Schritte mehr, bis sie auf die erste Reihe von Sturmklingen treffen würden.

Kelriks Verstand arbeitete auf Hochtouren. *Sie haben keine Bogenschützen.* Der Paladin hatte diese Tatsache schon vorher festgestellt. Anscheinend verließen sich die Xendorier voll und ganz auf die Macht ihrer Stahlungeheuer, deren volle Feuerkraft sie dummerweise gegen die überraschend aufgetauchten Maschinen des Ordens verbraucht hatten.

*Jetzt lass sie für den Fehler bezahlen!*

*„Sturmklingen – Angriff!“*, schrie Kelrik, so laut er konnte. Die magische Fackel blinkte ständig in kurzen Intervallen und der Befehl setzte sich quer über die ganze Verteidigungslinie fort.

Sofort stürmten die Sturmklingen vor – das Donnern von Stiefeln und Pferdehufen brachte die Erde rings um Kelrik zum Erbeben. Keine zehn Sekunden später berührten sich die beiden Streitkräfte...

Sofort entstanden Tausende von Zweikämpfen. Schwerter schlugen Funken, als sie aufeinanderprallten, Streitäxte hämmerten auf Schilde, mechanische Nadelwerfer spuckten dünne Stahlspitzen, die sich wie überdimensionale Hornissen in Fleisch bohrten. Speere wurden geworfen. Rüstungen und Helme wurden durchbohrt. Menschen, Elfen und Orks schrien, manche im Kampfesrausch, manche vor Schmerz. Denkende und fühlende Lebewesen wurden zu blutrünstigen Tieren.

*Es ist Wahnsinn!,* dachte Kelrik mit einem leeren Gefühl in der Brust. *Absoluter Wahnsinn!*

Er trieb sein Pferd in die Schlacht, verteilte mit seinem blankgezogenen Schwert Hiebe nach links und rechts und schauderte, wenn die Klinge Fleisch durchschnitt und auf Knochen traf. Mit geschärften Sinnen nahm er jede Einzelheit seiner Umgebung wahr, erkannte Freund und Feind.

*Uns bleiben vielleicht nur Sekunden, bis die Kriegsmaschinen wieder schussbereit sind!* Er warf beunruhigte Blicke auf die Stahlriesen, die über ihren Köpfen aufragten. Sie blieben immer noch erstarrt, während die Apparaturen in ihrem Inneren magische Energie sammelten.

Kelrik konzentrierte sich wieder auf die Schlacht. Wie erwartet waren die Soldaten der Xendorier keine Gegner für die Sturmklingen. Die Ordensritter kämpften mit mechanischer Präzision und einer ungeheuren Schnelligkeit, die den Wolfskriegern fehlte. Jahrelanges Training hatte sie auf einen Augenblick wie diesen vorbereitet und sie machten keine Fehler. Langsam, aber sicher trieben die Sturmklingen die Xendorier zurück. Viele Wolfskrieger ergriffen die Flucht, jedoch nicht genug.

Und jede Sekunde konnten sich die Kriegsmaschinen wieder bewegen!

Kelrik schlug nach Xendoriern, die versuchten, sein Pferd zu umzingeln. Er hob seinen Schild, um den Bolzen einer Armbrust abzuwehren. Plötzlich schrie er auf, als eine Stahlnadel eine Lücke in der Panzerung seines rechten Beines fand. Kelrik biss die Zähne zusammen und ignorierte den Schmerz, bis er ihn schließlich nicht mehr spürte. Doch ihm blieb keine Zeit, die Nadel aus der Wunde zu ziehen, dafür war der Ansturm der Gegner zu groß und der Paladin zu sehr damit beschäftigt, Angriffe abzuwehren...

In der metallenen Befehlskuppel der xendorischen Kriegsmaschine herrschte ein rötliches Zwielicht, ausgelöst durch die glühenden, magischen Kristalle an der Steuerung. Durch das Glas eines schmalen Sichtschlitzes waren die kämpfenden Soldaten am Boden zu sehen. Sie liefen um die Beine der riesigen Maschine herum, als handelte es sich dabei um simple Baumstämme. Plötzlich nahm das rote Licht an Stärke zu; mehrere Kristalle, die zuvor erloschen waren, begannen, kräftig zu leuchten.

„Wir haben wieder Energie, Herr“, teilte der Steuermann dem General mit, der hinter seinem Sitz stand und das Geschehen mit mürrischem Gesicht beobachtete. In seiner Wolfsrüstung wirkte er kaum wie ein Mensch. „Wie lauten Eure Befehle?“, fragte der Steuermann.

„Gib das Signal zum sofortigen Rückzug“, knurrte der General.

„Sofort, Herr." Der Steuermann zog einen Hebel, und ein ohrenbetäubendes Heulen ertönte.

„Und dann schieß auf jeden verdammten Minaskaier, der sich bewegt! Vernichte sie! Lösche sie aus!"

„Zu Befehl, Herr!"

*Sie ziehen sich zurück!*

Kelrik blickte fassungslos in alle Richtungen. Überall war es das Gleiche: Als sie das nervende Heulen von einer der Kriegsmaschinen vernahmen, ließen die Xendorier plötzlich alles stehen und liegen und flüchteten vor den Sturmklingen, so schnell sie konnten. Sie zogen sich hinter die Pfeilformation ihrer Stahlungeheuer zurück.

Kelrik begriff sofort, was geschah.

Die Maschinen hatten wieder Energie!

„Folgt ihnen!", brüllte Kelrik seinen Truppen zu. „Hinter die Maschinen!" Dort würden sie die Todesstrahlen nicht erreichen können, es sei denn, die Xendorier waren so wahnsinnig, auf ihre eigenen Leute zu schießen. „Sturmklingen!", schrie Kelrik. „Hinter die..."

Zu spät.

Die mechanische Spinne an der Spitze der xendorischen Armee ließ einen scharfen Strahl purpurnen Lichts über das Feld gleiten. Sofort gingen die Pferde der Sturmklingen mitsamt ihren Reitern in Flammen auf oder wurden von der schieren Macht des Lichts zerfetzt.

*Ich habe sie in den Tod geschickt!* dachte Kelrik und sein Geist schrie in absolutem Entsetzen auf. *Ihr Götter! Ich habe sie alle getötet!*

Fast im selben Augenblick begannen die restlichen Maschinen zum Leben zu erwachen und entfesselten ein Inferno.

Tausende Wesen starben binnen Sekunden. Ihnen blieb nicht einmal Zeit, zu schreien. Tausende Ordensbrüder und -schwestern wurden vernichtet – einfach so. Yan Tanor war unter ihnen gewesen, und Hunderte andere Wesen, die Kelrik beim Namen kannte und die er zu seinen Freunden gezählt hatte. Die Luft stank nach brennendenm Fleisch; schwelende, rauchende Leichen lagen überall auf der geschwärzten, graslosen Erde.

Kelrik hatte sich beim ersten Strahl nur wenige Schritte hinter der ersten Reihe der sterbenden Sturmklingen befunden. Die Druckwelle eines Todesstrahls hatte ihn von seinem Pferd gestoßen und das Tier selbst umgeworfen.

Beim Aufprall auf den Boden spürte der Paladin seine Rüstung schmerzhaft im Rücken und den Stahl seines Helmes.

Es war das Letzte, das er spürte, bevor er das Bewusstsein verlor.

Taya riss entsetzt die Augen auf. *„Kelrik!“*, rief sie plötzlich und durchbrach die Stille.

Die elf anderen Wesen, die mit ihr die kleine Kajüte des Flüchtlingsschiffes teilten, blickten das Mädchen fragend oder wütend an. Bis jetzt war es immer still gewesen in dem kleinen Käfig aus Holz, den man ihnen zugeteilt hatte. Die Leute saßen dicht an dicht, Schulter an Schulter zusammengedrängt, und die meisten waren schweigend mit ihren eigenen Gedanken beschäftigt, bis der plötzliche Aufschrei der Elfe sie erschreckt hatte.

Taya bedeckte das Gesicht mit den Händen, als wollte sie sich vor den sorgenvollen Augen Uruks, Noas und ihres Bruders verstecken.

„Was ist los?“, fragte Garian erschrocken. Er saß direkt neben seiner Schwester und hatte bis jetzt durch das einzige Bullauge auf das dunkle, abendliche Meer gestarrt.

„Es ist etwas mit Kelrik geschehen“, flüsterte Taya mit erstickter Stimme.

Sofort begann Garians Herz wild zu schlagen. Und obwohl er die Antwort fürchtete, fragte er: „Was?“

„Ich...ich weiß es nicht...“

Garian blickte hilfesuchend zu Noa, der ihnen gegenübersaß, doch der Magier schüttelte nur den Kopf. Taya begann zu weinen, auch wenn ihr die Tränen fehlten. Garian nahm sie in den Arm. Seine Augen brannten.

Die Truppen der Sturmklingen, die ihren Gegnern an Zahl ohnehin unterlegen gewesen waren, wurden binnen weniger Sekunden auf weniger als die Hälfte reduziert. In der Dauer eines Herzschlages hatten die Maschinen der Xendorier Tausende von Leben genommen. Als die Kriegsmaschinen zum zweiten Mal erlahmten, nach Energie dürstend, fiel die Übermacht der Wolfskrieger schreiend über die restlichen Sturmklingen her.

Und diesmal schafften sie es, den Widerstand der Ritter zu brechen. Obwohl die Sturmklingen mit aller Härte kämpften, fehlte ihnen doch die Kraft, die sie zu Beginn des Kampfes noch besessen hatten. Was nutzten ihnen ihr Ehrenkodex und ihre bis zur Perfektion ausgebildeten Schwertkünste, wenn der Gegner über eine solch gewaltige Macht verfügte? Wenn sie in den nächsten Minuten sowieso alle vernichtet werden würden?

Trotzdem kämpften sie. Keine einzige Sturmklinge wagte es, zu fliehen oder sich zu ergeben. Egal wie stark der Gegner war, sie wichen nicht. Denn wenn sie es taten, dann war Dayrelia verloren.

In den wenigen Minuten, bevor die Maschinen zum letzten Mal feuerten und den Orden der Sturmklingen auslöschten, fanden zwei Wolfskrieger einen großen, bärtigen Mann in schwarzer Rüstung auf dem Boden liegen. Der Mann atmete schwach und ein Krieger hob bereits sein

Schwert, um den Ohnmächtigen in die Andere Welt zu schicken, doch sein Kumpan hielt ihn rechtzeitig zurück.

„Halt, du Idiot!", rief er.

Der andere Krieger blickte ihn unter seinem Wolfshelm verdutzt und verärgert an. „Was ist los?"

„Weißt du nicht, wer das ist?"

„Ein stinkender Minaskaier!"

„Du Orkhirn!" Sein Kumpan zeigte mit der behandschuhten Rechten auf den weißen Kristall auf dem Brustpanzer des bewusstlosen Mannes. Der Edelstein war zerbrochen. „Das ist ihr Paladin! Kelrik... *Radalus* oder so!"

„Ja, und? Ein Grund mehr, ihn umzulegen!" Der andere hob bereits wieder seine Waffe.

„Idiot! Wir haben den Befehl, den Paladin gefangenzunehmen, falls wir ihn finden, weißt du nicht mehr?"

Langsam ließ der Schwertträger die blitzende Klinge sinken, und der andere Soldat sagte: „Wir bringen ihn Prinzessin Elara! Stell dir die Belohnung vor, die wir kriegen, wenn wir ihr den berühmten Kelrik Radalus bringen!"

Sein Kumpan grinste nur.

Dann vernahmen die beiden das heulende Signal zum Rückzug. „Und jetzt komm!", sagte der klügere der beiden Xendorier. „Hilf mir, ihn zu tragen! Wir müssen hier weg, bevor wir von unseren eigenen Maschinen gebraten werden. Ihr Götter – werden wir reich sein!"

**Eine Kerze verlischt** und Rauch steigt von dem schwarzen Docht auf.

„Als die Nacht hereinbrach, war das Königreich Minaskai gefallen", fasst Uruk zusammen. „Die Schlacht um Dayrelia dauerte nicht einmal eine Stunde. Die schrecklichen Maschinen der Xendorier löschten die Sturmklingen aus, als wären sie Eis, das man in einen Ofen wirft. Bald darauf marschierte die Armee in Dayrelia ein – doch sie fanden nur leere Gebäude vor. Ein Großteil der Bürger war bereits evakuiert worden, doch einige hatten es noch nicht geschafft und warteten im Hafen immer noch voller Hoffnung darauf, von den Schiffen fortgebracht zu werden. Sie hatten sicher die Lichter gesehen, als die Todesstrahlen der Kriegsmaschinen aufblitzten, und ihre Panik muss unvorstellbar gewesen sein. Die Xendorier sperrten den Hafen ab und ließen diese paar hundert Männer, Frauen und Kinder in Ketten legen. Unter ihnen auch meine Eltern." Er senkt traurig das Haupt und schließt die Augen.

„Und die Königin?", fragt Bru.

„Königin Lyndira befand sich ebenfalls am Hafen, als die Stadt besetzt wurde. Wie sie es versprochen hatte, war sie bis zum letzten Augenblick bei ihrem Volk geblieben und hatte versucht, ihre Untertanen zu beruhigen."

„Hat man sie dann umgebracht?" Uruk hört die Angst aus der Stimme seiner Enkelin heraus.

„Nein. Genau wie die anderen wurde sie von den Xendoriern gefangen genommen. Aber natürlich hatten sie der Königin eine andere Rolle zugedacht als dem gemeinen Volk..."

## *Kapitel 14: Die Sklavenkrone*

Ein neues Banner flatterte an den Fahnenmasten von Dayrelias Stadtmauern: ein silberner Wolfskopf mit grimmigen, roten Augen.

Als Belohnung für ihren Sieg erlaubten die xendorischen Generäle ihren Soldaten, die leeren Häuser zu plündern. Der königliche Palast war auf Fallen und andere unfreundliche Hinterlassenschaften der Minaskaier hin untersucht worden, doch es wurde nichts gefunden, was eine Gefahr für die neuen Herren des Königreiches dargestellt hätte.

„Es war so einfach!", kicherte Prinzessin Elara Caldana, als ihre persönlichen Leibwächter – die Wolfsgarde – die junge Herrscherin und ihren Berater zum Thronsaal des Palastes geleiteten. Die Korridore um sie herum strahlten in weiß-silbernem Glanz. „Die legendären Sturmklingen verbrannt wie ein Haufen Papierschnipsel!"

Heute Nacht trug die achtzehnjährige Prinzessin eine besonders exotische Aufmachung: Ihre blauen Augen waren mit den schillernden Farben eines Pfauenrads geschminkt, wohingegen ihr kleiner, lächelnder Mund türkis angemalt war. Grüngefärbte Federn waren in die pechschwarzen Locken ihres Haars eingeflochten. Das Kleid, das sie trug, war aus schimmernder, schwarzer Seide und sein Schnitt zeigte von der kleinen, dünnen Statur des Mädchens mehr, als er zu verbergen vermochte.

Elara saß auf einem wuchtigen, beinlosen Thron, der einen halben Schritt über dem Boden schwebte – ein magisches Artefakt, das den gedanklichen Befehlen der Herrscherin folgte. In dem großen, klobigen Möbel wirkte sie wie eine Puppe, die man auf einen Sessel gesetzt hatte.

Obwohl der Sieg über Minaskai nun mehrere Stunden zurücklag, konnte Elara immer noch nicht zur Ruhe kommen. Sie strahlte wie ein Kind, das ein heißersehntes Spielzeug geschenkt bekommen hatte.

Ihre vier Leibwächter dagegen, welche die Prinzessin zu gleichen Teilen links und rechts eskortierten, wirkten wie kalte Maschinen. Die Wolfsgardisten trugen silberne Helme, die finsteren Wolfsköpfen nachempfunden waren. Durch die gesenkten Visiere wirkten sie gesichtslos – unmenschlich. Ihre Körper – alle Gardisten waren größer als zwei Meter – wurden fast vollständig von schwarzen Umhängen verhüllt. Jeder von ihnen trug einen Speer in der rechten, gepanzerten Hand, doch unter den Umhängen verbarg sich ein ganzes Arsenal an Waffen. Die Wolfsgardisten stellten die Elite der Elite dar: die besten Krieger von ganz Xendor und der lebende Schutzschild ihrer Herrin.

„Dagul", sagte Elara plötzlich. Ihr Thron drehte sich leicht nach rechts, schwebte aber immer noch geradeaus. „Du bist so still! Freust du dich gar nicht über meinen Sieg? Gerade von dir hätte ich mehr Begeisterung erwartet." Die Prinzessin klang ein bisschen beleidigt.

Neben der Wolfsgarde, eingehüllt in eine strahlend weiße Robe mit silbernen Stickereien, marschierte der neue Berater der Prinzessin. Wie ein Priester hatte er seine Hände in die gegenseitigen Ärmel gesteckt, eine weite Kapuze verdeckte sein Gesicht. Prinzessin Elara gehörte zu den wenigen Auserwählten, die wussten, wie ihr Ratgeber darunter aussah.

Daguls Schultern trugen Panzerstücke aus weißem Metall und wirkten so breiter und stärker, als sie es eigentlich waren, denn unter der Robe versteckte sich ein großer, aber eher schmächtiger Mann. „Eure Hoheit", antwortete seine junge, kräftige Stimme in ruhigem Tonfall, „vergebt mir, aber ich habe fest mit dem Sieg Eurer Streitkräfte über die Sturmklingen gerechnet. Natürlich bin ich hocherfreut. Jedoch nicht überrascht."

„Ich vergebe dir", sagte die Prinzessin lächelnd. „Aber ich bin überzeugt, unsere Krieger hätten die Sturmklingen auch ohne deine magischen Maschinen besiegt."

*Ja, natürlich,* dachte Dagul. *Glaubt, was Ihr wollt, Eure Schwachsinnigkeit.* „Natürlich, Eure Hoheit."

Er war überrascht, dass die gute Laune der Prinzessin nun schon so lange anhielt. Normalerweise wechselte ihre Stimmung alle paar Stunden. Andererseits war es ihm so lieber, als wenn sie nörgelig oder störrisch wurde – denn dann war das Mädchen am gefährlichsten.

„Niemand wird uns aufhalten können!", triumphierte Elara und rutschte unruhig auf ihrem schwebenden Thron hin und her. „Minaskai ist nur der Anfang. Sobald der Dritte Todesengel mir gehört, wird die ganze Welt von meiner gerechten Hand geführt werden. Die Spitzohren und Schweinefratzen werden vor uns kriechen!"

„Selbstverständlich, Eure Hoheit", sagte Dagul pflichtschuldigst. „Doch zuerst ist es wichtig, dass Ihr Königin Lyndira..."

*„Ich kenne meine Pläne!"*, unterbrach ihn die Prinzessin heftig und ihre Augen funkelten für eine Sekunde im Zorn. Doch dann lächelte sie wieder. „Ich hoffe, dein kleines Spielzeug funktioniert, Dagul. Wir haben schließlich nur dieses eine!"

Königin Lyndira hielt das Haupt gesenkt, ihre schwarze Mähne verdeckte ihr Gesicht. Ihre zarten Handgelenke lagen in beißenden Ketten, während zwei xendorische

Soldaten sie mit gezogenen Schwertern flankierten. Die Banner mit den blauen Rosen waren von den hohen, säulengeschmückten Wänden gerissen, der weiße Thron umgeschmissen und zerhackt worden. Dieser Ort gehörte nicht mehr dem Königreich Minaskai. Neue Herrscher waren eingezogen.

*Kelrik,* dachte die Königin. *Wie leicht war es, uns zu besiegen. Nun ist alles vorbei.*

Als die Xendorier sie hierhergezerrt hatten – in den großen, lichterfüllten Thronsaal, wo ihre „Audienz" mit Prinzessin Elara stattfinden sollte –, hatten sie Lyndira immer wieder von dem schnellen Untergang ihres Ritterordens erzählt. Sie hatten jedes einzelne brutale Detail aufgelistet und die verbrannten Leichen voller Genuss beschrieben, bis der Königin die Galle in der Speiseröhre hochkroch. Doch trotz ihrer Verzweiflung erlaubte sie es sich nicht, zu weinen. Diesen letzten Triumph wollte sie den Xendoriern nicht gönnen – obwohl es ihr alles an Kraft abverlangte, was ihr noch verblieben war. Und das war nicht viel.

*Wozu dieser Stolz?,* fragte sie sich. *Dein Leben ist verwirkt. Dein Königreich ist gefallen. Kelrik und die Sturmklingen sind vernichtet. Wofür lohnt es sich noch zu leben? Weine, Lyndira. Weine, so lange sie dir noch die Zeit lassen!*

Doch sie tat es nicht.

Sie spürte ihre Gänsehaut. Es war kalt im Thronsaal, so bitterkalt, und die Soldaten hatten ihr ihren Mantel genommen, ihre Kleider. Nun stand sie nur noch in einem dünnen, armlosen Unterkleid da und wartete auf das Eintreffen von Prinzessin Elara. Sie fühlte sich nackt und verwundbar, aber wenigstens hatten ihre beiden Wächter es mittlerweile aufgegeben, sie zu verhöhnen.

Bald ertönte das gleichmäßige Hallen marschierender Stiefelschritte auf dem Korridor vor dem Saal und die hohen Türen wurden aufgestoßen.

Lyndira hob erschrocken den Blick und beobachtete, wie die Wolfsgarde eintrat. In ihrer Mitte führten sie die junge Prinzessin – ein Kind in der Kleidung einer Erwachsenen und auf einem bizarren, fliegenden Thron sitzend. Die Augen des Mädchens begannen in einem hellen Feuer zu leuchten, als sie die Königin erkannte. Es hätte beinahe Freude sein können, wäre nicht das kalte, sadistische Lächeln gewesen.

Die Königin bemühte sich um eine stolze Haltung und ihr ungeschminkter Mund verzog sich zu einer gleichgültigen Linie.

*Lass sie nur kommen*, dachte sie. *Ihr könnt vielleicht die Streitkräfte von Minaskai brechen, aber nicht unseren Willen. So lange wir leben, gehören wir nur uns selbst!*

Erst jetzt nahm die Königin jene weiße, verhüllte Gestalt wahr, die neben Elara Position bezog. Und ohne dass es jemand sagen musste, wusste sie, wer diese Person war.

*Der neue Berater der Prinzessin. Das Phantom Dagul.*

„Eure Majestät“, begann Prinzessin Elara mit fast singender Stimme, „es ist mir eine große Ehre, Euch endlich von Angesicht zu Angesicht gegenüber zu stehen.“ Sie sprach Berialisch, jedoch mit dem typischen, kehligen Akzent der Xendorier.

Die Königin gab keine Antwort. Sie schwieg und fixierte die Prinzessin mit eiskaltem Blick.

„Was ist, Majestät?“, fragte Elara mit gespielter Verwirrung. „Warum fallt Ihr nicht auf die Knie? Habt Ihr Eure Manieren vergessen? Oder müssen meine Krieger Euch nachhelfen?“

An ihrer rechten Hand, die ruhig auf der Armlehne des Throns lag, hob sich kurz der Zeigefinger. Einer von Lyndiras Wächtern trat der Königin in die Kniekehlen. Sie sank nieder und beide Soldaten drückten ihr auf die Schultern, damit sie in dieser Position blieb. Doch trotz des plötzlichen Schmerzes hatte die Königin nicht geschrien. Noch immer durchbohrte sie Elara mit Blicken aus Eis.

„So ist es schon besser, Majestät", meinte die Prinzessin lachend. „Es wundert mich ehrlich gesagt nicht, wenn es Euch die Sprache verschlagen hat." Auf einen geistigen Befehl der Herrscherin hin schwebte der magische Thron einen halben Schritt näher. Zwischen Elaras Gesicht und dem der Königin blieb nur noch ein Fingerbreit Abstand. Lyndira konnte dem Mädchen genau in die wunderschön bemalten Augen sehen.

„Euer Königreich ist gefallen, Lyndira Bendragur", zischte Elara, die plötzlich nicht mehr so fröhlich war. „Eure Ritter sind Asche. Die paar Schiffe mit Flüchtlingen, die Ihr losgeschickt habt, werden bald auf meine Patrouillenschiffe treffen und hierher zurückgebracht werden. Es ist vorbei. Und Ihr fragt Euch natürlich, wie das möglich war. So ist es doch? Ihr wünscht Euch nichts sehnlicher als eine Antwort auf all Eure Fragen!" Auf einmal begann Elara wieder, zu strahlen. Sie und ihr Thron schwebten zur ursprünglichen Position zurück. „Nun, dann will ich Euch die Gnade erweisen und es Euch erklären. Wisst Ihr, was ein Magiedämmer ist? Nein? Dann will ich es Euch sagen. Ein Magiedämmer ist ein nützlicher kleiner Gegenstand, einer jener magischen Apparate, den uns unsere Vorfahren aus der Zeit des Maschinenkrieges – ich glaube, hier nennt man ihn ‚den Weltenbrand' – hinterließen. Die Details sind etwas für die Gelehrten, aber, kurz gesagt, unterdrückt der Dämmer innerhalb seines Wirkungsbereiches alle Formen von Magie. Faszinierend, nicht wahr? Magie bekämpft Magie!"

Lyndira schwieg immer noch, doch sie begann allmählich, alles zu verstehen.

„Meine Agenten haben schon vor Wochen innerhalb

Eures Reiches Stellung bezogen, Majestät", fuhr Elara fort. „Unbemerkt, wie Schatten. Und sie haben an strategischen Positionen Magiedämmer verteilt. Vor wenigen Tagen, als unsere Streitkräfte bereit waren, gegen Euer kleines Land vorzurücken, gab ich den Befehl, die Dämmer einzuschalten. Das Resultat kennt Ihr, denke ich. Auch wenn es Euch wahrscheinlich nicht gefallen hat." Wieder lachte die Prinzessin. „Nun, mir hat es jedenfalls *sehr* gefallen!"

Lyndira fragte sich, wie ein Kind zu einer solchen Monstrosität werden konnte. Elara war wirklich das kranke, schizophrene, labile Geschöpf, das die Geschichten beschrieben. Lyndira verachtete und bemitleidete sie gleichermaßen.

Elara starrte die Königin an. „Euer Schweigen macht mich wahnsinnig!", kreischte sie und Lyndira zuckte innerlich zusammen. „Ihr solltet dankbar sein, dass ich Euch am Leben lasse!"

*Aber nur, weil du mich noch brauchst,* wurde sich Lyndira bewusst. *Ich weiß nicht weshalb, aber ich bin noch von Nutzen für dich und deine kranken Pläne.*

Der magische Thron drehte sich zur Seite. „Dagul!", rief Elara und die Wut in ihrer Stimme war immer noch nicht verraucht. „Zeig dieser stummen Ziege ihr neues Schmuckstück!"

„Ja, Eure Hoheit." Die verhüllte Gestalt namens Dagul trat vor. Er hielt plötzlich einen Gegenstand in seinen schmalen, gepflegten Händen. Für ein paar Sekunden war die Königin vollkommen fasziniert von seinem lautlosen, fast schwebenden Gang. Auch als er vor ihr stehenblieb, konnte sie nichts von seinem Gesicht erkennen, außer einem sorgfältig rasierten Kinn und einem Mund mit dünnen Lippen. Aber...

*Seine Stimme,* dachte Lyndira. *Ich kenne sie!*

Das, was Dagul in Händen hielt, sah aus wie ein Stirnreif. Er bestand aus einer seltsamen, grau-schwarzen Metalllegierung und war mit mehreren, winzigen Kristallen besetzt. Runen waren in die Oberfläche geritzt.

„Dies, Eure Majestät“, verkündete Dagul, „ist ein weiteres...“

*„Ich erkläre es ihr!“*, ging Elara dazwischen. „Du sollst ihr das Ding nur anlegen!“

Dagul wandte sich um und machte eine Verbeugung. „Vergebt mir, Eure Hoheit.“

Elara machte eine wegwerfende Geste. „Es sei dir verziehen.“ Dann richtete sie das Wort an Lyndira. „Das, was mein werter Freund Dagul da in Händen hält, ist ein weiteres magisches Artefakt, jedoch keine dieser verrosteten Antiquitäten aus dem Maschinenkrieg. Dieses ist etwas ganz Neues. Dagul war so freundlich, es mir zur Verfügung zu stellen. *Die Sklavenkrone.*“

Sie beobachtete mit Genuss, wie Lyndira das Ding anstarrte. „Ein schöner Name, nicht wahr? Er stammt von mir. Er klingt so wunderbar lyrisch.“ Elara grinste. „Die Slavenkrone wird Euch Eure Ängste und Sorgen nehmen – aber bedauerlicherweise auch Euren freien Willen. Wenn Ihr sie tragt, seid Ihr nicht mehr als ein williges Werkzeug, eine Marionette.“

*Du plapperst zu viel,* dachte Lyndira bitter.

„Keine letzten Worte als freies Wesen, Majestät?“ Elara betrachtete selbstherrlich ihre türkis lackierten Fingernägel. „Nein? Auch gut. Dagul. Leg ihr jetzt das Ding an.“

„Mit Vergnügen, Eure Hoheit...“

Dagul ging vor der immer noch knienden Königin in die Hocke. Er war ihr so nahe, dass sie seinen Atem riechen konnte, der nach Pfefferminze duftete. Und er flüsterte Lyndira zu: „Es tut mir leid, was Ihr erdulden müsst, Eure Majestät, aber glaubt mir, das alles dient einem höheren Zweck.“

*Wer bist du?*, fragte sich die Königin, während sie weiterhin versuchte, das Gesicht unter der Kapuze zu erkennen. Doch es gelang ihr nach wie vor nicht.

„Du sollst keine Privatgespräche mit ihr führen!", drängte Elara hinter Daguls Rücken. „Mach schon!"

Dagul hielt die Sklavenkrone an den Seiten fest und näherte sich der Stirn der Königin. „Es tut nicht weh, wenn Ihr Euch nicht wehrt, Eure Majestät, das verspreche ich..."

In dem Augenblick schaffte es Lyndira, ihre gefesselten Hände mit einem Ruck aus dem Griff ihres Wächters zu lösen. Ihre Hände zuckten vor und rissen Daguls Kapuze zurück.

Lyndira erschrak.

Dagul besaß ein hübsches Gesicht von ovaler Form; sein Haar war braun und kurz, seine Augen tief und lebendig. Sie kannte dieses Gesicht, hatte es erst vor wenigen Tagen zum ersten Mal erblickt. Doch es gehörte einem anderen Mann.

Noch bevor sie begreifen konnte, was dies bedeutete, wurde die Königin wieder von ihren Wächtern gepackt und festgehalten. Sie versuchte, sich zu wehren, doch dafür fehlte ihr die Kraft.

„Wie ich schon sagte, Eure Majestät", fuhr Dagul fort, ungeachtet seiner Enthüllung oder des fassungslosen Blicks der Königin. „Es tut mir leid." Mit diesen Worten legte er Lyndira die Sklavenkrone auf das Haupt.

Das nächste, was die Königin spürte, war Kälte. Bittere, frostige, tödliche Kälte. Es war, als würden sich tausend Eiszapfen, so dünn wie Nadeln, in ihren Verstand bohren. Lyndira zitterte am ganzen Körper. Ihr erster Impuls war es, nach der Krone zu greifen, sie abzureißen, sich davon zu befreien. Doch sie konnte ihre Hände nicht bewegen und so war sie voll und ganz den unbekannten Kräften der Sklavenkrone ausgeliefert.

Die Prinzessin beobachtete sie mit einem gespannten Grinsen, Dagul dagegen hatte sich wieder erhoben und die Kapuze ins Gesicht gezogen.

Lyndira fühlte, wie ihr Geist allmählich erlahmte, so als wäre sie unendlich müde. Sie nahm Geräusche und Bilder nur noch verzerrt und unnatürlich langsam war.

*Nein!,* dachte sie. *Ich muss dagegen ankämpfen! Ich darf mich nicht ergeben! Ich muss...*

Doch sie war zu schwach, um sich gegen den Einfluss der Krone zu wehren. Und schließlich gewann das Artefakt die Kontrolle über sie. Ihr Widerstand schmolz dahin, all ihre Stärke war verloren.

Die Königin hörte plötzlich auf, sich zu wehren. Sie stand stocksteif da und blickte ins Leere.

„Es ist so weit", sagte Dagul. Er trat vor und winkte mit der Hand vor Lyndiras Augen. Die Königin blinzelte nicht, es kam keine Reaktion. Sie war vollkommen geistesabwesend.

„Lasst sie los", befahl Elara den beiden Soldaten, die sie bewachten. Die Männer traten einen Schritt zur Seite, aber die Königin machte keine Anstalten zu fliehen. Sie stand nur da, bewegungslos wie eine Puppe.

„Herrlich!", rief Prinzessin Elara aus und klatschte lachend in die Hände. „Du hast nicht zu viel versprochen, Dagul!"

Er nickte knapp. „Selbstverständlich, Eure Hoheit."

Elara und ihr Thron schwebten näher an die willenlose Königin heran. Nun konnte die Prinzessin ihre Freude kaum zügeln. Mit einem Lächeln sagte sie: „Und nun, *Sklavin,* hoffe ich, dass du etwas gesprächiger wirst. Also..." Sie machte eine Pause und sprach dann mit betont deutlicher Stimme: „Wo befindet sich der Dritte Todesengel?"

Zuerst erfolgte keine Reaktion von Lyndira. Doch dann antwortete sie in einem seltsam matten Tonfall: „Ich weiß es nicht."

„Was soll das heißen, *du weißt es nicht*?"

„Es soll heißen, dass ich es nicht weiß", antwortete die Sklavin träge.

Die Prinzessin wirbelte zu Dagul herum. Ihr wütender Blick verlangte nach einer Antwort. „Was soll das, Dagul? Du hast mir versprochen, dass wir in Minaskai den Todesengel finden! Wenn sie ihn nicht versteckt – *wo ist er dann*?"

*Jetzt geht das schon wieder los!,* dachte Dagul mit einem gedanklichen Seufzer. „Eure Hoheit", begann er in besänftigendem Tonfall, „ich darf Euch daran erinnern, dass der Dritte Todesengel während des, äh, Maschinenkrieges verschwand. Und meine Quellen berichten mit absoluter Sicherheit, dass er hier, irgendwo auf dem Gebiet des heutigen Minaskai, begraben wurde. Aber Minaskai ist eine junge Nation, gerade dreihundert Jahre alt. Ich vermute, der Todesengel ruhte in all den Jahrhunderten unter ihren Füßen, ohne dass die Minaskaier ihn entdeckt haben."

„Und wenn sie lügt?" Elara musterte die willenlose Lyndira mit misstrauischen Augen.

„Die Königin ist unter dem Einfluss der Sklavenkrone nicht fähig zu lügen. Es sei denn, man befiehlt es ihr."

Elara ließ ein zorniges Knurren vernehmen. „Das will ich hoffen, Dagul! Was schlägst du also vor?"

„Eure Leute sollen das Land absuchen. Ich denke, die Schenra-Vey können die dafür notwendigen Apparate beschaffen. Und Sklaven zum Graben habt Ihr schließlich genug."

„Ich *will* den Todesengel, Dagul!" Die Prinzessin klang wie ein quengeliges Kind. „Ich will ihn haben! Alles andere ist mir egal! Aber ich will den Todesengel!"

„Ihr bekommt ihn, Eure Hoheit. Ich verspreche es. Doch zuerst gibt es noch etwas anderes zu erledigen..." Dagul deutete auf die Königin.

„Ach ja", erinnerte sich Elara. „Natürlich." Sie wandte sich Lyndira zu. „Also, Sklavin, hör mir gut zu. Jetzt, wo die Dämmer entfernt sind und die Magie wieder ungestört fließt, wirst du all deine Verbündeten kontaktieren und ihnen mitteilen, dass du dich mit mir auf friedlichem Wege geeinigt hast. Dass wir beide jetzt Freundinnen sind und alles in Ordnung ist. Hast du verstanden? Ruf deine Sendboten zurück! Und bring es auch deinen Vasallen bei: *Minaskai wurde niemals von der xendorischen Armee angegriffen!*"

Königin Lyndira nickte. „Ich habe verstanden."

„Und noch etwas", fügte Elara hinzu. „Du wirst mich von jetzt an nur noch mit ‚Gebieterin' ansprechen. Ist das klar?"

„Ja... Gebieterin."

Erneut begann Elara zu lachen und diesmal schien sie sich kaum beherrschen zu können. „Ach, es ist einfach herrlich! So eine Puppe habe ich mir schon immer gewünscht!" Sie wischte sich eine Freudenträne aus dem Auge und verschmierte so einen Teil ihrer aufwendigen Schminke. „Nun geh, Sklavin. Wachen, ihr werdet sie begleiten. Wenn sie alle Übertragungen beendet hat... hmmm... dann werft sie in den Kerker! Ich werde sie wieder herauslassen, wenn ich sie brauche!"

„Eure Leute müssen darauf achten, dass sie Nahrung zu sich nimmt, Eure Hoheit", ermahnte Dagul die Prinzessin. „Unter dem Einfluss der Sklavenkrone hat sie kein Bedürfnis danach."

„Habt ihr das gehört?", fragte Elara ihre Soldaten.

„Jawohl, Eure Hoheit", antworteten die Wächter wie aus

einem Munde und verneigten sich vor ihrer Herrscherin. Danach marschierten sie mit Lyndira hinaus. Sie brauchten nicht einmal Gewalt anzuwenden. Die Königin ging von allein, mit den trägen Bewegungen einer Schlafwandlerin.

Nur die Prinzessin, Dagul und die vier Wolfsgardisten blieben zurück.

Elara ließ sich in das samtene Polster ihres Throns sinken und seufzte zufrieden. „Ahhhh, was für ein Tag!“

## *Kapitel 15: Der Mahlstrom*

Hunderttausend Sterne glitzerten am tiefblauen Nachthimmel und unter der strahlenden Mondsichel zog sich das Meer hin – kalt, schwarz und scheinbar unendlich.

Eine kleine Flotte von acht Schiffen trieb auf den ruhigen, dunklen Wellen dahin, einem ungewissen Schicksal entgegen. An Bord befanden sich beinahe dreitausend Flüchtlinge, zusammengepfercht wie Tiere. Viele weinten immer noch, obwohl sie den Hafen von Dayrelia schon vor Stunden verlassen hatten.

Nicht allen war das Glück zuteil geworden, zusammen mit Familienangehörigen und Freunden an Bord gehen zu können. Viele hatten geliebte Personen zurücklassen müssen und waren nun allein.

Aber noch war die Flotte der Flüchtlinge nicht außer Gefahr.

Kapitän Ikas Mengor war sich dessen bewusst. Sein Schiff – die *Schwarzer Habicht* – war unfreiwillig zum Flaggschiff der Flotte geworden, da sie als Erste den Hafen von Dayrelia verlassen hatte. Die anderen sieben Schiffe folgten ihr nun wie Soldaten ihrem General, in der Hoffnung darauf, dass Kapitän Mengor sie schnell und vor allem sicher nach Ambaria führte.

Damit lastete eine große Verantwortung schwer auf seinen Schultern, und der Kapitän wollte alles tun, um die Hoffnungen der Flüchtlinge nicht zu enttäuschen. Er selbst hatte keine Familie, doch er konnte sich nur zu gut den Schmerz und die Verwirrung der Leute vorstellen.

Eine schwere Prüfung lag vor ihm und seiner Mannschaft.

Kapitän Mengor befand sich auf der von einer winzigen, magischen Fackel erhellten Brücke. Mit auf dem Rücken verschränkten Armen stand er neben seinem Ork-Steuermann, dessen Pranken auf dem Steuerrad des Schiffes ruhten. Der Kapitän war ein Mensch; das Achtel elfischen Blutes, das durch seine Adern floss, sah man ihm nicht an. Er hatte ein schmales, wettergegerbtes, von Pockennarben zerfurchtes Gesicht, seine Stirn war hoch, seine Geheimratsecken tief. Der stattliche blaue Kurzmantel mit den silbernen Litzen passte dem dünnen Mann wie angegossen. In seinen scharfen blauen Augen lag die Autorität, die ihm zu seinem Posten verholfen hatte. Und wann immer er diese Augen schloss, sah er vor sich seine Passagiere, die sich in ihren zugewiesenen Quartieren zusammenkauerten, voller Trauer und Verzweiflung, und er glaubte, ihr Wehklagen hören zu können.

*Ich hoffe, die Sturmklingen werden die Xendorier dafür büßen lassen*, dachte er. Einzig und allein diese Aussicht spendete ihm Trost.

„Ich werde jetzt die Brücke verlassen, Grul“, teilte der Kapitän seinem Steuermann mit müder Stimme mit. „Ich überlasse dir das Schiff.“

„Verstanden, Kapitän“, erwiderte der Ork. „Gute Nacht.“

Plötzlich ertönten wilde Schritte auf Holz. In der Sekunde, als Mengor sich umdrehte, um nachzusehen, woher sie kamen, flog die Tür zur Brücke auf. Einer der Matrosen stand da, vollkommen außer Atem. Er nahm vor seinem vorgesetzten Offizier Haltung an und meldete: „Kapitän! Von backbord nähern sich Schiffe!“

Obwohl er von einer dunklen Ahnung erfüllt war, fragte Mengor: „Konntet ihr erkennen, woher sie stammen?“

„Ihre Segel tragen den Silberwolf, Kapitän!“

„Die Xendorier!", rief Mengor aus. „Wie viele sind es?"

„Bisher nur zwei, Kapitän! Es sind Kriegsschiffe! Und sie sind sehr schnell!"

Mengor wirbelte zu seinem Steuermann herum. „Sofort auf Ausweichkurs gehen!", ordnete er an.

„Verstanden, Kapitän", meldete der Ork und riss das Steuerrad herum.

Kapitän Mengor verließ die Brücke zusammen mit dem Matrosen. Er trat auf das magisch beleuchtete Vorderdeck, wo schon vier weitere seiner Leute bereitstanden. Einer reichte dem Kapitän ein Messingfernrohr. „Löscht die Lichter!", befahl Mengor seinen Leuten, bevor er die Linse ans Auge setzte. „Alle!"

Ein Matrose fragte: „Was ist mit den anderen Schiffen, Kapitän?"

Die Frage ärgerte Mengor. „Natürlich übermitteln wir ihnen den Befehl per Leuchtsignal!"

„Verstanden, Kapitän!" Der Matrose lief los, um der Anweisung Folge zu leisten, und Mengor blickte durch das Fernrohr, während die Lichter um ihn herum langsam erloschen. Mond und Sterne schienen nun heller als jemals zuvor zu strahlen.

Er erkannte die zwei genannten Schiffe sofort: breite Riesen, auf deren gewaltigen Segeln das Wolfsemblem des Königreiches Xendor zu sehen war. Es waren tatsächlich Kriegsschiffe. An den Seiten eines jeden Schiffes erkannte er große, mechanische Vorrichtungen, bei denen es sich nur um magische Waffen handeln konnte. Und sie waren wirklich verdammt schnell, wahrscheinlich wurden sie von Maschinen unterstützt.

Obwohl die *Schwarzer Habicht* bereits beidrehte, würden die Xendorier keine Mühe haben, sie einzuholen.

Kapitän Mengor hörte sein Herz schlagen und fragte sich, ob er der Einzige war, der das Geräusch vernahm.

Dennoch hatte er nicht vor, jetzt die Nerven zu verlieren. *Wie lange sind sie schon hier? Es sieht aus, als ob sie nur auf uns gewartet hätten!*

Weder die *Schwarzer Habicht* noch die anderen sieben Schiffe besaßen Waffen. Alle Schiffe der Flüchtlingsflotte waren wie die *Habicht* eigentlich Frachter, keine Kriegsschiffe.

„Kapitän“, sagte eine elfische Matrosin zaghaft hinter Mengors Rücken. „Was sollen wir tun? Wir sind zu langsam, um die Xendorier abzuhängen!“

Mengor wusste darauf keine Antwort, doch seine Leute sahen, wie seine Kiefermuskeln arbeiteten, während er fieberhaft nach einer Lösung suchte.

„Vielleicht wäre es das Klügste, uns zu ergeben“, meinte ein anderer Matrose. „Dann werden sie uns vielleicht am Leben lassen!“

„Das kommt nicht infrage!“, bellte Mengor. „Hast du vor als Sklave in den Minen von Xendor zu enden?“

Er war außer sich, dass diese Möglichkeit überhaupt in Betracht gezogen wurde – noch dazu von einem Mitglied seiner Mannschaft. „Nein“, sagte er. „Solange wir es noch können, werden wir uns wehren!“

„Aber sie haben uns bald eingeholt!“

„Kapitän!“, rief ein anderer Mann. „Seht! Das Schiff!“

Mengor legte das Fernrohr an. Eine der magischen Waffen der Xendorier hatte begonnen, in einem purpurnen Feuer zu glühen. „Ihr Götter“, flüsterte Mengor. Obwohl er Waffen wie diese nur aus Legenden kannte, wusste er, welche Bedeutung das Glühen hatte.

In der nächsten Sekunde flammte ein grelles Licht auf und für die Dauer eines Blitzschlages wurde die Nacht zum Tage. Die Seeleute und ihr Offizier schirmten die Augen mit den Händen ab, doch dann begann der Boden unter ihren Füßen zu beben. Jemand schrie und der Kapitän konnte gerade noch sehen, wie der Fockmast wie ein gefällter Baum umstürzte und aufs Vorderdeck krachte.

Das Herz schlug Mengor bis zum Hals, er spürte das Blut in seinen Schläfen dröhnen. Mit aufgerissenen Augen starrte er auf den schwarzverkohlten Stumpf, der aus dem Deck ragte, und war für einen Moment einfach nur fasziniert, wie präzise der Schuss gewesen war.

*Ihr Götter*, dachte er. *Wir haben keine Chance!*

Die Flüchtlinge in den unteren Decks der *Habicht* kreischten und schrien, als das Schiff erbebte und ein lautes Krachen durch seinen hölzernen Körper dröhnte. Plötzlich war jeder hellwach. Niemand begriff, was geschehen war, aber jeder wusste, dass die kleine Flotte in großer Gefahr schwebte.

„Bei allen Göttern – was war das?“, fragte ein Elf in der Kabine, in der auch Garian, Taya, Uruk und Noa untergebracht waren. Durch das aufgeregte Kreischen der anderen konnte man ihn kaum verstehen.

„Wir werden angegriffen!“, gab Noa zurück, doch nur die, die in seiner Nähe saßen, konnten ihn hören. Der Magier hatte sich erhoben, seine Glieder waren steif von der unbequemen Holzbank, auf der er eben noch geschlafen hatte.

Garian hielt ihn zurück, indem er seinen Ärmel packte. „Wo... wo willst du hin?“

„Versuchen, uns zu retten – Taya!“

Das Mädchen blickte ihn erschrocken an. In ihren Augen lag noch Schlaf. „J-ja?“

„Ich brauche deine Hilfe!“

„Ich...“

„Komm mit mir, sonst gibt es keine Hoffnung, dass wir ihnen entkommen!“

Die Elfe nahm seine Hand. Gemeinsam zwängten sie

sich aus der Kabine. Auf dem Gang hörten sie das aufgebrachte Murmeln, Weinen und Kreischen der anderen Passagiere. Noa lief schnell und zog seine Schülerin hinter sich her.

„Was sollen wir tun?", fragte Taya.

„Beten", antwortete Noa. „Beten, dass deine Fähigkeiten wirklich so stark sind, wie ich vermute!"

Sie durchquerten mehrere Decks, bis sie die Treppe fanden, die nach oben führte. Das Vorderdeck, auf das sie traten, war stockdunkel, es wurde nur von milchigem Mondlicht erhellt. Ein Mast war umgekippt. Es roch nach verbranntem Holz.

Dann explodierte ein grelles Licht und für eine Sekunde wurde es taghell. Die Elfe und der Mensch hoben schützend ihre Hände. Doch diesmal erbebte die *Habicht* nicht. Anscheinend war eines der anderen Schiffe getroffen worden – oder der Angreifer hatte sein Ziel verfehlt. Aber es blieb keine Zeit, sich darüber Gedanken zu machen.

Noa blickte auf das dunkle Meer; sah die Lichter von zwei großen Schiffen, die vielleicht nur noch eine halbe Meile entfernt waren. Die Schiffe waren riesig und stark bewaffnet. Auch ohne das Wolfswappen auf ihren Segeln hätte er gewusst, wer sie waren.

„Das ist unsere einzige Chance", murmelte Noa, ohne Taya anzusehen.

Seine Schülerin wollte etwas erwidern, doch im selben Moment feuerte das zweite Schiff, während das erste seine Waffen wieder auflud. Erneut wurde die Nacht zum Tage, als gleißendes Licht selbst durch die geschlossenen Lider blendete. Taya und Noa wurden umgeworfen, als das Schiff erbebte, und landeten schmerzhaft auf den Planken.

Von der stolzen Galionsfigur der *Habicht* blieb nur noch ein verkohlter Stumpf übrig.

*Bis jetzt haben wir nur verhältnismäßig geringen Schaden*

*erlitten,* stellte Noa fest. Aber ihm war auch klar, weshalb: Die Xendorier wollten die kleine Flotte nicht vernichten. Sie würden sie entern und Besatzung und Passagiere versklaven.

„Konzentriere dich!", rief Noa Taya zu. „Wir haben jetzt nur noch wenige Minuten, bevor sie wieder ihre volle Feuerkraft haben!"

„Aber *worauf* soll ich mich konzentrieren?"

„Das Meer! Die Wellen! Wir brauchen einen Sturm!" Noa schloss die Augen und atmete tief durch. Für Taya wirkte es, als ob er in eine Trance verfallen war. Gleichzeitig spürte sie, wie Noas *Aura* stärker wurde. Die Kraft, die in seinem Inneren geschlummert hatte, erwachte.

*Wir brauchen einen Sturm,* überlegte Taya. *Einen Sturm...* Sie tat es ihrem Mentor gleich und schloss die Augen. Konzentrierte sich. Erweckte die Magie in sich und ließ sie frei. Sie spürte, wie ihre Energie durch jede Faser ihres Körpers strömte und sie wärmte.

Ihre Gedanken wurden eins mit den Wassermassen. *Einen Sturm...* Sie stellte sich vor, wie die Magie einen Strudel verursachte, direkt unter den feindlichen Schiffen. Einen gewaltigen Mahlstrom, der die Xendorier vernichten würde. Sie stellte sich vor, wie sich das Wasser in Bewegung setzte, immer wilder wurde und sich in eine reißende Bestie verwandelte.

Doch sie spürte keine Verbindung. Als sie die Münze in der Luft tanzen ließ, hatte sie die Münze *gefühlt,* als hätte sie sie mit den Fingern berührt. Doch diesmal spürte sie nichts dergleichen.

Sie kniff die Augen fester zu. *Konzentriere dich. Werde eins mit dem Wasser. Spüre das Wasser, das Meer.*

„Es funktioniert nicht!", rief sie verzweifelt.

Als Antwort blitzte Licht auf. Taya schrie auf und stürzte schmerzhaft. Erneut wurde die *Habicht* getroffen und die Elfe hatte das Gefühl, das Schiff würde untergehen. Zwar konnte sie diesmal nicht sehen, welchen Schaden die *Habicht* erlitten hatte, doch selbst wenn er nur gering war – der nächste Schuss würde in kürzester Zeit abgefeuert werden!

„Gib mir deine Hand!“, rief Noa in dem kurzen Moment der Stille, der ihnen blieb, bevor die Xendorier erneut angriffen. Der hölzerne Körper des Schiffes erbebte erneut, doch diesmal schafften es die beiden Magier, stehenzubleiben. Schreie ertönten um sie herum.

Als Taya Noas warme Hand berührte, spürte sie auf einmal, wie ihre Angst geringer wurde. Es schien ihr, als ginge ein Teil seiner Kraft auf sie über und ließe ihre eigenen Kräfte wachsen. *Er ist bei mir,* dachte sie. *Mir kann nichts passieren.*

„Wir können es schaffen!“, sagte Noa. „Konzentriere dich!“

Taya schloss die Augen und hielt sich an ihm fest. Erneut versuchte sie, einen Sturm herbeizurufen. Den Sturm, der sie retten sollte. Langsam, so als würde sie in das kalte Wasser eintauchen, fühlte sie die Verbindung zum Meer.

Sie bewegte ihre freie Hand im Kreis und *wusste,* dass diese Aktion Auswirkungen auf das Wasser hatte.

*Jetzt gehorcht es meinen Befehlen!*

Sie trieb ihre Gedanken weiter, zu den sich nähernden Kriegsschiffen. Sie stellte sich vor, wie sich das Wasser unter ihnen zu einem schwarzen Schlund öffnete und sie verschlang.

Plötzlich bemerkte sie den starken Wind, der aufzog und ihr Haar zerzauste. Gischt traf kalt auf ihre Haut. Der Wind nahm an Stärke zu, sein Brausen dröhnte in ihren Ohren. Die *Habicht* schwenkte von einer Seite zur anderen und Taya merkte, wie dieses Schaukeln bei ihr allmählich

Übelkeit erzeugte.

*Was passiert hier?*

Jetzt erst öffnete sie die Augen. Und alles hatte sich verändert: War die See vorher noch friedlich und sanft, hatte sie sich nun in ein rasendes Ungeheuer verwandelt, das sich vor ihnen auftat. Die Wassermassen tobten und brüllten. Wind blähte die Segel dermaßen auf, dass sie fast zu reißen schienen.

Was sie sah, war das Bild aus ihrer Vorstellung. Und genau deshalb konnte sie es nicht glauben.

Der wilde Mahlstrom hatte die xendorischen Schiffe erfasst und zu seinen Spielzeugen erklärt. Die mächtigen Kriegsmaschinen tanzten ohnmächtig im Zentrum eines riesigen Strudels, der wie ein schwarzes Loch im Meer erschien.

Doch der Strudel war gefährlich nahe und mit der *Schwarzer Habicht* waren auch die anderen Schiffe der Flüchtlingsflotte in seinen Bann geraten. Taya konnte sich nicht länger konzentrieren. Sie hatte plötzlich mehr Angst denn je. Nicht im Traum hätte sie gedacht, dass sie fähig wäre, eine solche Macht heraufzubeschwören!

Nein, es konnte nicht ihr Werk sein. Noa – es war *sein* Sturm!

Ein ohrenbetäubender Donner ertönte, als die beiden xendorischen Schiffe zusammenstießen und aneinander zerschellten. Die Millionen Wrackteile wurden sofort vom Strudel erfasst und herumgewirbelt.

*Wir haben es geschafft! Sie sind vernichtet!*

Doch noch hatte sie keinen Grund, sich ihrer Freude hinzugeben, denn sie gerieten selbst immer weiter in den tödlichen Sog.

„Wir müssen den Mahlstrom fortschicken oder wir werden auch vernichtet!“, sagte Noa mit gepresster Stimme. „Er wird nicht einfach verschwinden!“ Der Magier hielt die Augen immer noch geschlossen. Sein ganzer Körper war angespannt. Es war deutlich sichtbar, welche Anstrengung ihm die Magie abverlangte, welche *Schmerzen*. Seine Hand, die Tayas Hand hielt, verkrampfte sich, und seine freie Hand bewegte sich, als würde er schwimmen, als versuchte er, die Naturgewalten zu verscheuchen. „Taya! Du verlierst die Verbindung! Konzentriere dich! Bleib bei mir!"

Taya nickte. Sie machte wieder die Augen zu und fühlte Noas Kraft. In ihren Gedanken ließ sie den Strudel weiterwandern, ohne dass er die feindlichen Schiffe freigab. *Verschwinde! Hau ab und nimm die verdammten Xendorier mit dir! Wir haben dich hergezaubert und du wirst uns gehorchen!*

Verblüfft stellte sie fest, dass es ihr sehr half, sich den Sturm als denkendes Wesen vorzustellen. Das machte es einfach, ihre Gefühle mit ins Spiel zu bringen, und das wiederum verlieh ihr mehr Kraft.

*Hau ab oder ich werde wirklich böse!*

Ganz langsam schienen sich die Naturgewalten auszutoben. Der Wind erlahmte und der Strudel wurde wieder zu dem ruhigen Wasser, aus dem er gekommen war. Wrackteile schwammen an der Oberfläche, als einziger Beweis seiner Existenz.

Nachdem die Gefahr vorüber war, ließ Noa Tayas Hand los. Der Magier sank kraftlos und mit einem Stöhnen zu Boden. Er konnte sich gerade so abfangen, bevor er böse gestürzt wäre. Taya kniete sich sofort neben ihn. „Noa! Was ist mir dir?"

Er rang nach Atem. Unfähig zu sprechen, schüttelte er den Kopf. Wie bei Taya waren sein Haar und seine Kleidung von Gischt durchnässt und er zitterte vor Kälte. Langsam fand Noa den Atem, um ihr zu antworten: „Es... hat mich... nur etwas mehr Kraft gekostet, als ich... gedacht hatte... Ich bin gleich wieder in Ordnung... muss mich nur ausruhen..."

Seine Augen fielen zu und er blieb regungslos liegen. Taya erschrak, dann erkannte sie sein ruhiges Atmen. Die Erschöpfung zerrte auch an ihr, doch sie hatte sich nicht so sehr verausgabt wie Noa. *Er war es. Er hat uns gerettet. Er allein. Ich habe nur den kleinsten Teil beigesteuert.*

Mit einem Mal wurde ihr wieder bewusst, dass Noa Kräfte besaß, die weit mehr vermochten als nur blaues Feuer herbeizuzaubern. Sie wagte es nicht, sich vorzustellen, welche Macht ein Wesen hatte, das einen solchen Sturm hervorrufen konnte.

Bald darauf fanden der Kapitän und einige seiner Leute die junge Elfe, die neben dem ohnmächtigen Magier kauerte, als würde sie eine Totenwache halten. „Es war sein Sturm", rief Taya ihnen entgegen.

Die Seeleute hatten immer noch damit zu tun, alles zu verarbeiten, was in der letzten halben Stunde geschehen war – die meisten von ihnen würden es nie begreifen. Und natürlich verstanden sie auch nicht, was Taya meinte, und ihr selbst fehlte die Kraft für weitere Erklärungen. Trotzdem trugen zwei Matrosen Noa zurück in die Kabine. Taya sah die Angst in Garians und Uruks Augen, in den Augen aller anderen.

Ihr Bruder war fast verrückt vor Besorgnis. „Taya! Was ist passiert?"

„Es ist vorbei", sagte sie. „Noa hat uns gerettet." Dann verlor auch sie das Bewusstsein.

## *Kapitel 16: Der lange Weg nach Ambaria*

Die Sonne erhob sich langsam als gelbe, kalt wirkende Scheibe über dem Meer, und die Nacht begann zu weichen.

Alle rechneten damit, dass jeden Augenblick wieder Kriegsschiffe auftauchten. Die Mannschaften und die Passagiere der kleinen Flotte hatten sich noch immer nicht von dem gestrigen Überfall der Xendorier erholt. Die angerichteten Schäden wurden so gut es ging repariert, die Matrosen in den Krähennestern waren ab jetzt doppelt so wachsam.

Aber selbst wenn sie weiteren xendorischen Patrouillen entgehen konnten, war es noch lange nicht sicher, dass sie Ambaria überhaupt erreichten. Die Vorräte an Bord waren nur spärlich bemessen und wurden immer knapper. Die Kapitäne der Schiffe, die sich untereinander durch Lichtsignale verständigten, hatten ihre in viel zu engen Kabinen zusammengedrängten Passagiere bereits vor der Abfahrt ermahnt, sich darauf einzustellen, für einige Zeit fasten zu müssen. Sie gaben allen freistehenden Besatzungsmitgliedern die Order, die Verpflegung durch Fischfang aufzustocken, und so standen die Matrosen mit Netzen und improvisierten Angeln an der Reling und hofften auf einen dicken Fang.

Aber selbst wenn sie Ambaria und die Elfenkönigreiche heil und sicher und mit vollem Magen erreichen sollten – niemand wusste, ob König Sandarius mehr als dreitausend Flüchtlinge in seinem Land willkommen heißen würde.

Und es würden noch Wochen vergehen, bis sie die Küste Elfarias erreichten...

Garian sah sich um: Er schien als Einziger in der kleinen Kabine wach zu sein. Die anderen dösten, dicht an dicht gedrängt, vor sich hin. Auch Taya und Uruk schliefen noch. Unruhig. Garian konnte sehen, dass Albträume sie quälten, wahrscheinlich dieselben, die ihn ebenfalls heimgesucht hatten.

Doch Noa, der Retter der letzten Nacht, war nirgends zu sehen.

Garian spürte jeden einzelnen Knochen im Körper. Kopfschmerzen plagten ihn und er war sicher, überall blaue Flecke zu haben. Wie die anderen hatte auch er im Sitzen schlafen müssen, eingekeilt zwischen harten Schultern und mit einer notdürftig gepolsterten Wand im Rücken. Es war ein Wunder, dass er in diesem Zustand überhaupt etwas Schlaf gefunden hatte.

*Noch Wochen soll das so weitergehen,* dachte er niedergeschlagen. *Wochenlang in diesem engen Rattenloch eingesperrt. Wochenlang in dieser verdammten Ungewissheit gefangen. Und jederzeit können die Xendorier auftauchen und uns in tausend Stücke schießen!*

Er wusste nicht, ob er das aushalten würde. Genau wie alle anderen war er jetzt schon am Ende seiner Kräfte angelangt. Niemand hatte eine Ahnung, was zu Hause geschehen war. Ob die Sturmklingen die Xendorier hatten aufhalten können, ob immer noch gekämpft wurde – oder ob Dayrelia dem Feind in die Hände gefallen war. Niemand wusste, was mit Kelrik geschehen war.

*Und was machst du, wenn er tot ist? Wenn sie deinen Vater umgebracht haben?*

Garian wagte es nicht, diesen Gedanken weiterzuführen. Kelrik durfte nicht tot sein! Er war der Paladin, der beste Ritter aus ganz Minaskai! Der Held der Schlacht von Sakarran! Es gab nichts, *gar nichts*, das ihn umbringen konnte!

*Und wenn du dich irrst?*

Garian hielt sich die Schläfen. *Ich muss hier raus!*

Er erhob sich – ganz langsam, um Taya, die neben ihm schlief, nicht aufzuwecken. Vorsichtig stakste er über die ausgestreckten Beine der Fremden, die mit ihnen die Kabine teilten. Als er die Schiebetür aufzog, fand er sich auf einem schmalen, holzgetäfelten Gang wieder. Überall lagen schlafende Menschen, Elfen und Orks, die ihre Taschen und Beutel als Kopfkissen benutzten. Auf dem ganzen Schiff schien es keinen freien Platz mehr zu geben.

Durch die hölzerne Decke konnte Garian die gedämpften Schritte der Mannschaftsmitglieder hören, die sich in dem darüberliegenden Deck bewegten.

Er schlich sich an den Schlafenden vorbei und fand eine Treppe, die ihn nach oben führte. Er durchquerte zwei weitere, mit schlafenden Wesen besetzte Decks, bis er sich schließlich auf dem Oberdeck wiederfand.

Eine frische Brise fuhr ihm durch die zerzausten, ungewaschenen Haare. Die Luft war kühl. Dummerweise hatte er seine Jacke nicht mitgenommen, also klemmte er die Hände unter die Achseln und sog tief den salzigen Duft des Meeres ein.

Die Segel schienen kaum gespannt zu sein. Die Fahrt ging langsam, aber wenigstens gleichmäßig. Das Letzte, was sie jetzt gebrauchen konnten, war ein Dutzend Seekranker, die die Quartiere vollkotzten.

Garian blickte sich um.

Er war nicht allein. Eine Handvoll Leute hatte sich wie er entschieden, die bedrückende Enge der Kabinen zu verlassen. Sie standen alle an der Reling und sahen mit gebeugten Häuptern und gesenkten Schultern zu, wie die

Matrosen fischten. Garian wusste, dass sie dieselben Gedanken plagten wie ihn.

Sein Blick verlor sich in der Weite des Meeres, das an ihnen vorbeizog. Die Wellen zogen sich dunkel und bleiern unter einem orangefarbenen Himmel dahin. Irgendwie wirkten auch Himmel und Ozean müde und erschöpft. Trostlos. Ohne Hoffnung. Der neue Tag, der angebrochen war, würde vergehen, ohne dass sich etwas änderte. Genau wie der Tag danach.

Einer der Leute an Deck war Noa. Die Meeresbrise spielte mit dem Saum seines Mantels. Er drehte sich um und erkannte Garian. Er wirkte müde und ausgezehrt – dunkle Bartstoppeln wucherten in seinem Gesicht.

Der Junge näherte sich dem Magier. *Wenigstens gibt es hier jemanden, den ich kenne,* dachte er mit einer gewissen Erleichterung und wunderte sich über sich selbst – denn was wusste er schon über Noa? Der Mann war nach wie vor ein Rätsel für ihn, und Garian glaubte nicht, dass sich daran jemals etwas ändern würde.

Aber im Augenblick war er einfach nur froh, jemanden zu haben, mit dem er reden konnte.

Garian stellte sich neben Noa und blickte mit ihm zusammen aufs Meer hinaus. „Ich wollte dir noch einmal danken“, sagte er. „Wegen gestern. Taya sagte, dass du es warst, der uns gerettet hat. Wie auch immer du das getan hast. Aber ich schätze, es war Magie im Spiel.“

„Da gibt es nichts zu danken“, antwortete Noa, ohne dass sich sein Blick vom Meer löste. „Aber wenn die Xendorier zahlreicher gewesen wären, wäre es sicher nicht so glimpflich ausgegangen. Und ohne Taya hätte ich es nicht geschafft. Sie ist stärker, als ich dachte. Sehr viel stärker.“

Garian nickte. „Trotzdem: danke.“

Plötzlich begann Noa zu lachen.

„Was ist?“

„In über drei Jahren bist du der Erste, der sich bei mir für irgendetwas bedankt. Ich wusste schon gar nicht mehr, wie das klingt.“

Der Junge blickte ihn ernst an. „Vor was bist du davongelaufen?“

„Wie kommst du darauf, dass ich vor etwas davongelaufen bin?“

„Ich weiß es nicht genau“, antwortete Garian. „Aber ich weiß, dass es so ist. Du bist vor irgendetwas auf der Flucht. Wovor?“

Noa seufzte. „Vor mir selbst, schätze ich. Wer ich bin. Und... was andere aus mir machen wollen. Und jetzt genug von dem Thema.“

Garian beschloss, es dabei zu belassen – *zumindest fürs Erste!* Irgendwann würde er schon hinter Noas Geheimnis kommen. Schließlich fragte er: „Was wirst du tun, wenn wir in Ambaria angekommen sind? Du bist dann nicht mehr an dein Versprechen gegenüber Kelrik gebunden.“

„So ist es“, bestätigte Noa.

Garian nickte verstehend. Er sparte sich weitere Fragen. „Aha. Alles klar. Das bedeutet also, wenn wir Ambaria erreichen, machst du dich einfach so davon und verschwindest. Na ja, was habe ich auch anderes erwartet!“

Noa wirbelte herum. Wut stand in seinen dunklen, blauen Augen. „Hör auf damit, Garian! Glaubst du, nach all dem, was geschehen ist, könnte ich euch einfach so im Stich lassen?“ Für einen Moment schwieg er, dann sagte er: „Eigentlich hast du recht. Bis jetzt bin ich immer geflüchtet, wenn es Schwierigkeiten gab. Aber es sieht so aus, als wäre langsam die Erkenntnis in meinen Schädel gesickert, dass ich nicht ewig davonlaufen kann. Ich bleibe bei euch, Garian. Egal, was geschieht.“

Garian sagte nichts dazu. „Wir wissen immer noch wenig von dir...", meinte er.

„Es gibt einige Dinge, die geheim bleiben müssen", antwortete Noa. „Das musst du akzeptieren."

„Ich weiß nicht, ob ich das kann. Ich weiß noch nicht einmal, wie ich das alles überstehen soll!" Garian fuhr sich durch das Haar. Es war ungekämmt und fettig. „Manchmal... manchmal glaube ich, das alles ist nur ein böser Traum, aus dem ich einfach nicht erwachen kann. Ich fühle mich so hilflos! Wie konnte das nur passieren, Noa? Womit haben wir das verdient?"

„Niemand verdient dieses Schicksal", antwortete Noa. „Aber seitdem die Städtebauer die Welt betreten haben, ist so etwas unzählige Male geschehen. Große Reiche greifen kleine Reiche an. Der Starke vernichtet den Schwachen. Frieden ist zerbrechlich. Und was das Allerschlimmste ist: Es gibt keinen Grund dafür, abgesehen von Hass und Größenwahn. Ihr werdet nicht die Letzten sein, die ihre Heimat verlieren."

„Wenn du mich damit trösten willst – vergiss es."

„Tut mir leid. Aber so ist es nun einmal. Trotzdem ist unsere Lage nicht hoffnungslos. Bald werden wir Ambaria erreichen. Dann sind wir nicht mehr schutzlos. Das Land ist sechsmal so groß wie Minaskai und gehört zu den reichsten und mächtigsten der Elfenkönigreiche. König Sandarius' Wort hat viel Gewicht. Er wird sicher etwas gegen die Invasion der Xendorier unternehmen."

Garian schwieg. Er wollte dazu nichts sagen. Irgendwann meinte er: „Weißt du, was *wirklich* das Allerschlimmste ist? Diese verfluchte Ungewissheit! Uruk hat seine Eltern zurücklassen müssen – er hat keine Ahnung, ob sie es ebenfalls auf ein Schiff geschafft haben oder in Dayrelia geblieben sind. Vielleicht wird er sie niemals wiedersehen. Und ich werde noch verrückt vor Sorge, weil ich nicht weiß, was mit Kelrik geschehen ist. Ob er noch lebt oder...!“ Er wagte nicht, es auszusprechen.

„Trotz all meiner Fähigkeiten kann ich es dir nicht sagen“, antwortete Noa. „Aber eines weiß ich genau: Wo auch immer dein Vater jetzt sein mag, er wird nicht aufgeben, bis er Taya und dich wiedersehen kann...“

Kelrik Daralos erwachte und alles, was er fühlte, war Schmerz.

Sein Kopf schien von innen heraus zu zerbersten, jeder Knochen im Leib tat ihm weh und mehrere frische Wunden an seinem Körper schrien vor Pein. Seine Arme fühlten sich an, als läge er auf einer Streckbank und jemand würde mit aller Macht versuchen, sie ihm abzureißen.

Als er die Augen öffnete, glaubte er zuerst, blind zu sein, und namenloser Schrecken durchfuhr ihn. Doch dann tanzten bunte Flecken vor ihm herum und ein Bild nahm langsam Gestalt an, auch wenn es nie ganz klar wurde. Mit verschwommenem Blick sah er den flackernden Schein von Kerzen oder Fackeln, fast außerhalb seiner Sichtweite. Wo immer er sich befand, es war sehr dunkel hier. Und kalt. Schatten waren die Herrscher dieses Ortes.

Langsam nahm sein Sehvermögen zu. Kelrik erkannte ein massives Gitter vor sich und feuchte Mauern aus großen Steinblöcken, an denen hier und da Ketten angebracht waren.

Ein Kerker.

Er selbst baumelte von der Decke, seine Füße hingen in der Luft. Seine Handgelenke waren wund, doch der harte Griff seiner Fesseln ließ ihn nicht los, so als habe sich das Eisen in seinem Fleisch und in seinen Knochen festgebissen. Jedes Gramm seines Körpers zog an ihm als unerträgliche Last. Bis auf die verdreckte Hose seiner Uniform hatte man ihm alle Kleider genommen. Direkt unter sich sah er eine übelriechende Pfütze. Er konnte sich nur zu gut vorstellen, wie sie entstanden war.

Hunger brannte in Kelrik und Durst, schrecklicher Durst. Seine Kehle war trocken wie Wüstensand.

*Aber ich lebe noch*. Doch im Augenblick konnte er sich über diese Tatsache nicht freuen – sie überraschte ihn eher. Denn nach all dem, was geschehen war, müsste er tot sein und als schwarzer, verkohlter Leichnam auf dem Schlachtfeld liegen. *Ich habe das Feuer überlebt...*

Kelrik wusste nicht, wie er an diesen Ort gekommen war. Sein Geist war müde und vollkommen erschöpft. Das Letzte, an das er sich erinnerte, war Feuer. Das Feuer der Schlacht mit den Xendor-Kriegsmaschinen. Wieder und wieder sah er die Sturmklingen in einem Meer aus Flammen untergehen... Und *er* war es, der sie in die Flammen geschickt hatte!

Kelrik schrie. Er schrie seinen ganzen Schmerz heraus, auch wenn das zu noch mehr Schmerzen führte und grelle Blitze den Verstand des Paladins durchzuckten.

Die Xendorier! Sie hatten den Widerstand der Sturmklingen in wenigen Minuten nicht nur durchbrochen, sondern vollkommen vernichtet. Es war so furchtbar schnell gegangen, dass sich ein Teil von ihm immer noch weigerte zu glauben, dass dies wirklich geschehen und nicht einem Albtraum entsprungen war. Und dann dachte er an seine Kinder.

*Taya! Garian!*

Er erinnerte sich, wie man ihm berichtet hatte, dass sie mit einem Schiff unterwegs nach Ambaria waren. Doch nichts war mehr sicher! Ihn überkam fast der Wahnsinn, als er sich vorstellte, wie die Xendorier den Flüchtlingsschiffen nachjagten.

Dann dachte er an Königin Lyndira und betete, dass sie es ebenfalls geschafft hatte, den Xendoriern zu entkommen. Auch wenn ihm nicht viel Hoffnung blieb.

Aus den Augenwinkeln nahm er plötzlich wahr, wie sich ein Schatten bewegte und auf ihn zukam. Erst als er ganz nah war, erkannte Kelrik die dunkle Silhouette eines Mannes in einer breiten Rüstung, der zu dem hängenden Paladin aufschaute. Kelrik konnte kaum etwas erkennen außer Schatten, aber von dem Helm des Mannes standen zwei scharfe Wolfsohren ab, und er wusste genau, dass er einen xendorischen Soldaten vor sich hatte.

„Na, bist du wieder wach?", fragte eine knarrende Stimme belustigt. „Gut geschlafen? Ich hoffe doch!"

Der Xendorier schlug mit einem Stahlrohr gegen das Gitter, das ihn und Kelrik voneinander trennte. Das Geräusch dröhnte in Kelriks Ohren und er verzog das Gesicht zu einer schmerzerfüllten Grimasse.

Der Xendorier ließ ein dreckiges Lachen folgen. „Gefällt dir nicht, was? Kann ich mir vorstellen." Er kicherte vor sich hin. „Aber das, was ich hier mache, ist noch die reinste Wohltat im Vergleich zu dem, was Prinzessin Elara mit dir Hundesohn anstellen wird! Also freu dich lieber über meine Gesellschaft, so lange du noch kannst, *Sturmklinge*" – er spie das Wort förmlich aus – „denn die schönen Tage sind bald vorbei!"

Wieder ließ er ein grausames Lachen vernehmen, das Kelrik an Kieselsteine erinnerte. Der Paladin hielt es nicht für notwendig etwas zu antworten. Es würde nur unnötig von seiner ohnehin schon geringen Kraft zehren. Er brauchte all seine Stärke, wenn er diesen Kerker verlassen wollte. Und so starrte er sein Gegenüber nur finster an.

„Na, so sprachlos?", meinte der Xendorier mit gespielter Überraschung. „Ihr Minaskaier scheint alle stumm wie Fische zu sein. Genau wie deine Königin. Angeblich hat die Schlampe nicht ein einziges Wort verloren, als sie Prinzessin Elara gegenüber stand. Bis man ihren Willen gebrochen hat."

Bei der Erwähnung Lyndiras bäumte sich Kelrik auf. „Was habt ihr mit ihr gemacht?!"

Den Soldaten schien das eher zu amüsieren. „Reg dich nicht auf, Sturmklinge! Dazu besteht überhaupt kein Grund. Deiner geliebten Königin geht es gut. Ja, ja, stell dir vor – sie sitzt nur ein paar Mauern von dir entfernt. Irgendwo in einem stinkenden Loch, genau wie du. Nein warte, es gibt doch einen Unterschied: Sie steht mittlerweile auf unserer Seite!"

„Niemals!", bellte Kelrik. Er versuchte verzweifelt, seine Hände durch die verfluchten Fesseln zu zerren, doch das Eisen lag zu eng an seinem Fleisch. Alte Wunden an seinen Handgelenken brachen auf und er wurde mit Schmerzen bestraft.

„Doch, doch", nickte sein Gegenüber. „Die gute Lyndira wurde mittlerweile zur Obersklavin Ihrer Majestät Prinzessin Elara befördert!"

„Dafür werdet ihr büßen!", stieß Kelrik hinter zusammengebissenen Zähnen hervor.

„Was Besseres fällt dir nicht ein?", lachte der Xendorier. Kelrik wünschte sich nichts sehnlicher, als seine Hände frei zu bekommen, um den Mann zu erwürgen.

„Na ja, wie auch immer. War nett, sich mit dir zu unterhalten, Sturmklinge. Vielleicht bin ich nachher so freundlich und bringe dir etwas zu Essen. Natürlich in Begleitung von ein paar Kameraden. Die würden dich sicher auch gern kennenlernen. Aber bis dahin solltest du besser hierbleiben. Hast du gehört? Rühr dich ja nicht vom Fleck!"

Der Soldat schlug noch einmal heftig mit dem Stahlrohr gegen das Gitter, dann drehte er sich um und trottete davon. Sein Kieselstein-Lachen hallte durch das Kerkergewölbe.

Seine Worte quälten Kelrik, genau wie es geplant war.

Nicht die Beleidigungen, sondern die Worte über das Schicksal der Königin zehrten an ihm.

Er wusste, dass sich Lyndira niemals den Xendoriern unterwerfen würde. Oder vielleicht doch? Wenn das Überleben ihres Volkes davon abhinge?

*Ich darf nicht die Nerven verlieren,* dachte Kelrik. *Ich muss am Leben bleiben, um eines Tages mitzuerleben, wie die Xendorier für all ihre Taten bezahlen werden! Ich darf nicht die Nerven verlieren...*

Doch das war die schwerste Prüfung seines Lebens, denn die Xendorier hatten ihm nichts gelassen.

Nichts außer seinem Schmerz...

## *Kapitel 17: Die neue Herrscherin*

*Mir ist langweilig,* dachte Prinzessin Elara und gähnte hinter vorgehaltener Hand. *So unendlich langweilig.*

Bereits seit drei Stunden saß sie auf ihrem magischen Thron im Thronsaal des Palastes von Dayrelia in Begleitung von fünfzehn ihrer Generäle und hörte sich die Berichte über die Eroberung weiterer minaskaiischer Städte an.

Die Prinzessin trug ein eisblaues, fließendes Kleid ohne Ärmel und blitzende Silberreife waren um ihre dünnen Arme gelegt. Ihre Augen waren mit fantastischen Schleifenmustern in Ultramarin geschminkt, die fast das gesamte Gesicht bedeckten, sogar die Lippen. Ihr Haar war mit einigen nachtblauen Strähnen gefärbt. Ihre Finger, mit türkis lackierten Nägeln, trommelten ungeduldig auf die breite Armlehne des Throns.

Während ihre Generäle sich, um eine Tafel versammelt, über Zahlen und Fakten der Truppenstärke, die Größe des Widerstandes und so weiter ausließen, wandte sich die Prinzessin den hohen Fenstern des Saals zu. Sie beobachtete die Wolken, die draußen am Himmel wie friedliche weiße Schäfchen auf einer azurblauen Weide vorbeizogen, und ließ ihre Gedanken schweifen.

In Minaskai war es kaum zum Aushalten. Sicher, das Land gehörte jetzt ihr: Ihre Truppen waren von der Hauptstadt aus bis an die Grenzen ausgeschwärmt und hatten den letzten Widerstand der Bürger niedergestreckt. Demnach war die Nachricht, dass eine kleine Flüchtlingsflotte ihren Soldaten entkommen war, kein großer

Verlust für Elara.

Aber sie hatte es satt, nur von Schlachten und Gefechten zu hören, von Toten und Verletzten. Sie sehnte sich zurück nach all den Vergnügungen, die das Leben am Hofe ihres eigenen Palastes in Xendors Hauptstadt Xedalia bereithielt. Nach all den Bällen, Feiern und Konzerten, den Tänzen ihrer Untertanen, den Banketts und Diners. Oh, was hatte sie dort für einen Spaß gehabt!

Minaskai konnte ihr nichts von alledem bieten. Hier gab es nur dumme Bauern, Schweinefratzen und Spitzohren, für die der Begriff „Kultur" ein absolutes Fremdwort darstellte. Außerdem waren sie jetzt ihre Sklaven – und Sklaven neigten selten dazu, begabte Unterhalter zu sein. Ihr letztes großes Vergnügen war die Unterwerfung der Königin gewesen. Aber seitdem – nichts mehr.

*Was für ein blödes Hinterwäldler-Königreich,* dachte Elara, während sich ein weiterer General erhob und ihr selbstverliebt seine Erfolgsberichte vorlas. Sie sah, wie sein Mund auf und zuging, aber sie hörte ihn nicht. *Wenn hier nicht bald etwas passiert, dann drehe ich noch durch!*

Die Prinzessin ließ ein Seufzen vernehmen und der General pausierte kurz. „Soll ich fortfahren, Eure Hoheit?", fragte er vorsichtig.

Elara ließ ihn gewähren, indem sie eine wegwerfende Geste machte. Gleichzeitig sank sie wieder hinab in die Welt ihrer Gedanken.

Seit dem Fall von Dayrelia waren einige Tage vergangen und das Land war ihr Eigentum geworden, genau wie jeder Mann, jede Frau und jedes Kind in ihm. Jeder kleine Stein und jeder Grashalm war jetzt ihr Besitz und sie konnte damit machen, was sie wollte. Normalerweise wäre sie schon längst wieder zurück in Xendor und würde dort ihren Sieg mit einem riesigen Fest feiern. Mit Feuerwerk, mehreren Kapellen und endlosen Banketten.

Aber das konnte sie nicht. Noch nicht. Denn etwas hielt sie noch hier fest. Der Grund, warum sie ihr Interesse überhaupt auf dieses zurückgebliebene Ödland gerichtet hatte.

Der Dritte Todesengel.

Sie wollte – nein, sie *musste* – dabei sein, wenn diese absolute Waffe gefunden wurde. Sie musste ihn haben oder jemand würde dafür büßen müssen!

Sie erinnerte sich daran, wie Dagul vor drei Monaten an ihrem Hof aufgetaucht war. Ohne dass sie wusste, wie, war er an den Wachen vorbeigekommen, die ihren Palast hermetisch absicherten. Zuerst wollte sie ihn köpfen lassen, doch noch bevor es dazu kam, begann Dagul zu sprechen und erzählte ihr die Geschichte von den Drei Todesengeln, die während des Maschinenkrieges gebaut worden waren. Und Elara, deren Interesse mit einem Mal geweckt war, hatte ihre Wachen zurückgerufen und dem verhüllten Fremden zugehört.

Zwei der Todesengel waren zerstört worden, doch der Dritte existierte noch. Dagul hatte der Prinzessin magische Bilder von dieser Maschine gezeigt. Er erklärte ihr, dass er und die Leute, die er repräsentierte, Grund zu der Annahme hatten, dass sich der Todesengel im Gebiet des heutigen Minaskai befand.

Und er hatte gesagt, dass wer immer es schaffte, ihn zu bergen und die Schäden, die der Zahn der Zeit angerichtet hatte, zu reparieren, die größte Machtquelle dieses Zeitalters in seinen Händen hielte.

Elara war sofort Feuer und Flamme gewesen. Der Todesengel war das langersehnte Instrument, das sie benötigte, um dem Königreich Xendor seinen verdienten Status als Herrscher der Welt einzubringen.

Aber sie war nicht so dumm gewesen, ihrem unerwarteten Besuch keine Fragen zu stellen. *„Warum erzählst du* *mir das alles, Dagul?"*, hatte sie wissen wollen.

Und er hatte geantwortet: Weil er und der Orden, dem er angehörte, überzeugt waren, dass es Xendors Rolle war zu herrschen. Und weil er glaubte, dass Elara Caldana die einzige Herrscherin Xendors war, die das auch wirklich verinnerlicht hatte und die für die Rolle als Herrin der Welt von den Göttern auserkoren war.

Die Monate vor dem Angriff auf Minaskai waren für Elara spannend und aufregend gewesen. Sie hatte eine Vorfreude gespürt wie ein Kind, das sein Geld für ein heißersehntes Spielzeug sparte. Doch nun, wo der Sieg hinter ihr lag und sie erneut warten musste, bevor sie die nächste Eroberung vornehmen konnte – war sie irgendwie unzufrieden.

*Ich muss dringend etwas tun, um dieser Langweile zu entfliehen*, dachte Elara. *Irgendetwas.*

Dann kam ihr die richtige Idee: Wenn sie schon nicht an den Hof von Xendor zurückkehren konnte – dann musste der Hof von Xendor eben zu ihr kommen!

*Sie ist ein Werkzeug*, dachte Dagul. Er stand auf dem Balkon seiner neuen Gemächer im königlichen Palast von Dayrelia und versteckte die Hände in den Ärmeln seiner Robe. Er sah auf den grünen, von Mauern umzäunten Palastgarten hinab, wo Prinzessin Elara einen kleinen „Spaziergang" machte. Auf ihrem eindrucksvollen Thron schwebte sie einer Gruppe edel kostümierter Höflinge voran, die sie mit Geplauder und den neusten Gerüchten unterhielten.

Niemand von ihnen schien zu merken, dass sie aus drei Stockwerken Höhe beobachtet wurden. Dagul hatte tatsächlich den Eindruck, als habe die verzogene Herrscherin gute Laune: Sie lächelte unbeschwert und ein neutraler Zuschauer hätte sie für ein vergnügtes junges Mädchen halten können, das sich am Anblick der zahllosen bunten Blumen und fantastischen Wasserspeier im Garten erfreute.

*Sie ist ein Werkzeug, ja. Aber ein sehr gefährliches Werkzeug.*

Persönlich hegte Dagul keinerlei Sympathien für die verrückte Göre. Im Gegenteil. Sie war eine Sadistin. Das Leben anderer besaß in ihren Augen nicht viel Wert – insbesondere nichtmenschliches Leben. Sie war eine dumme Rassistin, für die nur ihre Vergnügungssucht und ihre zahllosen, schwachsinnigen Feste zählten. Und dabei war sie der festen Überzeugung, tiefer und ehrlicher zu empfinden als jedes andere Wesen auf dieser Welt.

*Kleine Närrin…*

Dagul hasste sich selbst für jedes Mal, wenn er vor dem verwirrten Geschöpf kroch und buckelte. Aber Elara war ein wichtiger Teil – vielleicht sogar der wichtigste – im Plan der Schenra-Vey. Und Dagul hatte eine Mission hier zu erfüllen.

Zumindest vertraute ihm die Prinzessin. Zwar nicht bedingungslos, aber sie hielt es dennoch nicht für nötig, ihn überwachen zu lassen (und wenn doch, dann hätten ihn seine Fähigkeiten davor gewarnt). Sie merkte nicht, dass sie benutzt wurde. Und so sollte es sein.

*Ich wünschte, es gäbe einen anderen Weg, den Plan zu erfüllen,* dachte Dagul. *Ich wünschte, die Schenra-Vey könnten auf andere Möglichkeiten zurückgreifen als diese Manipulationen und Verschwörungen.*

Aber irgendwann, wenn sich der Plan erfüllt hatte, würde die Welt einsehen, dass die Schenra-Vey gar keine andere Möglichkeit gehabt hatten.

*Außerdem – was kümmern mich die Normalgeborenen?*

In dem Augenblick sah Elara zu ihm hoch, machte seine weißgekleidete Gestalt auf dem Balkon aus und winkte ihm zu, begleitet von einem Lächeln. Dagul erwiderte den

Gruß. Es war besser so.

*Irgendwann werden die Schenra-Vey dich nicht mehr brauchen,* schwor er Elara im Geiste. *Und dann wird dich deine gerechte Strafe ereilen.*

Doch bis dahin würde noch einige Zeit vergehen. Denn noch fehlte ihnen ein weiteres Werkzeug: der Dritte Todesengel. Erst dann würden die Schenra-Vey die Früchte ihrer Bemühungen ernten können.

Die Ordensbrüder, welche Dagul auf seiner Mission begleiteten, waren in alle Himmelsrichtungen aufgebrochen, um ganz Minaskai nach diesem Relikt abzusuchen. Bis jetzt ohne jeden Erfolg.

*Aber er* ist *hier,* dachte Dagul. *Es ist nur eine Frage der Zeit, bis wir ihn finden.*

Er wandte sich von dem Balkon ab und marschierte durch sein Gemach. Er durchquerte die von Wolfskriegern gespickten Korridore des Palastes, bis er das Kristallzimmer fand, zu dem ihm die Prinzessin freien Zugang gewährt hatte.

In der purpurleuchtenden Kammer trat Dagul vor das *Auge*. Er zückte einen fingerlangen Kristallzylinder aus seiner Robe und führte ihn in einen runden Schlitz in der uralten, magischen Maschine ein.

Er spürte das Aufwallen der Magie, als die Verbindung zur Tausende von Meilen entfernten Ordensburg hergestellt wurde. Dagul schob seine Kapuze zurück.

Bald schon erschien vor ihm das geisterhafte Abbild eines älteren Mannes, der in die gleiche Robe wie Dagul gekleidet war. Auf der Brustseite war jenes komplizierte Schriftzeichen mit silbernen Fäden aufgestickt, welches das Wahrzeichen der Schenra-Vey darstellte.

Als er das vertraute, bärtige Gesicht des Ordensoberhauptes sah, entspannte sich Dagul. „Ich grüße dich, Vater“, sagte er und deutete eine Verbeugung an.

Der alte Mann lächelte. Die Ähnlichkeit mit seinem ältesten Sohn war unverkennbar, jedoch waren seine Züge faltiger und sein Haupt bis auf einen Kranz langer, grauer Haare am Hinterkopf kahl. „Es ist schön, dich zu sehen, Dagul. Wir haben lange nichts mehr von dir und den anderen Brüdern und Schwestern gehört. Was hast du zu berichten?"

„Alles verläuft nach Plan", begann Dagul. „Dayrelia ist gefallen. Die Sturmklingen konnten den Maschinen, die wir für die Xendorier repariert haben, nichts entgegensetzen. Das Königreich Minaskai befindet sich nun in der Hand von Prinzessin Elara. Heute fiel der letzte Widerstand. Einige Adelige des Landes haben sich freiwillig auf Elaras Seite geschlagen – aus Angst, vernichtet zu werden."

Sein Vater nahm dies zur Kenntnis, ohne eine Miene zu verziehen. Auch er freute sich nicht über die extremen Maßnahmen, zu denen der Orden gezwungen war, aber er wusste ebenso, dass sie notwendig waren. „Und der Todesengel?", fragte er.

„Unsere Brüder und Schwestern suchen bereits nach ihm. Wie erwartet, wusste Königin Lyndira nichts von seiner Existenz." Dagul berichtete von der Unterwerfung der Herrscherin durch die Sklavenkrone. Sein Vater hörte ihm zu und nickte als Zeichen, dass er ihn verstanden hatte. „Was ist mit der Prinzessin?"

Dagul zuckte mit den Achseln. „Elara ist nach wie vor sehr labil. Ihre Launen wechseln stündlich, manchmal sogar von Minute zu Minute. So oder so, sie wird unseren Plänen nicht im Weg stehen. Sie hält die Invasion auf Minaskai für ihren eigenen Einfall, hört aber immer noch auf meine Ratschläge."

„Gut. Sie ist wichtig, Dagul, das weißt du."

„Das tue ich, Vater. Aber das Schicksal steht auf unserer

Seite. Ich fühle es."

Der alte Mann zögerte. „Du hast gute Arbeit geleistet, mein Sohn. Ich wusste, dass du der einzig Richtige für diese Mission warst. Melde dich, wenn es Fortschritte gibt, oder wenn du weitere Unterstützung brauchst."

„Natürlich, Vater." Dagul hielt kurz inne. „Ich nehme an, er hat immer noch nichts von sich hören lassen?"

„Nein." Sein Vater schüttelte den Kopf. Dagul senkte bekümmert den Blick, doch er ließ den älteren Magier ausreden: „Dein Bruder ist nach wie vor verschwunden."

„Ich mache mir Sorgen um ihn, Vater."

Der Alte nickte. „Genau wie wir alle. Aber er wird nach Hause zurückkehren, das weiß ich genau. Er weiß, wie viel von ihm abhängt. Und wir werden ihn würdig empfangen und ihm keinen Vorwurf machen."

„Natürlich", murmelte Dagul. Sein Vater glaubte an das, was er sagte, und seine Stimme barst vor Überzeugung. Aber Dagul war sich nicht so sicher. Er wusste, dass sein Bruder nicht an die Bestimmung der Schenra-Vey glaubte. Oder an seine eigene Mission. Und das bekümmerte Dagul.

„Er wird zurückkommen", wiederholte sein Vater besänftigend. „Bis dahin führe deine Mission aus." Er hob beide Hände. „Der Erlöser möge über dich wachen."

Dagul erwiderte die Geste. „Er möge über uns alle wachen", antwortete er und verneigte sich. „Auf bald, Vater."

Die Verbindung löste sich auf, die magische Projektion verblasste.

Dagul spürte, dass ihm das Gespräch mit seinem Vater neue Kraft gegeben hatte. *Ja,* dachte er und versuchte, sich selbst zu überzeugen. *Das Schicksal steht wirklich auf unserer Seite. Unser Traum wird sich erfüllen. Niemand wird das verhindern können.*

Aber all diese Pläne waren nichts wert, wenn Noa nicht vorher in den Schoß der Schenra-Vey zurückkehrte.

Und wenn es mit Gewalt geschah...

## *Kapitel 18: Gefangen*

Zehn Tage waren vergangen, seit sie Minaskai verlassen hatten. Zehn Tage lang auf der Flucht vor den Xendoriern. Heimatlos.

Das Schlimmste war, dass sie während der Fahrt keine Neuigkeiten von zu Hause in Erfahrung bringen konnten. Keines der Flüchtlingsschiffe war mit einem *Auge* ausgestattet, mit dem man mit Dayrelia oder einer anderen Stadt hätte Kontakt aufnehmen können. Es war schon ein Glück, dass die Schiffe sich untereinander verständigen konnten. So blieb den Flüchtlingen nur das wenige Wissen, das sie zu Beginn der Flucht gehabt hatten: Die Xendorier hatten Dayrelia angegriffen und die Stadt war evakuiert worden. Das war alles. Nach wie vor konnte niemand sagen, was in Minaskai geschehen war. Ob die Sturmklingen die Invasion abwehren konnten – oder ob die Xendorier das Königreich der Blauen Rosen überrannt und unterworfen hatten.

Ob Kelrik noch lebte oder nicht.

Diese Ungewissheit ließ Taya, Garian und Uruk nicht schlafen; sie verfolgte sie in jeder wachen Minute. Wenn sie es nicht immer wieder geschafft hätten, sich gegenseitig von ihren trübseligen Gedanken abzulenken – wahrscheinlich wären sie längst in jene Lethargie verfallen, die viele andere Flüchtlinge lähmte. Trotzdem wurde es dadurch nicht einfacher.

Eingesperrt in ihrer viel zu engen, überfüllten Kabine, gab es nichts anderes für sie zu tun, als dazusitzen und Stunde um Stunde hinter sich zu bringen. Morgens, mittags und am Abend wurden spartanische Lebensmittelrationen verteilt; die größte Abwechslung, die ein Tag zu bieten hatte. Und hin und wieder fiel sogar eine Ration wegen Knappheit aus.

Zehn lange Tage auf See. Und es standen ihnen noch wenigstens zehn weitere Tage bevor – vorausgesetzt, der Wind blieb weiterhin günstig und sie wurden nicht vorher von einer xendorischen Patrouille abgefangen.

Manchmal kam es Uruk so vor, als durchlebten sie ein und denselben Tag immer und immer wieder, jedes Mal mit demselben Bangen und Warten. Sein einziger Trost war das Schreiben – er hatte sich Papier und Feder besorgt und alles festgehalten, was ihnen in den letzten Wochen zugestoßen war, angefangen mit ihrer Reise zum Stahldrachen. Aber je mehr er über den Verlauf der Dinge nachdachte, desto deutlicher wurde es für ihn, dass es gar nicht anders hätte kommen können. Sie hätten diesem Schicksal nicht entfliehen können. Andere hatten entschieden.

Garian fand Ablenkung, indem er seine Trauer und Verzweiflung in Wut und Hass verwandelte. Hass auf die Xendorier und das Leid, das sie über sie gebracht hatten. Oft genug träumte er davon, mit dem Schwert in der Hand loszuziehen und sich an den Xendoriern zu rächen.

Stattdessen war er zur Untätigkeit verdammt.

Taya setzte unterdessen ihre Ausbildung unter Noas wachsamen Augen fort. Sie fanden einen kleinen, dunklen Lagerraum im untersten Deck, der nach Brackwasser stank. Hier konnten sie die meiste Zeit ungestört bleiben.

Wie immer war Noa erstaunt, wie schnell seine Schülerin die Wege der Magie begriff und wie wissbegierig sie war. Doch natürlich war ihm klar, dass seine Lektionen das Einzige waren, das sie davon abhielt, in Depressionen zu versinken.

Wenigstens machte Uruk es ihr leicht. Als Taya ihm im Lagerraum eröffnete, welches Talent sie besaß, sah Uruk sie zuerst schweigend an, eine ganze Weile. Dann nickte er und meinte: „Ich wusste es."

„Woher?", fragte Taya verblüfft.

Unbeholfen zuckte Uruk mit den Achseln. „Irgendwie konnte es gar nicht anders sein. Irgendwie habe ich es geahnt. Aber richtig sicher war ich mir erst, als ich im Stahldrachen sah, wie Noa dich die ganze Zeit beobachtet hat."

„Warum hast du nichts gesagt?", wollte Taya wissen.

„Ich fand es einfach nicht nötig", meinte Uruk vorsichtig. „Irgendwann hättest du es uns bestimmt gesagt."

Zu Tränen gerührt lächelte Taya und hatte plötzlich das Verlangen, den kleinen Ork zu umarmen. „Ja", sagte sie. „Das hätte ich."

Später am Tage erzählten Noa, Taya und Garian ihrem Freund Uruk alles, was seit jenem Tag geschehen war, an dem sie sich getrennt hatten. Und es gab eine Menge zu berichten...

Uruk erzählte ihnen seinerseits, wie schwierig es für ihn gewesen war, das schreckliche Wissen, das er besaß, mit niemandem teilen zu können. Trotz seiner Trauer um die Trennung von seinen Eltern war er unendlich froh, wieder mit seinen Freunden reden zu können.

Ambaria und die Elfenkönigreiche schienen unterdessen niemals näher zu kommen. Egal wie viele Meilen am Tag die Schiffe hinter sich brachten – Garian hatte den Eindruck, die Landmasse Elfarias würde vor ihnen zurückweichen. All seine Hoffnungen legten sich auf König Sandarius.

Wenn er ihnen nicht helfen konnte, blieb niemand mehr.

## *Kapitel 19: Die Launen der Prinzessin*

An diesem kühlen Abend – der eher herbstlich als sommerlich war – wurde der Palast von Dayrelia zum Schauplatz einer der gewaltigsten Festivitäten, die die Welt je gesehen hatte.

Um ihren Sieg über das kleine Königreich Minaskai angemessen zu feiern, hatte Prinzessin Elara drei Dutzend ihrer vertrautesten Barone und Minister, mehr als fünfzig Generäle und über dreitausend weitere Gäste nach Dayrelia eingeladen. Und um ihre vornehmen Gäste zu unterhalten, war ihr kein Preis zu hoch.

Auf hunderten von Tafeln wurden die erlesensten Delikatessen aus aller Welt dargeboten und auf silbernen Tellern oder in juwelenbesetzten Kelchen gereicht, während am abendlichen Himmel die herrlichsten Feuerwerke brannten – glitzernde Kunstwerke, deren Anblick niemand vergessen würde. In jedem Zimmer des Palastes hing nun das Banner Xendors. Es schien, als würden die roten Augen des Silberwolfs mit grimmigem Stolz auf die vergnügten Aristokraten und Herrschaften herabblicken.

Die begabtesten Künstler und Gaukler Xendors spielten Musik, fesselten ihr Publikum mit Vorträgen oder philosophischen Betrachtungen oder brachten es mit Parodien zum Lachen.

Was jedoch das größte Gelächter erzeugte, waren die minaskaiischen Sklaven, die Getränke oder Essen servierten. Natürlich hatte die Prinzessin dafür gesorgt, dass nur Elfen und Orks mit diesen Aufgaben betraut wurden, denn sie wusste, dass ihre Gäste einem Menschen gegenüber vielleicht noch Mitleid gezeigt hätten, nicht aber gegenüber den Angehörigen jener anderen, „unreinen", „primitiven" Rassen.

Der Großteil der Sklaven erduldete die Beschimpfungen, den Spott und die Verachtung mit Stolz. Doch einer von ihnen, ein Ork, konnte die Schande nicht ertragen und fiel einen Xendorier an. Die Palastwache griff sofort ein und der Vorfall wurde, so gut es ging, geheimgehalten.

Die männlichen Gäste waren in kunstvoll gestaltete Galauniformen mit goldenen und silbernen Verzierungen gehüllt, viele trugen Schwerter an ihren Gürteln. Die Frauen hatten für diesen Anlass fantasievolle, schreiend bunte Kleider schneidern lassen und trugen Berge von Schmuck und Schminke. Aber niemand wagte den Versuch, mit seiner Aufmachung die Gastgeberin zu übertreffen.

Heute war Elara Caldana in ihrem Element. Überall um sie herum wurde getanzt, gesungen und gelacht, und dabei war sie – und nur sie allein – der Mittelpunkt des ganzen Geschehens. Es waren ihr Sieg und ihre Feier. Alle waren hier, um sie zu lobpreisen, sich mit ihr über den Fall des Königreiches Minaskai zu freuen und die Sklaven mit Füßen zu treten. Im ehemaligen Thronsaal des Palastes ergötzte sie sich an jeder Verneigung ihrer Untertanen, an jedem Wort der Bewunderung und der Unterwerfung, selbst wenn es gespielt war. Sie hatte mittlerweile mehr als ein Glas Wein getrunken und der Alkohol machte ihre Gedanken leichter und einfacher als gewöhnlich. Hinter vorgehaltener Hand erzählte man sich, Elara wäre bereits beschwipst.

Heute trug die junge Prinzessin ein Kleid, so weiß wie der erste Schnee. Trotz der Gewagtheit des Schnitts wirkte sie wie die personifizierte Unschuld. Zu diesem Eindruck trugen auch der weißgeschminkte Mund, die weißlackierten Nägel und die Taubenfedern bei, die in ihr schwarzes Haar eingewebt waren. Um ihre Augen waren weiße Flügel gemalt, die über die Wangen liefen und deren Spitzen sich am Kinn trafen.

Selbstverständlich saß die Herrscherin zu jeder Sekunde auf ihrem Lieblingsspielzeug, dem schwebenden Thron, der sie so trug, dass die Gäste zu ihr aufsehen mussten. Und sie lachte mit ihnen, nahm leidenschaftlich an Diskussionen über Mode, Kunst und Literatur teil und ließ sich für ihre Klugheit, Stärke und Schönheit bewundern.

Doch natürlich blieb sie auch heute nicht ohne den Schutz der Wolfsgarde. Die vier Ritter standen in voller Rüstung stumm und bewegungslos im Kreis um ihre Herrin und behielten die Sklaven (und einige der Gäste) genauestens im Auge, jederzeit bereit, ein ganzes Arsenal von Waffen zu zücken.

„Meine Gäste – ich stoße mit Euch auf ein neues Zeitalter an!", sagte Elara und hob den Kelch mit Wein. Sie hatte ihn vom Tablett eines Elfensklaven genommen und den Mann in der nächsten Sekunde mit dem Thron umgestoßen. „Möge Minaskai nur der erste in einer langen Reihe von Siegen sein!"

*„Auf ein neues Zeitalter!"*, wiederholten die umstehenden Speichellecker und spendeten frenetischen Beifall.

„Ihr könnt Euch gar nicht vorstellen, was für ein kulturelles Ödland Minaskai darstellt", seufzte Elara einige Minuten später, als sie sich mit dem kahlen, alten Baron Devenschir unterhielt. Pflichtbewusst nickte der breitgebaute Lehnsherr in schwarz-silberner Uniform zu jedem ihrer Worte. „Aber was will man auch von einem Land erwarten, in dem diese... diese *Kreaturen* frei herumlaufen dürfen!" Sie sagte dies mit einem Seitenblick auf den umgeworfenen Elfensklaven, der unter dem Gelächter der

Xendorier den verschütteten Wein aufwischte.

Die Prinzessin ließ ihren Thron zu einem anderen Teil des Festsaals schweben. Die Wolfsgarde eskortierte sie in Kreisformation. Devenschir blieb stets an der Seite seiner Herrin.

„Ehrlich, Baron", fuhr Elara fort, „ich sage Euch, die Mentalität des Volkes hier ist so einfach, so beschränkt! Allesamt dumme Bauern! Wenn man ihnen sagte, sie wären Vögel, und die nächstbeste Wand der freie Himmel – sie würden sich sofort dagegenschmettern!"

Der Baron lachte (ein wenig zu gekünstelt wie Elara fand) und meinte dann: „Es wundert mich nicht, Eure Hoheit. Die Hälfte der Minister von Minaskai sind entweder Spitzohren oder Schweinegesichter. Es ist wohl deutlich, wer hier wirklich die Politik macht... äh, *machte!*" verbesserte er sich, nachdem ihm die Prinzessin einen scharfen Blick zugeworfen hatte. „Minaskai war einfach zu vielen schädlichen Einflüssen primitiver Kulturen ausgesetzt. Die Könige des Landes hätten niemals zulassen dürfen, dass sich Orks und Elfen hier niederlassen und..."

„Ja, sicher, Baron", unterbrach ihn Elara genervt. „Aber Ihr erzählt mir nichts, was ich nicht schon wusste!"

Sie entschied, dass der Mann sie allmählich langweilte, und schickte ihn ohne Worte, aber dafür mit einer wegwerfenden Handbewegung fort. Baron Devenschir verneigte sich und machte sich von dannen. Er wusste, was der plötzliche Abbruch des Gespräches bedeutete, und wollte der Prinzessin auf keinen Fall lästig werden – denn Elara war bekannt für die unangenehmen Dinge, die sie Leuten antat, die ihr lästig wurden.

Die Prinzessin fand eine Gruppe von Adligen in ihrem Alter. Natürlich begrüßten auch sie die Prinzessin mit unglaublich tiefen Verbeugungen und einer Unzahl an Demutsbezeugungen und bedankten sich übermäßig höflich für die Einladung zu dieser Feierlichkeit.

„Ich habe keine Kosten und Mühen für Euch gescheut, meine werten Freunde“, meinte Elara in beinahe bescheidenem Tonfall. „Und die Götter wissen, dass es mich eine Menge gekostet hat.“

„Eure Hoheit“, begann ein junger Fürst mit langem, blondem Haar und einem hübschen Gesicht, das die Prinzessin mehr fesselte als die Worte, die aus seinem Mund kamen, „wir haben uns gefragt, was aus Königin Lyndira geworden ist. Es gibt Gerüchte, dass sie sich in Eurer Gefangenschaft befindet.“

„Selbstverständlich“, meinte Elara mit einem Lächeln und fragte sich, wie es wäre, von einem solchen Mann geküsst zu werden. Diese sinnlichen Lippen! „Aber Ihr könnt selbst sehen, was aus ihr geworden ist...“ Sie wandte sich einem Wolfsgardisten zu: „Ich will, dass du zu Lyndira gehst und sie... hmmm... *einlädst*, unserer kleinen Feier beizuwohnen. Hast du verstanden?“

Der Gardist verneigte sich stumm und ging.

„Ich verspreche Euch“, sagte Elara dem hübschen jungen Adligen zugewandt, „Ihr werdet an ihrer Gegenwart genauso viel Freude haben wie ich.“ Eigentlich wollte sie die versklavte Königin erst am Ende des abendlichen Banketts auftreten lassen, damit sie vor ihren Gästen irgendein dreckiges Lied lallen konnte – doch mittlerweile fehlte ihr die Geduld dafür.

„Und wann gedenken Euer Hoheit nach Hause zurückzukehren?“, fragte der schöne junge Adelige.

„Am besten so bald wie möglich“, antwortete Elara und fragte sich, was für ein Körper sich unter der tadellos sitzenden Galauniform ihres Gegenübers verbergen mochte. „Ich kann es kaum erwarten, Xendor wiederzusehen. Aber leider gibt es noch etwas, das mich in diesem Land hält.“ *Nämlich dass mir Dagul endlich den Dritten Todesengel bringt!*, fügte sie in Gedanken hinzu. „Wie ist Euer Name?"

Der junge Mann sah aus, als hätte man ihn ertappt, und blickte unruhig zu seinen Freunden, die in einem Kreis um ihn und die Prinzessin standen. „Äh, ich bin Tenem Yoldrik, Sohn von Herzog Garo Yoldrik, Eure Hoheit."

„Ihr scheint mir ein Mann zu sein, mit dem man gepflegte Konversation betreiben kann, Tenem Yoldrik. Vielleicht hättet Ihr Lust, Euch mit uns nach dem Bankett in irgendeine stille Kammer zurückziehen, um sich dort... in Ruhe zu unterhalten?"

Tenem Yoldrik entspannte sich. Er war auf weitaus Schlimmeres gefasst gewesen. „Äh, natürlich, Eure Hoheit. Mit Vergnügen."

„Gut", meinte Elara und schenkte ihm ein strahlendes Lächeln. Vom vielen Alkohol war ihr ganz heiß. „Ich freue mich darauf." Sie ließ ihren Thron zurückschweben und lauschte für einige Sekunden der Musik. „Was ist das für ein müdes Gedudel?", fragte sie ärgerlich, und alles in ihrem Umkreis erstarrte und verstummte. Die Prinzessin wandte sich den Musikanten zu. „Spielt etwas Fröhliches!", befahl sie. „Etwas, zu dem man tanzen kann! Meine Gäste sollen nicht einschlafen!"

„J-jawohl, Eure H-Hoheit", sagte der Kapellmeister, und gleich darauf, mit Schweißtropfen auf der Stirn, erfüllte er den Wunsch seiner Gebieterin.

Eine vergnügte Melodie ertönte und die Prinzessin schloss die Augen. Was hätte sie nur dafür gegeben, jetzt tanzen zu können! Sie hatte noch nie getanzt und sie würde es auch niemals tun. Elara warf einen Blick auf ihre von Kleid und teuren Stiefeln verhüllten Beine, die keine Beine waren, und wurde von einem Moment der tiefsten Zufriedenheit in große Traurigkeit geworfen. *Wie gern würde ich tanzen! Nur ein einziges Mal!*

Doch bevor sich ihre Trauer in eine ausgewachsene Depression verwandelte, kam eine plötzlich Unruhe in ihre Untertanen.

Sie öffnete die Augen. Vom Eingangsportal aus bildete sich eine Schneise in der Menge. Elara erkannte von ihrer schwebenden Position aus den Tierhelm eines Wolfsgardisten und eine schwarze Haarmähne und wusste, dass ihre Lieblingssklavin gekommen war, um sie und ihre Gäste zu unterhalten.

„Jetzt wird es richtig amüsant", meinte sie zu sich selbst und hörte das verwirrte Gemurmel der Menge, als Lyndira Bendragur, Königin von Minaskai, durch den Saal schritt. Doch der Blick der Frau war starr, ihr Haar wild und zerzaust. Sie trug weder Schmuck noch Schminke, nur die lumpigen Überreste eines Unterkleides – und natürlich die Sklavenkrone auf ihrer Stirn.

Elaras Lächeln wurde breiter. Sie gebot der Kapelle Einhalt und einen Moment später wurde es still im Saal – abgesehen von dem Geflüster und Gemunkel der Gäste. Alle starrten auf die armselige Figur, die aus Königin Lyndira Bendragur geworden war – einige waren fassungslos, andere begannen bei dem Anblick, hämisch zu grinsen. Aber ein Großteil konnte es nicht glauben: Minaskais Königin war berühmt für ihren Stolz und ihre Würde und nun schien sie zu einer Maschine geworden zu sein.

Als das allgemeine Gemurmel für sie nicht mehr zu ertragen war, erhob Elara ihre Stimme, und mit einem Mal schwiegen jeder Mann und jede Frau im Raum. „Meine teuren Freunde", sagte sie und schwebte mit dem Thron der Königin entgegen. Sie ging sogar ein Stück tiefer, um Lyndira in die leeren Augen blicken zu können. „Bitte heißt nun einen besonderen Ehrengast auf unserer kleinen Feierlichkeit willkommen – Ihre Majestät Lyndira Bendragur, Tochter von Gomin Bendragur dem Gerechten, ehemalige Herrscherin über Minaskai und neue Königin der Sklaven!“

Ein gespielter Jubel brach aus, was Elara sehr freute. „Nun, Lyndira Bendragur“, sagte sie, „wollt Ihr uns Eurerseits die Ehre erweisen und uns begrüßen? Eine tiefe Verbeugung wird für den Anfang genügen, denke ich!“

Die Sklavenkönigin krümmte ihren Rücken und fiel vor Elaras Thron auf die Knie. Die Prinzessin konnte sich vor Lachen kaum noch halten. Und nun, wo ihre Herrscherin lachte, begannen auch die Speichellecker in donnerndes Gelächter auszubrechen.

Elara hob plötzlich die Hand. „Ruhe!“ Sofort kehrte Stille ein.

Die Prinzessin betrachtete für eine Sekunde den leeren Kelch in ihrer Linken und wandte sich dann der Königin zu. „Ich bin durstig“, meinte Elara. „Seid eine gute Gastgeberin und gebt mir noch etwas zu trinken. Aber bitte sofort.“

Sie sah aus den Augenwinkeln einen ihrer Vasallen, der begriff, was seine Herrin vorhatte. Er drückte der Sklavenkönigin einen Krug in die Hand.

„Nun“, sagte Elara, „wo bleibt mein Wei...?“

Sie kam nicht weiter, denn Lyndira hatte, sobald sie den Weinkrug erhielt, dessen Inhalt in Richtung der Prinzessin geschüttet. Wie befohlen hatte sie ihrer Gebieterin das verlangte Getränk sofort und ohne Verzögerung übergeben.

Die Menge hielt den Atem an.

Elara beobachtete den großen, roten Fleck, der sich auf ihrem makellos weißen Kleid ausbreitete. Sie wischte mit der Hand über das Nass und betrachtete fassungslos ihre Finger. „Du hast mein Kleid ruiniert“, zischte sie.

Und dann war die Ruhe vorbei. Elara sah rot. *„Du ver-*

*fluchte Hure hast mein Kleid ruiniert!"*, brüllte sie die Sklavin an. Ihre Stimme war mehr ein Kreischen und drohte, sich zu überschlagen.

Doch die willenlose Lyndira stand nur da wie ein Apparat, der auf weitere Befehle wartete. Ihr wirkliches Selbst war irgendwo tief in ihrem Geist eingesperrt. Sie ertrug das jähzornige Gekreische der Prinzessin, ohne mit der Wimper zu zucken, und sie bewegte sich auch keinen Deut, als Elara ihren Kelch nach der Königin schmiss. Dass sie Lyndira verfehlte, machte die Herrscherin von Xendor nur noch rasender.

*„Wachen!"*, rief sie. *„Tötet diese Hündin! Ich will, dass sie auf der Stelle stirbt! Los!"*

Und die Wolfsgardisten, die dem Willen der Prinzessin mehr gehorchten als ihrem eigenen, traten vor, zogen ihre verborgenen Klingen blank und setzten dem Leben von Lyndira Bendragur ein schnelles Ende. Die Königin wehrte sich nicht. Sie schrie nicht einmal, als die Schwerter der Wolfsgarde ihren Körper durchbohrten.

Viele Gäste wandten den Blick ab, hielten den Atem an oder keuchten vor Schreck, doch niemand wagte es, Protest einzulegen.

Und als sich das Blut über die schwarzweißen Marmorkacheln ausbreitete, legte sich ein zufriedenes Lächeln auf Elaras Gesicht. „Das war wirklich ein kurzer Auftritt", meinte sie, ihren Gästen zugewandt. Hier und da ertönte ein nervöses Lachen. Eine finstere Kälte hatte die vorher so gelöste Stimmung vertrieben.

„Schafft sie weg", befahl die Prinzessin der noch abwartenden Wolfsgarde. Die breitgebauten Ritter versperrten den Blick auf die Leiche, doch trotz allem entging Elara nicht die Sklavenkrone, die sich von Lyndiras Stirn gelöst hatte und zu Boden gefallen war. Als die Gardisten den leblosen Körper der Königin fortschleppten, schwebte die Prinzessin zu dem magischen Schmuckstück. Sie beugte sich vor und hob es auf. Es war zu wertvoll, um es zu verschwenden, und zu mächtig, um es von anderen berühren zu lassen, daher wollte sie es lieber in ihren eigenen Händen wissen. „Nun", sagte Elara und räusperte sich. Ihr Thron stieg wieder höher und sie blickte auf ihre Gäste hinab. „Ihr seid hier, um zu feiern. Also feiert!"

Langsam kehrte wieder Leben in die Menge ein. Man zwang sich, das Geschehene zu vergessen (denn es wurde von weitaus weniger Leuten befürwortet, als Elara sich gewünscht hätte). Die Kapelle spielte wieder auf und Sklaven wurden herangezogen, um Lyndiras Blut aufzuwischen.

Da betrat einer der persönlichen Bediensten Prinzessin Elaras den Saal. Er drängte sich durch die Menge und ging vor seiner jungen Herrin auf die Knie. „Eure Hoheit, vergebt mir, Euch zu stören..."

„Was gibt es?", fragte Elara, die sich gerade zurückziehen wollte, um ein neues Kleid anzuziehen.

Der Diener sah immer noch nicht auf, als er erwiderte: „Euer Berater wünscht Euch zu sprechen..."

„Dagul? Was will er?"

„Vergebt mir, Gebieterin, aber er gab keine genauen Auskünfte. Er betonte nur, dass es dringend sei und er Euch sofort zu sprechen wünsche."

„Und *wo* wünscht er mich zu sprechen?" Natürlich würde Dagul nicht vor die Augen der Öffentlichkeit treten. Manchmal glaubte Elara, er hatte einfach Angst vor großen Menschenmengen.

„Er wartet in der Bibliothek im Südflügel auf Euch, Eure Hoheit."

Elara seufzte. Obwohl sie es hasste, aus ihren Vergnügungen gerissen zu werden, pflegte Dagul seine Angelegenheiten selten für übertrieben wichtig zu nehmen. Von daher mochte es besser sein, seinem Wunsch nachzukommen.

Sie seufzte zum zweiten Mal, entschuldigte sich höflich bei ihren Gästen, und schwebte durch die Korridore des Palastes. Allerorts wurde gefeiert, man rief ihr von überall her Glückwünsche und Begrüßungen zu.

*Die Götter mögen ihm gnädig sein, wenn es nichts Wichtiges ist,* dachte Elara, während ihre Untertanen sich reihenweise verbeugten.

Die Palastbibliothek war eine Oase der Ruhe an diesem Abend des Lärms und Gelächters. Die dicken Eichenholztüren hielten Musik und Gesprächsgemurmel zurück.

Prinzessin Elara fand sich in einem großen, kühlen Raum wieder. Magische Fackeln glühten an der hohen, mit Fresken verzierten Decke. Riesige Regale voll mit Büchern, Schriftrollen und anderen Dokumenten bildeten den reinsten Irrgarten. Hier und da standen rote Samtsofas oder Messingkübel mit Pflanzen. Der Duft von uraltem Papier und ledernen Einbänden schwebte in der Luft.

Die Wolfsgarde verteilte sich um ihre Herrscherin, als diese sich umsah. „Dagul!“, rief Elara aus. „Wo steckst du?“

Das Geräusch eines zugeklappten Buches ertönte aus einigen Schritten Entfernung und bald trat die hochgewachsene Gestalt ihres neuen Ratgebers hinter einer Reihe von Regalen hervor. Wie immer trug Dagul seine strahlend weiße Robe mit den gepanzerten Schultern und eine Kapuze barg sein Gesicht in Schatten – seine ganz persönliche Marotte, die Elara zwar duldete, aber von der sie nicht begeistert war.

*Entweder hat er nur eine Robe,* dachte sie, *oder einen ganzen Kleiderschrank voll von den Dingern!*

Wenn er den Fleck auf ihrem Kleid wahrnahm, dann

zeigte ihr Ratgeber nichts davon. Stattdessen verneigte er sich pflichtschuldig.

„Eure Hoheit..."

„Dagul, Dagul, Dagul. Du bist nach wie vor ein Rätsel für mich. Warum hältst du dich lieber in dieser verstaubten Kammer auf, wenn du dich auf meiner Feier amüsieren kannst?"

„Ich bitte um Verzeihung, Eure Hoheit, aber ich kann mit solchen... Festlichkeiten nichts anfangen." Natürlich fiel ihm die seltsam schwerfällige Aussprache der Prinzessin auf; einige Worte nuschelte sie nur. *Sie hat sich doch nicht etwa...?*

„Selbst schuld", sagte Elara und setzte den Weinkelch an die Lippen. Es blieb etwas Schminke am Rand des Gefäßes zurück. „Du solltest den Wein probieren. Ein ausgezeichneter Jahrgang."

„Nein danke, Hoheit." Daguls Stimme blieb vorsichtig.

„Ach ja", erinnerte sich die Prinzessin in einem etwas beleidigten Tonfall. „Ich vergaß, du trinkst ja keinen Alkohol. Hmmm. Nun ja, ebenfalls deine Schuld." Sie nahm erneut einen Schluck und Dagul dachte entsetzt: *Ihr Götter des Universums! Sie ist betrunken!*

Im nüchternen Zustand war die Göre schon unberechenbar, wie sollte das erst unter Alkoholeinfluss werden? Dagul wurde klar, dass er mehr denn je auf jedes seiner Worte achten musste.

„Und noch etwas", sagte Elara. „Nur weil du mein Berater bist, heißt das noch lange nicht, dass du mich wie ein Dienstmädchen behandeln kannst. Haben wir uns verstanden?"

Ihre Stimme war scharf wie ein Fallbeil. Dagul hielt es für das Beste, sich noch einmal tief zu verneigen. „Selbstverständlich, Eure Hoheit. Doch Ihr selbst sagtet mir, ich solle Euch umgehend benachrichtigen, wenn es so weit ist."

„Wenn *was* so weit ist?“

„Vor wenigen Minuten erhielt ich eine Nachricht meiner Ordensbrüder.“ Dagul legte eine Kunstpause ein. „Sie haben den Dritten Todesengel gefunden.“

Von einer Sekunde auf die nächste wurde die Prinzessin vollkommen ekstatisch. Dagul befürchtete, dass sie jeden Moment von ihrem Thron fallen würde. Noch während sie sich freute, fuhr er fort zu berichten: „Sie fanden ihn in der Provinz Ortrim, etwa hundertfünfzig Meilen südöstlich von hier, unter einem Fleckchen Erde, das bislang nur als Weidefläche benutzt wurde.“

„Wunderbar!“, rief Elara. „Das ist einfach wunderbar!“ Sie stieß ein Lachen aus und schwebte samt Thron einen halben Schritt höher. „Oh, Dagul, ich dachte schon, dieser Tag würde nie kommen! Wann ist er einsatzbereit?“, fragte sie aufgeregt. „Wann können wir ihn benutzen?“

*Jetzt kommt der schwierige Teil,* dachte Dagul. Denn jetzt musste er Ihrer hochwohlgeborenen Schwachsinnigkeit erklären, dass sie ihre Welteroberungspläne noch ein wenig verschieben musste. „Nun, Eure Hoheit, das ist im Augenblick schwer zu sagen...“ Elaras Mundwinkel zuckten sofort nach unten. „Es wurde bis jetzt nur ein winziger Teil des Todesengels freigelegt und wir kennen seine wahren Ausmaße nicht. Meinen Quellen zufolge ist er gigantisch und es wird sicher einige Zeit dauern, bis er ganz ausgegraben ist.“

Plötzlich war die Freude der Prinzessin versiegt. „*Das* wollte ich eigentlich nicht hören, Dagul!“

„Aber die Sklaven arbeiten rund um die Uhr!“, versuchte er, sie rasch zu besänftigen. „Und meine Ordensbrüder konnten das Innere des Todesengels bereits betreten und Teile der Maschine studieren. Sie haben schon einige Ideen, wie sie sie wieder einsatzfähig machen können!“

„Ich bin diese ewige Warterei satt, Dagul! Seit Monaten warte ich darauf, dass du mir – wie versprochen – den Todesengel aushändigst. Und jetzt soll ich noch länger warten?"

*Ja, du dumme Göre, genau das verlange ich!,* dachte Dagul – nicht zum ersten Mal. Doch sein Tonfall blieb wie immer unterwürfig und ergeben: „Eure Hoheit, es tut mir leid, aber es geht nicht anders. Doch die Schenra-Vey tun alles, was in ihrer Macht steht, damit sich der Dritte Todesengel bald in Euren Händen befindet! Ich habe mir bereits die Freiheit genommen, weitere Sklaven in die Provinz zu schicken, damit die Grabungen beschleunigt werden."

Elara kaute an ihrer Unterlippe und Dagul erkannte an ihren bemalten, von Alkohol vernebelten Augen, das sie wirklich versuchte, diesen weiteren Aufschub zu akzeptieren. Es fiel ihr auf jeden Fall ziemlich schwer. „Nenn mir ein Datum", sagte sie.

„Eure Hoheit, das kann ich wirklich nicht..."

*„Nenn – mir – ein – Datum!"*

Dagul schwitzte unter seiner Robe. Nun war wieder einmal der Punkt erreicht, wo die Prinzessin am gefährlichsten war – selbst für ihn. Und noch bevor er darüber nachdenken konnte, antwortete er: „Eine Woche, Eure Hoheit! Eine Woche, dann gehört der Todesengel Euch."

„Eine Woche?", wiederholte sie. „Ich soll noch eine Woche in diesem Hinterwäldler-Königreich bleiben?"

Dagul nickte nur vorsichtig.

Elara schwieg für einen Augenblick, überlegte wieder. Dann sagte sie: „Nun, ich denke damit kann ich leben. Gut, Dagul. Du und deine Schenra-Vey, ihr bekommt eine Woche. Nach Ablauf dieser Frist will ich den Dritten Todesengel haben – voll einsatzbereit. Meine Sklavenmeister sollen alles tun, das Letzte aus diesem minaskaiischen Abschaum herauszuprügeln. Aber ich werde keinen weiteren Aufschub dulden, hast du das verstanden?"

Die Schärfe ihrer Stimme ließ keinen Widerspruch zu und Dagul war zu intelligent, um jetzt noch irgendein „Wenn" und „Aber" hinzuzufügen. *Eine Woche!*, dachte er und runzelte unter seiner Kapuze sorgenvoll die Stirn. *Fünf Tage! Das können wir unmöglich schaffen, selbst wenn die Sklaven Tag und Nacht graben!* Doch er sagte: „Ja, ich habe verstanden, Eure Hoheit."

„In Ordnung. Gut. Genau das wollte ich von meinem obersten Berater hören." Sie grinste. „Aber du wirst dir etwas einfallen lassen müssen, um mich in dieser Zeit bei Laune zu halten. Heute habe ich nämlich eines meiner Spielzeuge verloren."

„Eure Hoheit?"

Statt einer Antwort warf sie ihm einen Gegenstand zu, den Dagul geschickt auffing. *Die Sklavenkrone!* Erschrokken fragte er: „Was ist mit Königin Lyndira geschehen?"

Elara grinste ihn breit an. „Oh, die Königin hatte sich etwas ungeschickt angestellt. Sieh dir an, was sie mit meinem Kleid gemacht hat! Und was soll ich sagen? Da musste ich sie leider bestrafen. Du weißt, welchen Wert ich auf fähige Diener lege, Dagul."

Dagul erstarrte unter seiner Robe. „Soll das etwa heißen, Ihr habt sie *umgebracht*?"

„Genau das."

„Das... das hättet Ihr nicht tun dürfen! Die Königin war noch von Wert für uns – für Euch!", verbesserte er sich schnell.

„Wieso? Wir brauchten sie doch nur, um ihre Verbündeten von Minaskai abzulenken. Und das hat sie getan. Ansonsten war sie nicht mehr als eine große Puppe. Eine große, ungeschickte Puppe."

„Sie war ein menschliches Wesen!"

Da sah Elara ihren Berater an, wobei sie den Kopf leicht

schräg legte. Sie wirkte, als ob sie ein besonders ekliges Insekt fixierte, das aus dem Boden kroch. „Sie war eine *Sklavin!*“, fauchte sie. „Sie war mein *Eigentum!* Und ich selbst entscheide, was ich mit meinem Eigentum anstelle! Du, Dagul, hast in dieser Angelegenheit keine Forderungen zu stellen!“ Sie schwebte näher an ihn heran. „Langsam muss ich mich fragen, auf welcher Seite du überhaupt stehst. Ich könnte fast glauben, du hattest Mitleid mit dieser schwachsinnigen Kopie einer Königin!“

Während sie und ihr massiger Thron ihn langsam umkreisten, blieb Dagul ruhig stehen wie eine Statue, wobei er versuchte, sich von seiner wachsenden Angst nichts anmerken zu lassen. Und doch spürte er den Schweiß, der seine Robe an den Körper klebte. Er konnte ihn sogar riechen.

„Alle Völker dieser Welt“, sagte Elara hinter Daguls Rücken, „existieren nur, um Untertanen zu sein – *meine* Untertanen! Das Königreich Xendor wird über sie alle herrschen. Wir müssen herrschen, weil es einen Herrscher geben *muss!* Und wenn wir es nicht tun, wir Menschen, dann tun sie es, *die anderen,* und sie sind nicht so gerecht oder stark wie wir! Und jetzt, wo wir den Dritten Todesengel haben, kann Xendor endlich seine Rolle als absoluter Herrscher antreten. Ich dachte, du wärst mit mir einer Meinung, Dagul. Oder sollte ich mich geirrt haben? Vielleicht habe ich zu voreilig mein Vertrauen in dich gesetzt?“ Sie schwebte direkt vor ihm.

Dagul war klar, dass jetzt sein Leben von der richtigen Antwort abhing. Auch wenn seine Kräfte die der normalgeborenen Prinzessin bei Weitem überstiegen: Die Wolfsgarde war bei ihr und die Ritter waren so im Raum verteilt, dass er sie nicht alle auf einmal mit einer Kraftwelle fortschleudern konnte. Und wenn er sich nur den geringsten Fehler erlaubte, würden sie sich von allen Seiten auf ihn stürzen und ihn zerfetzen, bevor er Zeit hatte, eine Verbindung mit der Magie herzustellen.

Bevor er sprach, schluckte Dagul und stellte fest, dass seine Kehle staubtrocken war. Er ging vor Elara auf die Knie und senkte demütigst das von der Kapuze verdeckte Haupt. „Ich bitte, mein Verhalten und meine Worte zu entschuldigen, Gebieterin", sagte er und jede Silbe stach in das Herz seiner Würde. „Ich bin nur ein armer Narr und weit entfernt von der Vollkommenheit, die Ihr erreicht habt. Ich zweifele nicht an Xendors Rolle in der Geschichte der Welt. Ich glaube fest daran, dass Ihr und Euer Volk Auserwählte der Götter seid, und ich bin nichts als dankbar, dass mir die Ehre zuteil wurde, Euch dienen zu dürfen. Vergebt mir..."

Ein Lächeln grimmiger Befriedigung erschien auf Elaras Gesicht. „So ist es schon besser", sagte sie. „Vielleicht sollten wir es täglich üben!" Dann begann sie zu lachen und Dagul stimmte mit einem nervösen Grinsen mit ein.

„Ach, Dagul", meinte die Prinzessin und seufzte. „Du hast noch so viel zu lernen. Aber im Gegensatz zu vielen anderen bist du auch bereit dazu. Natürlich vergebe ich dir deinen kleinen Ausrutscher – dieses Mal. Aber so etwas wird sich nicht wiederholen!"

„Nein, Eure Hoheit. Niemals!"

„Sehr schön." Sie schwebte wieder drei Schritte zurück und Dagul schnappte nach Luft.

„Nun – wo waren wir stehen geblieben? Ah ja, die Sklavenkrone. Hmmmm..." Elara legte den gekrümmten Zeigefinger nachdenklich ans Kinn. „Ich bin sicher, du wirst einen würdigen Träger für sie finden. Aber du wirst das Ding verändern müssen. Sein Träger darf nicht alles so verdammt wörtlich nehmen, was man ihm sagt. Vielleicht sollte es weniger einen Sklaven aus ihm machen, mehr einen Verbündeten. Glaubst du, du schaffst das? Hm?"

„Sicher, Eure Majestät, natürlich."

„So gefällst du mir, Dagul", sagte sie. Ihr Thron schwang in die andere Richtung und Elara schwebte aus der Bibliothek, wobei ihr zwei Wolfsgardisten die Türen öffneten. „Benachrichtige mich, wenn du jemanden gefunden hast, der wertvoll genug für uns ist. Aber störe mich nicht mehr bei meiner Feier. Und denk daran – du hast eine Woche!"

„Ich werde es nicht vergessen, Eure Hoheit!", rief er ihr nach. Die letzten beiden Wolfsgardisten schlossen die Türen wieder und Dagul blieb allein zurück.

*Ihr Götter,* dachte er und hörte sein Herz wild klopfen. *Sie ist vollkommen wahnsinnig!*

## *Kapitel 20: Beschar*

In der Nacht des zwanzigsten Tages auf See kam erneut Unruhe in die kleine Flotte von Flüchtlingen, als der Ausguck der *Schwarzer Habicht* sechs Schiffe ankündigte, die sich näherten. Doch schon bald kam die Entwarnung: Es waren Schiffe der Küstenwächter von Ambaria!

Als dies bekannt wurde, stürmte ein Großteil der Passagiere sofort an Deck, um ihnen zuzujubeln. Garian und die anderen waren ebenfalls darunter. Sie sahen große, schlanke Schiffe im hellen Mondlicht. Auf den weißen Segeln war das Wappen des Elfenkönigreiches zu sehen: ein silberner Stern mit acht Spitzen.

Mit den Küstenwächtern kam auch neue Hoffnung. Jeder spürte eine unglaubliche Erleichterung und viele konnten zum ersten Mal seit Tagen wieder lächeln.

Taya nahm Garian in den Arm; Noa klopfte Uruk auf die Schulter und lächelte den beiden Geschwistern zu. „Jetzt haben wir es bald geschafft", sagte er. „Die Elfenkönigreiche sind nicht mehr weit." Seine Worte waren durch den allgegenwärtigen Jubel kaum zu verstehen.

Garian nickte. *Ja. Wir haben es fast geschafft. Fast.* Denn obwohl der Magier nicht unrecht hatte und er selbst unendlich froh war, die befreundeten Schiffe zu sehen, war Garian dennoch klar, dass dies noch lange nicht bedeutete, dass sie in Sicherheit waren. Denn es blieb immer noch die Frage, wie die Ambarier auf den unerwarteten Besuch reagieren würden.

Der Kapitän der *Schwarzer Habicht* befahl seinem Lichtmeister, mit einer magischen Fackel einen Begrüßungscode vom Ausguck aus zu senden. Das Schiff an der Spitze der Küstenwächter antwortete sofort.

„Was sie wohl sagen?“, fragte sich Taya. Sie hatte die aufblitzenden Signale beobachtet, war aber nicht schlau aus ihnen geworden.

Garian, der den Lichtcode durch seine Sturmklingen-Ausbildung kannte, antwortete ihr: „Sie heißen uns im Hoheitsgebiet von Ambaria willkommen und fragen, was uns hierher führt.“

Nun ließ der Lichtmeister auf dem Ausguck wieder die Fackel aufleuchten. Garian blickte zu dem höchsten Mast und übersetzte das blitzende Licht in Worte. Wie erwartet, erklärte der Lichtmeister ihre Situation: den Angriff der Xendorier, die Flucht aus Minaskai und die lange Zeit auf See. *„Wir hoffen“*, übersetzte Garian, *„dass Ihr uns in einen nahe gelegenen Hafen führen könnt.“*

Sie blickten wieder zu den ambarischen Schiffen, die nicht mehr allzu weit entfernt waren. Die Antwort kam nicht sofort, und das machte viele an Bord der *Habicht* hörbar nervös.

„Lasst ihnen etwas Zeit“, meinte Noa ruhig. „Schließlich müssen sie das alles erst mal verdauen und sich beraten.“

Ein paar Minuten später antworteten die Ambarier. Garian war erleichtert. „Sie erklären sich bereit, uns in den Hafen von Beschar zu führen“, erklärte er, und jeder in seiner Umgebung, der das hörte, begann wieder zu jubeln. „Dort werden sie König Sandarius benachrichtigen.“

Die acht großen Elfenkönigreiche – eigentlich *Elfirim Nischalan* – waren viel älter als die älteste menschliche Nation auf Berial. Als die Menschen begannen, ihre ersten Häuser zu bauen, standen die Paläste der elfischen Herrscher schon seit vielen Generationen. Die Elfen konnten auf eine über achttausendjährige Geschichte zurückblicken und waren nicht wenig stolz darauf.

Von allen drei Kontinenten reichte Elfaria am weitesten in den Norden der Welt. Es war ein kaltes Land, in dem der Sommer wie der Frühling war und der grausame Winter sich vom Herbst bis zu den ersten Sommertagen hinzog. Ein raues Land mit ausgedehnten, immergrünen Tannenwäldern, weiten Tälern, kalten Steppen und wilden, unbezwingbaren Gebirgszügen. Die nördliche Spitze Elfarias war eine unbewohnte Eiswüste, in der fast das ganze Jahr über Schnee lag. Glücklicherweise lag das Königreich Ambaria knapp unter der Mitte des Kontinents und damit in den milderen Zonen, sonst wäre es ein sehr ungemütlicher Empfang für die Flüchtlinge geworden.

Viele Tiere gab es außer in den Elfenkönigreichen nirgendwo auf der Welt: Rentiere, Elche, Eisfüchse, Narwale, Weißkopfseeadler, Pumas, Weiße Wölfe, Grizzlybären, Walrösser – die Liste war nahezu unerschöpflich.

In den Köpfen vieler Menschen waren die Herzen der Elfen genauso kühl und unfreundlich wie ihr Land. Auch wenn sich die Temperamente der Elfenvölker von Königreich zu Königreich unterschieden, galten sie im Allgemeinen als gefühlsarm, arrogant und selbstverliebt – zumindest den anderen Städtebauern gegenüber (interessanterweise dachten viele Elfen genauso von den Menschen auf Berial).

In Wahrheit waren die Elfen ein sehr künstlerisches Volk, das selbst bei den kleinsten Alltagsgegenständen Wert auf Schönheit legte. Wie ein altes Elfensprichwort sagte: „Das Leben ist so kurz – warum es in Hässlichkeit verbringen?"

Die alte Kultur der Elfen hatte viele Rituale und Traditionen überliefert, die von den meisten Menschen als Zeitverschwendung betrachtet wurden. Doch die Elfen ließen sich Zeit für alles, was sie taten. Etwas, das in Hast vollbracht wurde, besaß in ihren Augen nicht viel Wert. Etwas, das ohne Leidenschaft getan wurde, war belanglos. Und tatsächlich hatten sie viel Zeit für diese Rituale, da Elfen im Durchschnitt über hundert Jahre alt wurden und erst in den letzten Lebensjahren alt aussahen.

Ihre großen Städte waren Kunstwerke an sich, und die Paläste, die sie für ihre Herrscher gebaut hatten, weltberühmt. Elfische Stoffe und Wandteppiche erzielten auf den Märkten in Berial unglaubliche Preise.

Auch ihre Götter unterschieden sich von denen der Menschen und der Orks. Die meisten elfischen Kulturen kannten nur drei Götter: *Nayad,* die Ordnung, *Bokur,* das Chaos, und *Teschin,* das Gleichgewicht – die drei großen Wesenheiten, die den Lauf des Universums bestimmten. Die Elfen wagten es nicht, ihnen Gesichter und Körper zu geben, sondern symbolisierten Nayad, Bokur und Teschin durch unglaublich komplizierte Schriftzeichen, die jedoch genauso heilig waren und verehrt wurden.

Das waren die Fakten, die Garian, Taya und Uruk aus dem Unterricht kannten. Doch nichts von alledem hätte sie auf diese Reise vorbereiten können.

Am Nachmittag des nächsten Tages sahen die drei zusammen mit Noa und vielen anderen Passagieren auf dem Deck der *Schwarzer Habicht* erwartungsvoll der Einfahrt in den Hafen von Beschar entgegen. Die letzte Nacht hatte fast jeder an Bord in einem ruhigen Schlummer verbracht, in dem Wissen, dass jemand da war, um sie zu beschützen.

*Hoffentlich hat diese elende Ungewissheit jetzt ein Ende,* dachte Garian, als er beobachtete, wie die Schiffe sich dem Festland näherten. *Hoffentlich erfahren wir jetzt endlich Neuigkeiten von zu Hause!*

Aber was viel wichtiger war: Vielleicht erhielten sie

nach der langen, entnervenden Seereise ein Obdach und ausreichend zu essen. Er glaubte nicht, dass er bei klarem Verstand bleiben konnte, wenn er weiterhin gezwungen war, die mehr als spärlichen Schiffsrationen hinunterzuwürgen.

Bereits von Weitem war deutlich zu erkennen, wie groß Beschar war – die Ausmaße der Hafenstadt übertrafen Dayrelia fast um das Doppelte. An den großzügigen Anlegestellen des Hafens lag eine bunte Schar von Schiffen aus allen erdenklichen Nationen vor Anker. Genau wie Dayrelia gehörte Beschar zu den wichtigen Handelszentren der Welt.

Die Architektur der Stadt gefiel Garian besonders: Sie war typisch elfisch. Zwischen weißen Fachwerkhäusern mit spitzen, braunen Ziegeldächern stachen hohe, schlanke Türme hervor, die an die Hörner eines Tieres erinnerten. Die Fassaden der Türme waren in sanften Pastelltönen bemalt.

Auf den Dächern der Häuser flatterten bunte Wimpel. Wo immer Platz war, hatte man kleine Gärten und Parks angelegt, wie grüne Farbkleckse zwischen den Gebäuden. Die breiten Straßen waren mit Bäumen gesäumt.

Beschar war eine schöne Stadt und erinnerte Garian schmerzlich an das Elfenviertel seiner Heimatstadt. Genau wie seine Schwester und Uruk verspürte er in diesem Augenblick großes Heimweh. Was die drei jedoch schnell wieder tröstete, war die Erkenntnis, dass hier nicht alles so fremd war, wie sie befürchtet hatten. Im Gegenteil, vieles an Beschar erschien ihnen sehr vertraut.

Doch es gab ebenso viele Dinge, die sie von Zuhause nicht kannten.

Eine besondere Attraktion hatte sie bereits eine halbe Meile vor den Kais empfangen, wo acht riesige Statuen aus Bronze aus dem Ozean ragten und die Besucher des

Landes begrüßten. Jedes einzelne dieser Standbilder war mindestens dreißig Schritt hoch – in weite Mäntel gehüllte Metallriesen, die von kunstvollen Rüstungen und Helmen geschützt wurden. Jede der beeindruckenden Figuren hielt in der rechten Hand ein Schwert und die Linke war zum Gruß erhoben. Selbstverständlich waren es alles Elfen: drei Männer und fünf Frauen mit erhabenen, schlanken Gesichtszügen und spitzen Ohren. Ihre Katzenaugen blickten wachsam auf das Meer.

„Die *Vokiri'go'Talin*", hatte Noa seinen Freunden erklärt. „Die Wächter des Landes. Sie stellen die acht Söhne und Töchter des ersten Königs Likon Ambara dar."

„Woher weißt du so gut Bescheid?", hatte Uruk gefragt, während er mit tiefer Ehrfurcht zsuah, wie die Schiffe zwischen den Bronzeriesen hindurchnavigierten.

„Ich bin schon einmal hier gewesen. Vor fast drei Jahren."

„Du hast uns noch nie etwas davon erzählt", sagte Garian.

„Glaub mir", Noa lächelte, „ich habe euch von vielen Dingen noch nichts erzählt."

Lange bevor die Schiffe im Hafen einliefen, hatte sich eine gaffende Menge von Städtern gebildet, welche die Neuankömmlinge von den Kais aus bestaunte. Ein Küstenwächter signalisierte den Flüchtlingen, dass sie so lange auf ihren Schiffen bleiben sollten, bis die Gouverneurin der Stadt benachrichtigt worden war.

Garian, Taya, Uruk und Noa blieben allein in ihrer Kabine. Die anderen Mitreisenden waren nach draußen gestürmt und versammelten sich auf dem Oberdeck, um sich den Hafen anzusehen, aber die vier wollten sich diesem Gedränge nicht ausliefern. Sie hatten so lange auf ihre Ankunft gewartet, dass es auf einige Minuten mehr oder weniger nicht ankam. Also blieben sie sitzen und warteten ab, was sich tun würde.

Nur Uruk war unruhig wie immer, seit er an Bord der *Schwarzer Habicht* gegangen war. Die ganze Zeit hatte er sich mit der Frage gemartert, ob seine Eltern es ebenfalls auf eines der Flüchtlingsschiffe geschafft hatten. Auf der *Habicht* waren sie jedenfalls nicht, das wusste er. Aber da waren noch fünf weitere Schiffe voller Leute... Die Chancen standen gut, sehr gut, dass er sie bald wiedersehen konnte, aber noch musste er in diesem Holzkasten gefangen bleiben.

*Sie müssen einfach da sein,* sagte er sich. *Sie müssen! Was soll ich sonst ohne sie nur tun?*

Was hielt nur diese blöde Gouverneurin auf? Warum konnte man sie nicht endlich aus diesem verdammten Schiff befreien?

Minuten wurden zu Stunden. Erst zwei, dann drei. Mittlerweile schien es, als ob man sie vergessen hatte.

Doch dann, endlich, begannen die Dinge wieder, sich zu bewegen.

„Da kommt jemand!", sagte Garian und deutete auf die Szenerie hinter dem Bullauge. Sie zeigte einen breiten Hafenkai aus Stein und massiven Holzbrettern, auf dem sich glotzende Elfen und einige wenige einheimische Menschen breitmachten. Eine Gruppe Reiter war aufgetaucht – fünf, nein, sechs ambarische Ritter auf gepanzerten Rössern.

Ihre langen, weißen Mäntel mit Schulterpanzern verdeckten die vollen Rüstungen, die sie am Körper trugen. Von den silbernen Helmen mit heruntergeklappten Visieren hingen hüftlange Fäden, die wie das Haar eines Albinos wirkten. Die Ritter verteilten sich als Leibgarde um einen Reiter – eine Frau.

Taya, Uruk und Noa drängten sich um das runde Fenster, um mehr von den Geschehnissen an Land mitzubekommen.

Die Frau stieg von ihrem Ross und wurde sofort von den Rittern umkreist. Sie war eine hochgewachsene Elfe mit schwarzem, glattem Haar, das von einem Band im Nacken zusammengehalten wurde. Ihr Gesicht war schmal und stolz. Der Mantel, in den sie sich gehüllt hatte, war tiefrot und aus edlen Stoffen gefertigt und wies jene verwirrenden, goldenen Stickereien auf, welche die Elfen dieser Region anscheinend bevorzugten.

Ihre Wächter drängten die Gaffer zur Seite, damit die Frau ungestört den Rand des Kais erreichen konnte. Dort reckte sie den Hals. Sie sprach offensichtlich zu den Passagieren der *Habicht*, die sich auf dem Oberdeck versammelt hatten.

Garian hatte mittlerweile das Bullauge geöffnet, um verstehen zu können, was sie zu sagen hatte.

„Werte Reisende aus Minaskai“, eröffnete sie mit lauter Stimme. Sie schien es gewohnt zu sein, Reden vor großen Massen zu halten. Das Berialisch, das sie sprach, besaß einen schleppenden Akzent. „Ich heiße Euch im Königreich Ambaria willkommen. Ich bin Hesa Donaju, die königliche Gouverneurin der Stadt Beschar. Man hat mir berichtet...“ – die nächsten Worte waren unverständlich, weil ganz in der Nähe eine Möwe aufschrie – „...geflohen seid. Als ich von Eurem Schicksal erfuhr, habe ich sofort alle Maßnahmen in die Wege geleitet, um für Euch ein vorübergehendes Lager aufzubauen...“

„Habt ihr das gehört?“, fragte Taya freudig. Sie hörten auch das aufgeregte Gemurmel der übrigen Passagiere.

„Psst“, machte Garian.

Gouverneurin Donaju fuhr unbeirrt fort: „Selbstverständlich habe ich Seine Majestät König Sandarius Connat über Eure Ankunft informiert. Er wird in wenigen Tagen hier sein. Der König lässt Euch durch mich ausrichten, dass er Euch in seinem Land willkommen heißt und alles tun wird, um Euch eine neue Heimat zu schaffen, bis ihr nach Minaskai zurückkehren könnt!"

Jubel brach aus. Uruk blickte zu seinen Freunden und sah in ihren Blicken dieselbe Befürchtung: *Falls wir überhaupt zurückkehren können...*

Als sich der Abend über Beschar senkte, wurden die Flüchtlingsschiffe endlich evakuiert. Die Passagiere wurden von den Mannschaften der Schiffe angehalten, in kleinen Gruppen über die Gangways zum Hafen zu marschieren. Dort wurden sie von Weißen Rittern weitergeführt. Gouverneurin Donaju blieb ständig am Hafen, versicherte die Flüchtlinge ihres Mitgefühls und versprach, dass sich alles zum Guten wenden würde. Garian wollte ihr glauben.

Er wäre fast auf die Knie gefallen, um den festen Boden unter seinen Füßen zu küssen, doch dazu blieb keine Zeit. Mit geschultertem Gepäck folgte er den Anweisungen der Weißen Ritter. Zusammen mit seiner Schwester, seinem besten Freund und Noa wanderte er durch den von Fackeln beleuchteten Hafen, wo einige Pferdekutschen bereitstanden, um sie zum Lager zu fahren.

Uruk sah sich ständig in den Schlangen der anderen Passagiere um und versuchte, dort irgendwo seine Eltern auszumachen. Zwar entdeckte er einige Orks und darunter auch einige, die er kannte, doch von Krin und Gruhm fand er keine Spur. *Das hat nichts zu bedeuten,* sagte er sich und versuchte, gegen seine Tränen anzukämpfen. *Es sind einfach zu viele Leute. Sie werden schon irgendwo hier sein!*

Inzwischen hatte die Nachricht die Runde gemacht, dass die Hälfte der Flüchtlinge in einem großen Zeltlager außerhalb der Stadtmauern von Beschar unterkommen würde. Die anderen konnten irgendwo in der Stadt untergebracht werden – doch da Beschar eine Hafenstadt war und ständig viele Besucher hatte, blieb leider nicht genug Platz für alle.

*Ein Zeltlager,* dachte Taya während der Kutschfahrt durch die abendliche Stadt. Es war zwar kein richtiges Obdach, aber mehr als sie erwartet hatte. Das Wichtigste für sie war, mit den anderen zusammenzubleiben. Alles in allem glühte ein kleiner Funken Hoffnung in ihr.

*Das ist also unser neues Zuhause,* dachte Garian mit einem leeren Gefühl in seinem Herzen.

Das Lager bestand aus zehn Reihen großer Zelte, die sich auf der großen Grasfläche vor den Stadtmauern aufreihten. Nicht weit entfernt von hier breiteten sich goldene Weizenfelder aus.

Alle zwanzig Schritte hatte man gusseiserne Fackelträger aufgestellt, welche die Dunkelheit zurückhielten. Nun, Garian war auf Schlimmeres gefasst gewesen, obwohl er sich im Augenblick unmöglich vorstellen konnte, die nächsten Tage oder Wochen an diesem Ort zu hausen.

Als er und die anderen das Lager erreichten, wurden sie Zeuge einer einzigen großen Unordnung. Überall liefen Weiße Ritter und freiwillige Helfer umher, damit beschäftigt, neue Zelte und Lagerschuppen aufzubauen, Schlafmatten und Decken zu verteilen und die Flüchtlinge in ihre Quartiere einzuweisen. Bis jetzt schien erst die Hälfte des Lagers fertig gestellt zu sein. Und überall wurde noch dringend Hilfe benötigt, wenn alle Zelte vor dem Morgengrauen aufgebaut sein sollten.

Trotz ihrer Erschöpfung erklärte sich der Großteil der Flüchtlinge sofort bereit, ihre elfischen Gastgeber zu unterstützen, und machte sich an die Arbeit.

Auch Garian, Taya, Uruk und Noa halfen nach Kräften

mit, richteten Zeltstangen auf, schlugen Heringe in den Boden und trugen Zeltplanen und Schlafmatten umher.

Dabei stellten sie schnell fest, dass die Ambarier nicht nur sehr freundlich und mitfühlend waren, sondern auch, dass ihre eigenen Leute wieder Mut fassten. Ein neu gefundenes Gemeinschaftsgefühl schweißte sie zusammen. Elfen, Menschen und Orks aus Minaskai teilten alle das selbe Los. Allen war klar, dass sie sich nicht nur auf das Mitleid der Ambarier verlassen konnten, das vielleicht sehr flüchtig war. Sie mussten selbst mit anpacken – allein schon um zu beweisen, dass sie keine bloßen Schmarotzer waren.

„Es ist ein neuer Anfang!", sagte einer der Flüchtlinge zu Garian, während er ihm dabei half, ein neues Zelt aufzustellen. „Es dauert nicht mehr lange, und dann können wir wieder nach Hause! Sandarius und die Elfen werden die Xendorier verjagen – falls die Sturmklingen das nicht schon längst getan haben. Bald schlafen wir alle wieder in unseren eigenen Betten!"

Garian hatte darauf nur mit einem knappen Nicken geantwortet. Natürlich wollte er auch daran glauben, doch er fragte sich tief in seinem Inneren, ob der Mann nicht zu viel von der Zukunft erwartete. Allerdings war es eine große Erleichterung, von den Leuten wieder Worte der Hoffnung zu hören und nicht ihr Wehklagen.

Die Arbeit war anstrengend und bald taten ihnen alle Knochen im Leib weh. Doch trotz ihrer Müdigkeit blieb kaum Zeit für eine Pause. Jedoch wagte es niemand, sich darüber zu beschweren.

Einige Stunden nach Mitternacht stand das letzte Zelt.

Weiße Ritter teilten den drei Jugendlichen und dem Magier ihr Quartier zu. Es war ein Zelt in der Mitte des Lagers, nahe einem freien Platz, der zukünftig als Versammlungsort dienen sollte. Es roch muffig und hatte wahrscheinlich jahrelang in irgendeinem Speicher gelegen. Aber es war ein Dach über dem Kopf und weniger beengend als die Kabine im Schiff. Und jeder hatte eine Schlafstelle nur für sich – zwar waren es nur mit Stroh gefüllte Stofflagen, doch das war immer noch besser als eine harte Holzbank im Rücken.

Garian und die anderen teilten sich das Zelt mit der sechsköpfigen Menschenfamilie Raskill, die um ihren ältesten Sohn trauerte, den sie in Dayrelia hatte zurücklassen müssen.

Sobald sie alle auf ihren Matten lagen, fielen ihnen die Augen zu. Taya, Uruk und Noa waren binnen Minuten eingeschlafen.

Nur Garian blieb bis zum Morgengrauen wach. *Egal, was geschieht*, sagte er sich, *ich werde nach Hause zurückgehen. Ich werde mithelfen, Minaskai zu befreien. Und wenn ich dabei sterben muss...*

Und leise flüsterte er vor sich hin:

„Das schwöre ich als Sturmklinge!"

## *Kapitel 21: Die Rückkehr*

Eskortiert von zwei Wolfskriegern, betrat Dagul den Kerker unterhalb des Palastes von Dayrelia. Dutzende Treppen führten ihn hinab in ein Labyrinth aus dunklen Steinen und dem öligen Licht zuckender Fackeln. Die Luft war feucht hier, sie stank nach Moder und Fäkalien, Eisenketten und Verzweiflung. Alle zehn Schritte standen Wachen, bewegungslos wie Statuen aus Stahl.

Während er durch die breiten Steinkorridore marschierte, vermied es Dagul, allzu lang hinter die Gitterstäbe der Zellen zu schauen, wo verdreckte Wesen wie Lumpenpuppen kauerten und auf ihre Hinrichtung warteten. Sie ertranken in ihrem Elend und so hob kaum einer von ihnen den Kopf, um einen Blick auf die vorbeischreitende, hohe Gestalt des Magiers in seiner strahlenden Robe zu erhaschen.

Dagul wusste, dass es sich bei einem Großteil der Gefangenen um ehemalige Minister und Vasallen der Königin handelte, die nicht zur Zusammenarbeit mit Xendor bereit gewesen waren. Die Liste der Hinzurichtenden war lang, aber früher oder später würde jeder von ihnen den Tod finden. Möglicherweise würden sie dabei Elara Auge in Auge gegenüberstehen, um letzte Demütigungen über sich ergehen zu lassen.

Aber zumindest ein Gefangener würde heute Nacht dieses Höllenloch verlassen und dem Tod entgehen. Jedoch würde er danach nicht frei sein.

„Hier ist er, Herr“, sagte einer der Wolfskrieger und blieb vor einer Zelle stehen. Er führte einen Schlüssel in das Schloss und zog klirrend die massive Stahlgittertür zur Seite.

Ein Schauer des Entsetzens packte Dagul und er trat unwillkürlich einen Schritt zurück.

Der große Mann baumelte mit blutigen Ketten an den Handgelenken von der Decke. Ein scharfer Gestank von Schweiß und seinen eigenen Ausscheidungen ging von ihm aus. Sein Haupt hing nach vorn, so dass Dagul nur die zerzausten schwarzen Haare sehen konnte. Der durchtrainierte, schlanke Oberkörper war mit Striemen und Schnitten übersät.

„Wie lange hängt er hier schon so?“, verlangte der Magier zu wissen, die Stimme voller Zorn.

„Ich weiß es nicht, Herr“, antwortete der Wolfskrieger neben Dagul. „Einige Tage. Hin und wieder nehmen wir ihn runter und geben ihm zu essen, um ihn am Leben zu halten – genau wie Ihre Hoheit befohlen hat.“

Daguls Vorstellungskraft stieß an ihre Grenzen, als er versuchte nachzufühlen, welche *Schmerzen* der Paladin hatte erleiden müssen. „Nehmt ihn sofort da runter!“, befahl er den Kriegern wütend. Sie taten, wie ihnen geheißen, öffneten die Stahlringe, die fast mit den Handgelenken des Mannes verschmolzen zu sein schienen. Eine dunkle Blutkruste machte es unmöglich zu sagen, wo Eisen begann und Fleisch aufhörte.

Der Paladin ließ ein kaum hörbares Stöhnen vernehmen, als ihn die beiden auffingen und unsanft auf den verdreckten, stinkenden Steinboden gleiten ließen. Seine Atmung war kaum sichtbar. Die Wunden an den Handgelenken waren wieder aufgebrochen.

Dagul sandte die beiden Wolfskrieger aus der Zelle und ging vor der regungslosen Elendsgestalt, die einst der stolze und gefürchtete Kelrik Daralos gewesen war, in die Hocke.

„Es tut mir leid, Paladin“, sagte er mit ehrlichem Mitgefühl. „Ich wünschte, ich hätte Euch das ersparen können. Aber es ist bald vorbei.“

Daralos war nicht fähig, Worte zu formen. Er schien sich im Delirium zu befinden.

Dagul drehte den Mann vorsichtig auf den Rücken und sah das Gesicht des Paladins zum ersten Mal mit eigenen Augen. Wieder erschrak er.

Der Paladin war von Erschöpfung und Hunger gezeichnet. Er war hagerer als in den Porträts, die Dagul von ihm gesehen hatte. Seine ohnehin schon hoch liegenden Wangenknochen zeichneten sich scharf ab. Der Bart, der sonst Kinn und Oberlippe umrahmte, wucherte wild im Gesicht. Die stahlgrauen, durchdringenden Augen blieben geschlossen. Er stank erbärmlich.

Auch wenn er nur ein Normalgeborener war – niemand hatte diese Behandlung verdient.

Dagul überwand seinen Ekel vor der Schweiß- und Blutschicht, welche die Haut des Paladins bedeckte, und legte seine Hand auf Daralos' flachen Bauch. Der Magier konzentrierte sich und erweckte die schlummernde Kraft in seinem Inneren. Die Macht der Magie erfüllte ihn; Dagul ließ sie in den halbtoten Körper des Paladins fließen. Auch wenn seine Heilkräfte im Vergleich zu anderen Ordensmitgliedern nicht gerade immens waren, halfen sie doch, die Heilung von Daralos' Wunden zu beschleunigen.

Dagul beobachtete, wie die Atmung des Mannes kräftiger und tiefer wurde. Doch er gab die Verbindung zur Magie erst auf, als der Paladin wieder zu sich kam. Seine Lider hoben sich und Dagul blickte in verletzte, traurige und verwirrte Augen, die eher an ein erschrecktes Kind erinnerten als an einen Krieger.

„Geht es Euch besser, Paladin?“, fragte er.

Wellen reiner Energie strömten in Kelriks erschöpften Körper. Sie waren so warm und wohltuend wie die Strahlen der Sonne. Er spürte, wie sie seine zahlreichen Wunden und Verletzungen heilten und die Schmerzen, die ihn fast seinen Verstand gekostet hatten, linderten. Nach unendlich langer Zeit wurde er von seinen Qualen erlöst, und er fühlte sich, als wäre er neu geboren. *Was geschieht mit mir? Bin ich tot?*

Schließlich schlug er die Augen auf. Vor ihm hockte eine gesichtslose Gestalt in einer Robe, so weiß wie frischgefallener Schnee. Kelriks Blick verlor sich in den verschlungenen, silbernen Verzierungen auf dem edlen Stoff. Hinter der Gestalt erkannte er die dreckigen Mauern und Ketten des Kerkers.

„Geht es Euch besser, Paladin?“, fragte eine junge, sanfte Stimme aus dem Schatten der Kapuze.

*Diese Stimme,* dachte Kelrik. *Ich kenne sie... Ich kenne sie...*

Dann fiel es ihm ein. „Noa“, sagte er und war verblüfft, beinahe erschrocken, wie kraftvoll seine eigene Stimme klang. „Noa, wie kommst du hierher? Was ist passiert? Ich... ich war gefangen, aber...“

„Beruhigt Euch“, sagte Noa und half ihm beim Aufstehen.

Zum ersten Mal seit langer Zeit stand Kelrik wieder auf seinen eigenen Füßen, doch seine Beine waren schwach. Hätte Noa ihm nicht geholfen, wäre er gestürzt. Kelrik legte den Arm um die gepanzerte Schulter des jungen Magiers und ließ sich von ihm stützen. Ein Teil seines Geistes war immer noch mit den Fragen beschäftigt, weshalb Noa diese seltsame Kleidung trug und sein Gesicht verbarg; warum er hier war und nicht bei Taya und Garian; wie er es geschafft hatte, an den Wachen vorbeizukommen. Aber der größte Teil war immer noch über seine wundersame Genesung verblüfft... und ratlos.

„Was ist geschehen, Noa?“, wiederholte der Paladin. „Wo sind meine Kinder?“

Noa half ihm, sich auf die Pritsche der Zelle zu setzen, die nur aus einem altersschwachen Holzbrett und zwei Ketten bestand. Dann zog er etwas aus den Falten seiner Robe.

Kelrik starrte auf einen Gegenstand, der wie ein Stirnreif aussah. Ein Stirnreif aus einer dunklen, ihm unbekannten Legierung, besetzt mit vielen kleinen blauen Kristallen.

„Was-was ist das?“

„Das wird Euch helfen, Euch zu erinnern“, versprach Noa. „Ich helfe Euch, es anzulegen...“

„Noa, wir müssen hier raus“, sagte Kelrik mit drängender Stimme, während sich Noas Hände mit dem Stirnreif Kelriks Kopf näherten. „Was soll das, was tust du...?“

Als der Reif seine Stirn berührte, war es, als kröchen tausend winzige Spinnen über das kalte Metall in den Schädel des Paladins. Kelrik schrie auf. Dann wurden die Spinnen zu Nadeln und stachen mit frostigen Spitzen in sein Hirn. Seine Hände berührten den Reif, um ihn zu entfernen – doch er schien mit seiner Haut verschmolzen zu sein und bestrafte ihn mit noch mehr Schmerzen.

„Ihr dürft Euch nicht wehren, Paladin!“, sagte Noa. Kelrik hörte Mitleid in seiner Stimme. „Dann wird es nicht weh tun!“

Kelrik sank von der Pritsche auf den Boden. Er versuchte immer noch, den Stirnreif zu entfernen, doch die eisigen Nadeln wurden noch spitzer und tiefblauer Schmerz pulsierte vor seinen geschlossenen Augen.

„Warum tust du das, Noa?“, stieß er mit zusammengepressten Zähnen hervor. Sein Gesicht war von seiner Qual verzerrt. „Ich habe dir vertraut! Warum tust du mir das an?“

Dann, ganz plötzlich, war es vorbei.

Kelrik erhob sich. Er befand sich in einem lichtdurchfluteten Zimmer. Es war mit einem Esstisch und Stühlen aus Holz ausgestattet. Eine blaue Vase mit Gänseblümchen stand auf dem Tisch. Die Holzdielen knarrten, als er ein paar vorsichtige Schritte tat, um sich umzusehen. *Wo bin ich? Wie komme ich hierher?*

Vogelgesang war durch ein geöffnetes Fenster zu hören; von draußen strömte klare Frühlingsluft herein, die nach frisch geschnittenem Gras duftete. Es war ein einfaches Zimmer, das einfachen Leuten gehörte.

*Ich bin schon einmal hier gewesen,* dachte Kelrik. Langsam schälte sich die Erinnerung aus seinem Gedächtnis. Ja, er kannte dieses Zimmer, aber er hatte es seit fast zwanzig Jahren nicht mehr betreten. Es war die Stube in dem kleinen Haus in den Außenbezirken von Inad, einer kleinen Stadt im Westen Xendors. Der Ort seiner Geburt. Das Haus, in dem er nach dem Tod seiner Eltern mit Yelissa gelebt hatte.

„Ihr Götter“, flüsterte Kelrik, als eine Flut von Erinnerungen auf ihn einstürmte. Erinnerungen an seinen Vater, seine Mutter, seine Schulkameraden und Freunde. Er erinnerte sich an alles. Und dann hörte er ihre Stimme.

„Kelrik!“

Er drehte sich um. Da stand sie: Yelissa.

Sie war so schön wie immer; langes, braunes Haar fiel ihr über die anmutigen Schultern. Er kannte jede Einzelheit ihres lieblichen Gesichtes. Sie wirkte so lebendig und stark wie immer... Doch etwas stimmte nicht... Wie konnte sie hier sein? Wieso lag diese Traurigkeit in ihren grünen Augen?

„Yelissa“, flüsterte er verwirrt.

„Kelrik...“ Sie kam auf ihn zu. Sie trug ein einfaches Kleid und ein rotes Stirnband, das Zeichen für Trauer.

„Oh, Kelrik..." Sie umarmte ihn; er spürte ihre Wärme, atmete den Duft ihres Haars. Irgend etwas stimmte nicht, doch er wusste nicht, was es war... Er konnte sich nicht erinnern...

Yelissa hatte zu weinen begonnen. „Was hast du?", fragte er.

„Hast du es etwa vergessen?" Sie blickte ihn fassungslos an. „Der Krieg? Der Tod unserer Kinder?"

Kelrik kniff die Augen zusammen. „Krieg?"

Er erinnerte sich dunkel an einen Krieg. An Feuer und tausend Wesen, die aufschrien, während sie von einem schrecklichen, purpurnen Licht zerfetzt wurden. Kelrik versuchte, sich an mehr zu erinnern, doch er schaffte es nicht. Er hatte das Gefühl, dass in seinem Kopf tausende winziger Spinnen an seinem Verstand fraßen. Ihm wurde schlecht; nur mit Mühe konnte er sich davon abhalten, sich zu übergeben.

Eine besorgte Yelissa half ihm, sich zu setzen. *Das alles kann nicht wirklich sein,* sagte sich Kelrik, doch der Stuhl, auf dem er Platz genommen hatte, fühlte sich sehr real an. Genauso real wie Yelissa, wie alles hier. *Was passiert mit mir? Jemand – etwas – spielt mit meinem Verstand, meinen Erinnerungen!*

„Wie komme ich hierher?", fragte er, während er sich eine schmerzende Schläfe massierte. „Ich sollte nicht hier sein... Es ist nicht richtig..." Er sah zu seiner Frau auf und sein Blick bettelte um Antwort.

Yelissa setzte sich neben ihn. Ihre grünen Augen blickten tief in die seinen – ihre wunderschönen, ehrlichen grünen Augen.

„Erinnerst du dich nicht, Kelrik?", fragte Yelissa besorgt. „Hast du vergessen, was die Minaskaier mit dir gemacht haben?"

„Die Minaskaier?" War er nicht selbst ein Minaskaier?

Er war zwar nicht in diesem Land geboren, aber dennoch war es seine Heimat geworden. Oder nicht? Es fiel ihm schwer, sich daran zu erinnern. Nebel breitete sich in seinem Verstand aus, während die Spinnen weiterhin durch sein Hirn krochen. *Was passiert mit mir?*

„Ist schon gut." Yelissa lehnte sich vor und umarmte ihn. „Du wirst ihre Lügen bald vergessen. Alles wird wieder gut, Kelrik."

„Was hat man mit mir gemacht?"

Yelissa zögerte. Ihr Blick sagte: *Weißt du das auch nicht mehr?* „Es ist Krieg. Die Sturmklingen von Minaskai sind über unsere Grenzen eingefallen und haben zahlreiche Städte vernichtet. Auch Garian, Taya und meine Mutter, als sie sich auf einem Ausflug nach Nagoria befanden. Du bist zusammen mit den Streitkräften aufgebrochen, um die Minaskaier zurückzuschlagen, doch sie haben dich gefangen genommen und gefoltert." Jedes Wort brachte sie den Tränen näher.

Kelrik erinnerte sich an einen dunklen, stinkenden Kerker und an Folterqualen. Er zuckte zusammen, als er sich an die Schmerzen erinnerte und daran, wie er sich tausendmal gewünscht hatte, endlich sterben zu können, damit seine Agonie ein Ende nahm. Doch niemand hatte ihm diesen Wunsch erfüllt. Stattdessen erhielten ihn seine Peiniger mit Absicht am Leben, damit seine Qualen andauerten und andauerten. Doch noch während er daran dachte, lösten sich diese Erinnerungen auf wie Rauch im Wind.

„Sie haben irgendein magisches Artefakt benutzt, um dich zu täuschen, um dich auf ihre Seite zu ziehen", erklärte Yelissa. „Diese Ungeheuer haben dir falsche Erinnerungen von einem Leben in Minaskai gegeben, um dich zu einem loyalen Soldaten zu machen. Und dann..." Yelissa holte tief Luft, versuchte, das Zittern ihrer ungeschminkten Lippen unter Kontrolle zu bekommen. „...dann schickten sie dich in den Kampf gegen dein eigenes Königreich."

„Nein", brachte Kelrik leise hervor. „Ich bin der Paladin von Königin Lyndira. Ich bin ein Minaskaier, seit zwanzig Jahren, genau wie du es warst. Wir sind beide nach Minaskai gezogen, um vor dem Hass und der Ignoranz in Xendor zu flüchten. Und du – du bist tot, Yelissa. Du bist bei Garians Geburt gestorben." Die Worte kamen schwerfällig über seine Lippen, als habe sich seine Zunge in Blei verwandelt. Und er war sich auch nicht mehr sicher, ob das, was er sagte, die Wahrheit war.

Yelissa schüttelte mitfühlend den Kopf, doch sie hielt den Augenkontakt weiterhin aufrecht und er sah die Verzweiflung in ihrem Blick, wie ernst es ihr war. „Das sind ihre Lügen, Kelrik! Aber du wurdest von dem magischen Einfluss befreit. Du wirst dich bald wieder an die Wahrheit erinnern, sagen die Ärzte. Dann wird alles wie früher sein."

Kelrik schwieg. Ihre Worte zogen sich durch seinen Geist. Wie konnte das sein? Wie konnten die letzten zwanzig Jahre nichts anderes sein als Illusionen?

Er spürte, wie sich die Spinnen weiterhin in seinem Kopf wanden und umherkrochen, und plötzlich stachen tausend Nadeln in sein Hirn. Er schrie auf. „Nein", knirschte er. „Ich bin Kelrik Daralos, Paladin von Königin Lyndira!"

„Du bist Kelrik Daralos, Erster Kriegsmeister in der Wolfsarmee von Prinzessin Elara Caldana!"

„Nein... nein... Ich war niemals Kriegsmeister in Xendor! Ich war nur ein einfacher Stadtwächter!"

„Das ist nicht dein wirkliches Ich, Kelrik! Bitte, du musst mir glauben!" Die erste Träne rann über Yelissas Wange. „Komm zu mir zurück! Ich kann dir helfen, ihre Lügen zu vergessen! Wir können wieder zusammen leben! Bitte!“

Verzweifelt versuchte Kelrik, sich an seinen Erinnerungen an Minaskai festzuhalten. An Garian, Taya, Lyndira, den Sturmklingen, der traurigen, aber unabänderlichen Gewissheit, dass seine Frau gestorben war. Er klammerte sich mit aller Kraft daran – doch egal, welche Mühen er aufbrachte, sie entglitten ihm wie ein schmieriges Seil seinen Händen. Die Gesichter seiner Freunde, seiner Kinder verblassten unaufhaltsam vor seinem inneren Auge. *Kann das sein?* fragte er sich. *Alles nur Lügen? Halluzinationen?*

Und dann: *Wer bin ich, wenn meine ganzen Erinnerungen bloß Lügen sind?*

„Ich liebe dich, Kelrik“, sagte Yelissa. „Bitte komm zu mir zurück! Hilf uns, die Minaskaier zu besiegen! Prinzessin Elara wird dir die Chance geben, den Tod unserer Kinder zu rächen. Lass sie büßen, für all das, was sie uns angetan haben!“

Schließlich hatte Kelrik Daralos vergessen, wer er war. All die Bilder, Worte, Gerüche und Gefühle waren fort, verblichen wie ein Traum. Nur Yelissas Worte hatten noch Bestand.

„Komm zu mir zurück, Kelrik!“, wiederholte sie. „Ich kann dir helfen, dich an dein wirkliches Ich zu erinnern!“ Sie hielt ihm ihre Hand hin.

Kelrik starrte sein Frau an. Seine Frau, von der er geglaubt hatte, sie niemals wiederzusehen. Doch sie war hier. Sie war wirklich. Und vielleicht war das, was sie sagte, genauso wirklich.

„Ja“, sagte Kelrik und nahm ihre Hand. „Ich komme zurück.“

*Hiermit endet das erste Buch von Dalans Prophezeiung. Aber die Geschichte um Garian, Taya, Uruk und Noa geht weiter:*

Der zweite Weltenbrand ist entfacht. Unaufhaltsam erobert die Wolfsarmee unter der Führung von Xendors Herrscherin Elara ein Königreich nach dem anderen. Als Elara dann die Kontrolle über den Dritten Todesengel erlangt, einer der schrecklichsten Vernichtungswaffen aller Zeiten, scheint die Lage hoffnungslos.

In einem fremden Land gestrandet, entscheiden sich Garian, Taya, Uruk und Noa zu kämpfen, und zu tun, was in ihrer Macht steht, um Elaras Streitkräfte aufzuhalten.

Doch dazu sind die vier Freunde gezwungen, sich voneinander zu trennen.

Und so führen ihre Wege sie in die lebensfeindlichen Eiswüsten des Ewigen Winters und auf die blutigen Schlachtfelder von Berial. Ob sie einander wiedersehen werden, ist fraglich. Denn der Kampf gegen die Xendorier wird einen hohen Preis von ihnen fordern...

*Ein schwarzes Feuer – jetzt im Handel!*

38645344R00153

Printed in Poland
by Amazon Fulfillment
Poland Sp. z o.o., Wrocław